U0773064

# 出版说明

　　胡立根、谢晨先生主编的"经典阅读课"丛书，致力于传承中华优秀文化基因，提升青少年核心素养，帮助中小学生在阅读经典中建构并丰富自己的精神图式。在编辑过程中，我们按照现代出版规范对选文进行了统一处理，对部分选文做了删减，力求提供一套符合现代文字规范的青少年读物，以建立对纯洁汉语的认知和体悟。敬请作者、译者见谅。

　　另外，我们已经联系到大部分选文的作者和译者，他们同意将作品列入"经典阅读课"丛书，但由于作者面广，仍有部分作者和译者无法取得联系。请作者和译者看到本丛书后，尽快与我们联系，以便奉寄样书和稿酬。

　　诚致谢意！

联系人：蒋鸿雁

电话：0755-83460371

Email：984213171@qq.com

深圳市海天出版社有限责任公司

2018年7月

青少年核心素养
经典阅读课

文学顾问 / 曹文轩

主编 /
胡立根 谢晨

# 传统的精髓

编著 / 胡立根

海天出版社（中国·深圳）

**图书在版编目(CIP)数据**

传统的精髓 / 胡立根编著. — 深圳 : 海天
出版社, 2018.7

（青少年核心素养经典阅读课）
ISBN 978-7-5507-2128-9

Ⅰ.①传⋯ Ⅱ.①胡⋯ Ⅲ.①阅读课—中学
—课外读物 Ⅳ.①G634.333

中国版本图书馆CIP数据核字(2017)第325447号

传 统 的 精 髓
CHUANTONG DE JINGSUI

出 品 人　聂雄前
项目负责人　蒋鸿雁
责 任 编 辑　刘翠文
责 任 技 编　梁立新
责 任 校 对　万妮霞
封 面 设 计　深圳市张达利设计有限公司

出 版 发 行　海天出版社
地　　　址　深圳市彩田南路海天综合大厦（518033）
网　　　址　www.htph.com.cn
订 购 电 话　0755-83460397（批发）　83460239（邮购）
排 版 制 作　深圳市龙瀚文化传播有限公司　0755-33133493
印　　　刷　深圳市华信图文印务有限公司
开　　　本　787mm×1092mm　1/16
印　　　张　21.25
字　　　数　336千
版　　　次　2018年7月第1版
印　　　次　2018年7月第1次
定　　　价　32.00元

海天版图书版权所有，侵权必究。
海天版图书凡有印装质量问题，请随时向承印厂调换。

# 阅读需要仰视

阅读，是对世界和生命的凝视。未经凝视的世界是毫无意义的。苏格拉底说："认识你自己。"经由阅读，我们的心沉静下来，开始细心聆听远方的声音，聆听与自己相隔千里万里、相距千年万年的高贵的生命回响，从而更好地认识世界，认识自己。

阅读，让灵魂高贵，让生命丰盈。人的精神高度与阅读高度紧密相联，人因读书而高贵。经由阅读，你会获得一种让灵魂生香的高贵气质。阅读，让我们领略另一种不可能经历的时代和生命，让我们用一种新的眼光反思生活，面对人生。

阅读与写作相辅相成。阅读是张弓，写作是支箭。要想写作这支箭射得更远，就要让阅读这张弓更强。阅读就像采摘葡萄，在心土的深处发酵久了就变成了葡萄酒，这就是阅读给再创作带来的灵感。

阅读，要与高贵的文字结缘。书是有血统的。我们要读有高贵血统的书，这些书能照亮生命的旅程。对于成长中的孩子而言，要让他们在有限的生命长度里读有价值的书，多读能够打精神底子的书，读"有根的书"，读经典。经典至高无上，阅读需要仰视。

深圳是一座有着自己的人文梦想的城市，深圳读书月已经开展了

18年，深圳青少年阅读也一直是一面迎风招展的旗帜。这些年来，我每年都要到深圳，和深圳的校长、老师、学生，也和更多的市民朋友讲阅读，我一直强调读书要有选择，青少年人生经历有限，学业压力大，读什么书是一个很重大的问题。我在很多情况下讲过，现在的很多孩子读的是没有用的书，没有"根"的书。这个根，就是要有"文脉"，能够传承下去。近年来，深圳市学生文联和胡立根工作室一直在做一件事情，那就是帮助、引导学生阅读经典。基于青少年核心素养的"经典阅读课"丛书，立足人生中必然面对的关于传统、关于生命、关于自然、关于亲情、关于家园、关于哲学、关于历史、关于审美等12大命题，精选古今中外经典名篇，加以导读，汇成12个主题读本。这套"经典阅读课"是知名特级教师胡立根、知名阅读推广人谢晨和他们的团队多年阅读教育和阅读推广实践的集大成，已经数年试用，效果良好。我乐于见到一个青少年经典阅读推广的阳光地带。

　　"经典阅读课"是一套有"根"的书。愿每一个青少年读者都能懂得仰望经典、凝视生命，在阅读经典的过程中建构精神家园，打好人生底色。


曹文轩
2017年12月于北京大学蓝旗营住宅

# 传承文化基因，提升核心素养

"春江潮水连海平，海上明月共潮生。滟滟随波千万里，何处春江无月明……"

浩瀚的大海，蕴藏无数珍奇，充满神奇魅力。但是，沧海茫茫，却又令我们无所适从。于是，许多人一个猛子扎进去，纵然喝了满肚子的海水，但最终被淹没在大海之中。有的人跳进去，捞了几只鱼虾，上得岸来，也不管有没有毒，适不适合，便整条整条地吃下去，吃得津津有味，这样，虽是品尝了海味，但终是囫囵吞枣，难免中毒，更不知大海中还有许多更神奇的美味。于是有一些潜水高手，一些渔民，从大海中打捞出各种珍品，一股脑堆在那里，或者胡吃海吃，最终可能导致消化不良，难以有效吸收。

同样，当我们来到人类文化的大海之滨，渺小的我们，会不会像当年张若虚那样，被人类文化的浩渺所震撼，所吸引？面对人类浩如烟海的文化典籍，我们有这样几种做法，一种是一头扎进去，找到几本书，也不知适不适合自己，读了再说。这种阅读，当然有价值，但正如老子所言："吾生也有涯，而知也无涯。以有涯随无涯，殆已！"在信息化的当今时代，各种信息纷至沓来，新的知识层出不穷，令人应接不暇，尤其是学生，课业负担繁重，而大部分学生今后所从事的又并非狭义的文化类工作，哪有那么多时间一本一本地将文化典籍读完呢？这样我们所读的典籍终究有限。

于是我们有许多文人、学者、老师，从大量的文化典籍中遴选出优秀的篇章，编辑了各种各样的读本。这些读本因为经过了认真挑选，剔除了糟粕，浓缩了精华，应该是为读者提供了一定的精神食粮。这些读本虽然也形成了自己的所谓体例，也多是分单元阅读，但基本上是，或按作者，或按朝代，或按国别，或者取一个华美的单元标题，选文之间多缺乏内在的逻辑联系，选本没有形成独立的思维结构，因而仍然脱不了碎片化的嫌疑。大多只是将许多好东西送到了读者的面前，读者读完之后，虽不说是一地鸡毛，但很可能是一锅乱炖。

这就涉及我们今天为什么要阅读经典的问题。其中的一个目的，可能是了解，通过阅读经典，知道往圣先贤的生活、思想状况。但是，了解不应该是主要目的，读经典主要不是为了发思古之幽情。经典的阅读，不是让读者回到过去，更不是让孩子们穿着唐装汉服，摇头晃脑地之乎者也，经典阅读的目的应是指向未来；我们要将往圣先贤请到当下，让他们来指导我们当下的行为。因此经典的阅读的目的，固然有丰富知识的因素，但是，知识不是我们的终极目的，经典阅读最终应该指向我们的行为，指向实践。

人类文化经典的形成，并不是一朝一夕之功，而是千千万万的先辈们，面对生命，面对人生，面对世界的诸多问题、诸多困扰，进行探索，从而形成他们的思考，形成他们应对的态度和精神。因此，所谓经典，本质上就是往圣先贤人生实践的精彩总结与记录。其中，最有价值的就是往圣先贤思考问题的方式、他们的精神态度、他们的人生趣味，这一切，我们不妨称之为思维图式、精神图式和审美图式。

早在19世纪，威廉·冯·洪堡特就说："在语言中，个别化和普遍性协调得如此美妙，以致我们可以以为下面两种说法同样正确：一方面，整个人类只有一种语言；另一方面，每个人都有一种特殊的语言。"①世界的语言无疑是多种多样的，但洪堡特为什么说整个人类只有一种语言？因为，每一种语言的背后，实际上隐藏着民族共同的认知与思维的方式和情感、价值观、世界观的共同趋向，甚至隐藏着整个人类相近的思维与认知方式，人类相近的情感价值观方向，也就是说，形形色色的语言背后，有民族的、人类的共有的思维图式、精神图式和审美图式在，正因为这样，不同语言的人群之间才能进行沟通和理解。而这些共有的图式，就是洪堡特所谓共有的语言，这些共有的思维图式，实际上就是民族和人类的文化基因。而经典，之所以能成为经典，就是因为承载了民族的、人类的共同的思维与情感的成果，隐含了一个民族甚至整个人类的共有图式。因此，民族的、人类的共有的思维图式、精神图式、审美图式应该是经典的内核。

　　经典之所以成为经典，固然与经典语言的规范与生动有关，但经典往往并不代表当时语言的最高法则，即使经典的语言代表当时语言的最高法则，这些法则对于当今时代，其价值也是极其有限的。经典的最高价值，是人类和民族某一阶段、某一方面的思维图式、精神图式乃至审美图式的精致的凝固，是民族和人类的思维图式、精神图式、审美图式的瑰宝，是人类文化的优秀基因。这才是我们阅读经典最应关注的东西！对于读者来说，人生也许没有非读不可的书，就像苏轼没有读过《红楼梦》，奥巴马不一定读过《论语》，但是，人生一定有必须面对和思考的问题，所以，《红楼梦》中涉及的许多话题，苏轼都有过深邃的思考，《论语》中涉及的许多问题，奥巴马也应该做过探索。所以，今天读经典，可能并非必须读某一本书，但是，我们应该从经典中吸取往圣先贤应对人生问题的优秀的思维图式、精神图式和审美图式，从而优化我们自己的思维结构、精神世界和审美趣味，进而提升我们的核心素养。

---

① 威廉·冯·洪堡特. 论人类语言结构的差异及其对人类精神发展的影响[M]. 姚小平，译. 北京：商务印书馆，1999.

这样，经典阅读，实际上有三个层面，第一个层面是语音、文字、词汇和语法，这是最表层的东西，也是入门的东西；第二个层面是语言的技巧，包括修辞、章法、为文技巧等；第三个层面是思维图式、精神图式和审美图式。而第三个层面，实际上又包括两个层次：一是民族的思维图式和精神图式；二是人类的思维图式和精神图式。第三个层面才是经典阅读的关键所在。

但是，我们怎样从经典中获取这些高贵的文化基因？我们怎样才能掌握人类几千年来传承的思维图式、精神图式和审美图式？按照前文所述的第一种方式，一头扎进去，找几本书读一读，固然可能获取某一个作家的某种文化基因，但，一则可能将不良基因也一并收取，二则所获有限。如果按上述第二种方式，阅读各种优秀文章堆砌的读本，可能避免了不良基因的吸收，但是，这些选本多是文章的碎片化堆砌，并没有从思维图式、精神图式和审美图式的角度进行整合，在阅读中，我们可能只能形成碎片化的记忆，难以形成我们自己的优秀的思维、精神、审美的图式。

基于这样的思考，我们尝试着从人生必须思考的问题出发，精选人生问题的12个主题，研究往圣先贤对这些问题的思考、态度与趣味，从浩如烟海的经典中，抽取我们认为承载了优秀的思维图式、精神图式、审美图式的经典文本，按相关主题，从这三个图式的角度加以梳理，编辑了这一套"青少年核心素养经典阅读课"主题阅读丛书，以求有助于构建我们的思维图式、精神图式和审美图式。

本丛书共分12个主题。包括人生首先必须面对的生命问题、人生发展问题、情感问题，从这个层面，我们编辑了《生命的长河》《人生的智慧》和《情感的咏叹》三个主题读本；然后是人与自然的关系、人与家国的关系和人与历史的关系，从这个层面我们编辑了《自然的密码》《家园的守望》和《历史的声音》三个主题读本；再上升一层是本民族的文化传承、科学的问题和哲学思考，在这个层面，我们编辑了《传统的精髓》《科学的边界》和《智者的哲思》三个主题读本；作为经典的语文读本，我们还从审美的角度选取了三个主题，包括审美与艺术、经典美文、古典诗词，由此编辑了《审美的盛宴》《美文的品鉴》和《诗词的韵味》三个主题读本。

为了引导读者从思维图式、精神图式和审美图式的角度思考相关主题，在编辑中，我们力图体现以下编创原则：

一是经典性。在选文上，力求将人类关于相关主题的思想精华和最具艺术化的作品呈现给读者，尽量让读者占领相关主题的人类思维制高点。

二是建构性。该丛书与其他读本类丛书最大的区别在于，编者以人生必须面对的问题为切入口，以问题的思辨和解决为逻辑主线，选取相关经典，力图以此引导读者建立起相关的精神图式、思维图式。

三是可读性。考虑到本丛书的主要读者对象为青少年，在选文上尽量做到经典性的同时，适当降低了选文难度，难度稍大的选文，在"导读"和"交流之窗"中对阅读做一些梳理性的提示。在导读的用语上也尽量考虑以青少年为读者对象，尽量增强导读的活泼性和可读性。

四是思辨性。在选文上，将思辨性放在优选地位，以期给读者思想启迪，不少章节有意识地选取了一些持不同观点的文章，目的在形成思想的冲击波。编者还为读者提供了相关主题的研究范本，试图引导读者对相关主题结合当下进行深入思考与研究，帮助读者形成相关主题的健全的意识与感悟、思考。

五是原创性。在编辑中尽量做到体例的原创，导读的原创，注释的部分原创。在体例上，根据相关主题的思维结构设计相关章节，试图以此形成相关主题的完整的思维结构和精神样式。每个主题的每一章设计有相关的导读，每篇选文设计有编者与读者的"交流之窗"，以引导读者深入思考。

六是大视野。选材范围力争广阔，力争站在一定的学术高度，所以除了国学主题之外，其他主题所选文章都涉及古今中外。而国学主题的选文则尽量从整个国学史的大视野，提取中华文化的优秀基因，选取国学经典，并从源流上对中华民族的优秀的思维图式、精神图式进行梳理。

本丛书能够顺利出版，非常感谢胡立根工作室的所有成员及编写工作的所有参与者的辛勤劳动。当然更要感谢促成本丛书出版的谢晨先生，感谢海天出版社的领导和编辑的大力支持。尤其要感谢安徒生文学奖得主曹文轩先生欣然担任本丛书的文学顾问并为本丛书作序，曹先生对本丛书的编辑给予了多方面的指导，提出了许多宝贵的具体建议，才能使本丛书有今天的高度。

当然，由于编者视野和水平所限，选文、体例、导读等等，难免有不尽如人意的地方，我们期待读者的宝贵意见。

**胡立根**
**2017年12月于深圳羊台山**

# 从"观念国学"领略中国智慧

学习国学，无疑是为了文化传承。文化传承有两种类型：一种是偏重文化体系的传承。这种传承，传承者要将整个国学的知识体系，乃至生僻的国学知识进行整理、研究、阐发、传承。这要求传承者有深厚的学术素养和国学功底。很显然，这种传承是国学精英的事。这种国学，可以称为"精英国学"。各个大学的中文系、历史系，尤其是近年增设的国学专业主要就是培养国学文化体系的传承者。作为精英国学，其课程体系主要应该是两个：一是"国学知识课程"，这一类课程要求修习者对整个国学知识体系有较为整体的把握，以奠定深入研修的基础。从这个角度说，精英国学首先是一种"知识国学"。精英国学的另一更为重要的课程内容是对国学原典的研读。作为国学精英，应该将大量的国学原典装进自己的大脑，甚至能够将儒家的十三经全文背诵，能将道家的主要经典、佛学的重要经典全文背诵。精英国学必须以原典的研读为重点。因此，精英国学，从课程的角度说，更主要是一种"原典国学"。

不过，就普罗大众，尤其是青少年群体的绝大多数人来说，他们并不是国学知识体系的传承者，广大青少年所学的国学，主要应该是一种有别于"精英国学"的"大众国学"。

相对于精英国学，大众国学也会涉及国学知识，也会涉及原典学习；但大众国学要传承的不是国学的知识体系，而是国学中的中国智慧和传统文化的精神价值，是传统文化中那些对于我们今天仍然具有价值的思维方式、文化观念、价值观念、人文精神，是优良的精神图式、思维图式和审美图式，是传统文化中充满正能量的文化基因。大众国学的意义在于，让传统文化中充满正能量的文化基因、文化精神融化到大众的血液之中，落实在具体的行动之中。

偏重于精神价值传承的大众国学，应该有如下特点：

大众国学不是要回到过去，而是要指向未来，让过去的学问精神为大众未来的人生服务，为未来的社会服务。我们今天要大众学国学，不是要让大众回到古代去拜见孔孟老庄；大众国学，始终应该让大众立足于今天的时代，来汲取传统的精神。

大众国学作为一种精神价值传承，不是对传统文化观念机械照搬，也不是对传统文化中的陈谷子烂芝麻笼统吸收，更不是盯着其糟粕不放；这种精神价值传承更多地应该是一种抽象继承。"抽象继承"是冯友兰先生在二十世纪五十年代提出的文化继承方法，事实证明这种方法在文化精神传承上是一种非常有价值的方法。任何观念、思想，无论中西，都是在某种具体的、历史的土壤中产生的，不可避免地带有历史的局限性。我们要学习的不是传统文化中现成的东西；而是它所体现的一种精神，而且这种精神，可以有我们今人的合理的理解。如"天人合一"的观念，如果就其具体历史内涵而言，具有太多的比附和荒谬，有太多的封建迷信；但是如果我们剔除其糟粕，提取其"人与自然和谐统一"的核心精神，不是很有价值吗？

如果以"中国智慧"为核心来建构大众国学的课程体系，就会发现，这种课程体系应该直奔传统文化的精神内核。因此，大众国学的课程体系建设，应该从大量的国学原典、从国学的历史中爬罗剔抉，提取我们民族的优良的文化基因，即传统文化中充满正能量的精神"观念"，包括思维方式、价值观念、行为原则等，并以这些精神"观念"为核心构件建立课程体系的骨架，然后引入相关的国学知识和国学原典。我们不妨将这样的课程体系称为"观念国学"的课程体系。

基于上述思考，近年来，我们在广泛阅读国学典籍的基础上，对传统文化进行梳理，从哲学思想、政治理念、修身之道、处世之道等维度，梳理传统文化的观念，从中提炼出二十个关键词，它们分别是：

| 维度 | 关键词 |
| --- | --- |
| 哲学思想 | 天人合一、大道至简、直觉意会、和而不同、格物致知、知行合一、辩证逻辑、儒道互补 |
| 政治理念 | 仁者爱人、民为邦本、家国同构 |
| 修身之道 | 浩气长存、孝悌忠信、修齐治平、自强不息、君子之道、厚德载物 |
| 处世之道 | 刚柔并济、返璞归真、有容乃大 |

我们认为这些关键词代表的中华文化观念，是中华文明对世界智慧宝库贡献的精神图式、思维图式和审美图式，对我们今天乃至未来的文明建设具有极其重要的指导价值。

为此，我们对这些关键词代表的中国智慧进行认真研究，认真研读这些关键词涉及的主要国学原典，并对这些关键词进行认真的梳理，以这些关键词体现的观念为框架，构建起我们所说的"观念国学"的国学课程框架。然后，对这些观念做一些概念上的梳理和深入浅出的阐释，再引进与之相关的文化典籍，引导学习者进入原典阅读，同时也介绍一些现当代文化名家对这些文化观念的理解与阐释，并引入一些具有文化符号意义的国学知识，由此构建起"观念国学"的课程体系，并编写出《传统的精髓》这本观念国学基本教材。

我们按上述二十个关键词将全套教材分为二十章。每章包括"文化讲坛""原典精读""原典泛览"三部分。"文化讲坛"主要对相关概念作通俗解说和简单疏理，便于读者对相关概念有大致的了解。"原典精读"主要引导读者回归原典。"原典泛览"主要供需要深入学习的读者参考。对原典的注释，尽量通俗、简明，贴近一般读者，除极个别特殊需要，不做过多学术性引证。一般不加译文，对个别难度较大的选文，附有参考译文，以尽量减轻阅读难度。

还需说明的是，极个别十分重要的典籍，如《老子》和《论语》的个别段落在不同的章节会有个别重复的选文。这一方面是因为这些典籍本身文字不多，但大多可以从不同方面解读，重复选文难以避免；另一方面，是为了让读者对某个文化基本观念涉及的重要原典有一个基本的轮廓,有一个完整的印象,也避免读者到其他章节分散查找的麻烦。

也许,我们提取的国学观念不一定全面,甚至不一定准确;但是,我们认为以"观念国学"的形式来构建大众国学的课程体系,至少有如下几个方面的价值和优势:

其一,它直接服务于大众国学的根本任务——精神价值传承,让大众国学具有明确的方向性和价值引领作用,让大众学习国学少走弯路。

其二,它能有效区分精英国学和大众国学的课程形态:

| 类型 | 基本任务 | 课程形态 |
|------|----------|----------|
| 精英国学 | 文化体系传承 | 知识国学 |
| | | 原典国学 |
| 大众国学 | 精神价值传承 | 观念国学 |

其三,它能让大众对传统文化的精神价值有体系性的了解,不至于只见树木不见森林。

其四,它能让大众在学习国学的过程中,充分感受到学习国学的价值和意义,由此引发进一步学习的兴趣。

其五,它能提高学习国学的效率,尤其对于学生来说,不会因为开设国学课程而加重学习负担。

其六,它有助于学习者由观念学习向观念践行转变,最终实现国学学习由"知识""原典""观念"的学习向知行合一的"实践国学"的学习转变。

当然,这只是我们的一种尝试。我们希望通过这种尝试,为国学课程建设提供一种新的思路,使学习者对国学产生一定的兴趣,增强对中国智慧的认识与信心。

倘能如此,于愿已足。

**胡立根**

第一章

# 天人合一

天人合一：意思是自然与人是和谐统一的。此观念源于先秦，语出北宋张载《正蒙·乾称篇》："儒者则因明致诚，因诚致明，故天人合一，致学而可以成圣。"

⊙ 致学成圣　邹华桢书

### 庄子寓言中的天人合一境界

庄子曾做过一个很有名的梦。一天早上,他梦见自己变成了一只美丽的蝴蝶,梦中他不知自己叫庄周,也不知自己是人类,觉得自己就是一只在花丛中翩翩起舞的蝴蝶,那么自由,那么快乐,那么惬意。可当他突然醒来,惊惶不定间,忽然觉得:"不对呀,我是人类,我叫庄周,怎么是只蝴蝶呢?"此时庄周迷惑了:我到底是蝴蝶还是庄周呢?是蝴蝶变成了庄周还是庄周变成了蝴蝶呢?此即"庄生晓梦迷蝴蝶"。当然,庄周并非真迷糊,他是想告诉我们,庄周和蝴蝶没有绝对界限,人和外物可以同一。

还一次,庄子和朋友惠施在濠水的桥上散步,看着水里的鲦(tiáo)鱼游来游去,便对惠施说:"鲦鱼在水里悠然自得,多么快乐啊。"惠子说:"你非鱼,怎知鱼很快乐?"两个习惯了争执的朋友,这次又免不了一番争辩。庄子说:"你非我,怎知道我不知鱼的快乐?"惠子说:"我非你,当然不知道你;你非鱼,当然也就不知鱼的快乐。"惠施无法理解庄子,因为在惠施看来,"我"和"你"是界限分明的,人和鱼也是无法相通的,可是在庄子看来,"天地与我并生,万物与我为一",天人是合一的,人和蝴蝶、人和鱼可以相通,人怎么就不知道鱼很快乐呢?

### 天人合一观念源远流长

在中国,天人合一的观念源远流长,并非庄子的创造。

比如《诗经·烝民》写道:"天生烝民,有物有则,民之秉彝,好是懿德。"意思是,老天生下人类,既有形体又有法则。人之常性与生俱来,追求善美乃人之天性。

再如《左传》记载,鲁昭公二十五年,子大叔说:"天地之经,而民实则之。"则,就是效法的意思。

到老子,天人合一思想开始系统化。老子认为天道同源,天人同源。所谓道生一,一生二,二生三,三生万物。天地万物一切生于道。而道就是自然之道。老子还认为天人同法,天与地,自然与人,一切法则都相同:人法地,地法天,天法道,道法自然。而且最终人和天的归属也是一样的,都归属于道。

到汉魏时代，天人合一思想有了新发展，这主要表现在"天人同构"。三国徐整编撰《五运历年纪》记载盘古开天辟地的神话就说，"首生盘古，垂死化身，气成风云，声为雷霆，左眼为日，右眼为月，四肢五体为四极五岳，血液为江河，筋脉为地理，肌肉为田土，发髭为星辰，皮毛为草木，齿骨为金石，精髓为珠玉，汗流为雨泽……"这里，盘古之体的结构与天体是那么一致。

汉代思想家董仲舒《春秋繁露》中说："以类合之，天人一也"，"天人之际，合而为一"。董仲舒继承并发扬古代天人感应思想，将人体各种部件与天地各种现象相比附：天有四季，人有四肢；天有365日，人有365道穴位；天有五行，人有五脏；天有日月，人有双目；天有树木，人有毛发……这种比附自然十分荒唐，但古人的思想中天和人就是一体的，《黄帝内经》中也有类似的说法。

古人是在尝试建立一种天人宇宙图式，意在告诉人们，人只有顺应这个图式才能获得自由，才能得以生存、变化和发展。

而最终将"天人合一"这四个字合成在一起的是宋代大哲学家张载的《正蒙·乾称篇》："儒者则因明致诚，因诚致明，故天人合一，致学而可以成圣，得天而未始遗人。"

### 天人合一的多重意蕴

天人合一，其基本含义就是人与自然合一。这种合一，据古人的理解，有以下表现：

一是人与自然的同源同构。如老子的天道同源思想，董仲舒的天人相副观；再如中医人体的结构论就是对自然的模拟。

二是人与自然"同归"，一切最终归属于自然。道家提倡返璞归真，这"真"就是自然。在西方人那里，人死了追求的是上天堂，担心的是下地狱，在我们祖先这里，则是求"安息"，是回归自然，"亲戚或余悲，他人亦已歌，死去何所道，托体同山阿。"（陶潜）人与自然相融，是中国文学的重要意境。像陶渊明《饮酒·采菊东篱下》、张若虚《春江花月夜》、张岱《湖心亭看雪》，人与自然已完全融为一体。

三是对自然的崇拜崇尚与保护。中国古人有很强的生态文明意识。传说从五帝时起，国家就设置了专门负责环保的机构"虞、衡"。大禹时代

传统的精髓

就产生了这样的禁令："春三月，山林不登斧，以成草木之长；夏三月，川泽不入罔罟，以成鱼鳖之长。"就像今天的封山育林和休渔期。古人对竭泽而渔、焚林而猎深恶痛绝，倡导"数罟不入洿池"，强调网开一面，严防人类将鸟兽"赶尽杀绝"。

四是顺应自然。《礼记·月令》篇，曾详细阐述一年十二个月的日月星辰变化、物候特征，指出人们在这个月应当做什么、不应当做什么。在古人看来，人，包括帝王在内，并非绝对自由，故应遵循自然，政令应以自然规律为依据，不能站在其对立面。

五是道法自然。如老子的上善若水，柔弱胜刚强，江海下百川终成百谷王，皆是从自然得到启示。《周易》的基本思维方式就是取象于天，"古者包牺氏之王天下也，仰则观象于天，俯则观法于地，观鸟兽之文与地之宜，近取诸身，远取诸物，于是始作八卦，以通神明之德，以类万物之情。"（《系辞下》）如乾卦的卦爻辞，生动地描写出龙曲折的生命轨迹，以此来模拟人的生命轨迹或事物的曲折前行的进程。如坤卦，就是在引导人们效法大地的品性，所谓"地势坤，君子以厚德载物"；如震卦，即是以雷声阵阵来警惕君子修德自省。

### 天人合一的巨大影响

天人合一观念对中华民族的思想文化影响巨大。

如传统民居习惯于坐北朝南，就是为纳日通风，在方位上与天相契。传统房屋结构多有"天井""天窗""天台"，表现出人们与天相通的意愿。我们的故宫又叫紫禁城。"紫禁"是我国古代天文学中星宿的太微、紫微和天市"三垣"中的紫微垣。三垣以紫微居中，故以紫微垣象征封建帝王为天下的中心。地上故宫与天上星辰相对应，完全取象于天。

我们的生命观是"聊乘化以归尽，乐夫天命复奚疑"（《归去来兮辞》），所谓乐天知命。我们的医学，讲究顺应自然，效法自然。中医认为，人生天地间，秉受自然之气，必受自然支配制约，生活起居要顺应四时昼夜之变，动静和宜，春生夏长，秋收冬藏。我们的生活态度是，缘来不拒，缘走不留，顺其自然。在中国武术或健身方法里，有大量的仿生拳种，像五禽戏、蛇拳、虎拳、豹拳、鹤拳、螳螂拳等等。

我们的政治无论是儒家的有为还是道家的无为，都以自然为法则，孔子说，"巍巍乎！唯天为大，唯尧则之"（《论语·泰伯》）。道家的无为而治，讲究顺其自然，无为而无不为。

我们的审美，讲究"清水出芙蓉，天然去雕饰"的自然之美，行文讲究行云流水之美。文学的"比兴"手法，即是道法自然。在艺术上我们强调"外师造化，中得心源"（唐代画家张璪语）。

香港中文大学新亚书院有一为纪念国学大师钱穆先生《天人合一论》而建造的特殊景观。《天人合一论》是钱先生的绝笔。钱先生在文中说，"天人合一"是整个中国传统文化的归属，是中国文化对人类最大的贡献。

# 《老子》论天人

老子（前571?—前471?），姓李名耳，字聃（dān），春秋时期陈国人。中国古代伟大的思想家、哲学家，道家学派创始人，有《道德经》一书传世。

道，可道也，非常道也。名，可名也，非常名也。无，名天地之始；有，名万物之母。故常无欲以观其妙；常有欲以观其徼①。此两者，同出而异名，同谓之玄。玄之又玄，众妙之门。（《第一章》）

**【注释】**①徼（jiào）：边界，此指万物的极限。

**【参考译文】**

可以说出来的道（规律法则），非永恒之道（规律法则）。可名之名，非永恒之名。无，可以称作天地的原始状态；有，可以称作万物的根源。所以，从永恒的"无"（回归原始状态）中可以观察宇宙的微妙之处；从永恒的"有"（万物的根源），可以推知万物的极限。两者同出一源名称不同，都是玄妙的道理。玄妙深奥，是探求一切奥妙的总门径。

道生一①，一生二②，二生三③，三生万物。万物负阴而抱阳④，冲气以为和⑤。人之所恶，唯孤、寡、不谷⑥，而王公以为称。故物或损之而益，或益之而损。人之所教，我亦教之。强梁者不得其死⑦，吾将以为教父⑧。（《第四十二章》）

**【注释】**①道：《老子》一书的基本概念，一般认为其含义包括：宇宙的本源、宇宙的最高法则，通俗地说可指自然规律。一：这是老子用以代替"道"这一概念的数字表示，即道是绝对无偶的。②二：指"道"的本身包含着对立的两方面，具体表现为阴气、阳气。③三：指由两个对立的方面相互矛盾冲突所产生的第三者，进而生成万物。④负阴而抱阳：背阴而向阳。⑤冲气以为和：

冲，冲突、交融。此句意为阴阳二气互相冲突交和而成为均匀和谐状态，从而形成新的统一体。⑥孤、寡、不谷：古代君主的谦称。⑦强梁者不得其死：强横逞凶的人不得善终。⑧父：这里指根本和指导思想。

天长地久。天地所以能长且久者，以其不自生<sup>①</sup>，故能长生。是以圣人后其身而身先<sup>②</sup>，外其身<sup>③</sup>而身存。非以其无私邪<sup>④</sup>? 故能成其私。(《第七章》)

【注释】①以其不自生：因为它不为自己生存。②后其身而身先：身处其后反而领先。③外其身：将自身置之度外。④邪（yé）：同"耶"，助词，表示疑问的语气。

有物<sup>①</sup>混成，先天地生。寂兮寥兮<sup>②</sup>，独立而不改，周行而不殆，可以为天地母。吾不知其名，强字之曰道，强为之名曰大<sup>③</sup>。大曰逝<sup>④</sup>，逝曰远，远曰反。故道大，天大，地大，人亦大。域中有四大，而人居其一焉。人法地，地法天，天法道，道法自然。(《第二十五章》)

【注释】①物：指"道"。②寂兮寥兮：没有声音，没有形体。③大：形容"道"是无边无际的、是力量无穷的。④逝：指"道"的运行周流不息，永不停止的状态。

知其雄，守其雌<sup>①</sup>，为天下溪。为天下溪，常德不离，复归于婴儿。知其白，守其黑，为天下式<sup>②</sup>。为天下式，常德不忒<sup>③</sup>，复归于无极<sup>④</sup>。知其荣，守其辱，为天下谷<sup>⑤</sup>。为天下谷，常德乃足，复归于朴<sup>⑥</sup>。朴散则为器<sup>⑦</sup>，圣人用之，则为官长，故大制不割<sup>⑧</sup>。(《第二十八章》)

【注释】①雄：比喻刚劲、躁进、强大。雌：比喻柔静、软弱、谦下。②式：楷模、范式。③忒（tè）：过失、差错。④无极：意为最终的真理。⑤谷：深谷、峡谷，喻胸怀广阔。⑥朴：朴素。指纯朴的原始状态。⑦器：器物。指万事万物。⑧大制不割：制，制作器物，引申为政治；割，割裂。

（选自《老子·列子·庄子》，岳麓书社，1989年版）

**【原典导读】**

儒道两家，各有分歧，如果要找到其最统一的思想，那就是天人合一。当然其表现各不相同。在思想史的源头上，天人合一，首先表现的是天道的合一，而道，既含天道，亦含人道。天道合一，实际上是天人合一。与孔子相比较，老子对于天道合一的直接论述比孔子要多得多，要直接得多。

老子的天道，主要表现在四个方面。

其一，天道同源，天人同源。道生一，一生二，二生三，三生万物。"无"，名天地之始；"有"，名万物之母。在老子看来，无生一，一生道，道生天地，天地生万物，天地万物和人，一切皆生于道。

其二，天道同构，天人同构。道之为物，惟恍惟惚。惚兮恍兮，其中有象；恍兮惚兮，其中有物；窈兮冥兮，其中有精；其精甚真，其中有信。在他看来，一切事物的精微表象都能从中体现出来，因而我们可以据此观察万物。

其三，天人同法。天与地，自然与人，一切的法则都是相同的，所以，人法地，地法天，天法道，道法自然。

其四，天人同归。在老子看来，大道至简，自然是简朴的，纯真的，是天下一切事物的范式，道是天地自然和人共同的归属，因此，他提出要复归于婴儿，复归于淳朴，复归于无极，复归于道。他的返璞归真的主张，是天人合一观的自然结论。

# 《庄子》论天人

⊙ 庄子　王博绘

传统的精髓

庄子(前369? —前286?)，名周，战国时期宋国蒙人，著名的思想家、哲学家和文学家。是继老子之后战国时期道家学派的代表人物，有《庄子》一书传世。

## 庄周梦蝶

昔者庄周梦为胡蝶，栩栩然胡蝶也。自喻适志与①! 不知周也。俄然觉，则蘧蘧②然周也。不知周之梦为胡蝶与? 胡蝶之梦为周与? 周与胡蝶则必有分③矣。此之谓物化④。(《齐物》)

【注释】①喻：同"愉"。适志：合乎心意。②蘧(qú)蘧然：惊动的样子。③分：区分、区别。④物化：事物自身的变化。此处意思为：外部事物都会与自身交合，即万事万物最后都是要合而为一的。

## 道在屎溺

东郭子问于庄子曰："所谓道，恶乎在①? "庄子曰："无所不在。"东郭子曰："期而后可②。"庄子曰："在蝼蚁。"曰："何其下邪? "曰："在稊稗③。"曰："何其愈下邪? "曰："在瓦甓。"曰："何其愈甚邪? "曰："在屎溺④。"东郭子不应。(《知北游》)

【注释】①恶(wū)乎在：在哪里。恶：哪里。②期而后可：落实一下才行。期：约定。③稊稗(tí bài)：稗草。④屎溺：屎尿。溺：同"尿"。

（选自《庄子今译今注》，商务印书馆，2007年版）

天人合一的主张，最先是庄子直接提出来的。庄子基于老子的"道生一，一生二，二生三，三生万物"和"人法地，地法天，天法道，道法自然"的观点，直接提出了"天人合一"的思想，认为："天地与我并生，而万物与我为一。"他的万物齐一，本质上就是天人合一的思想，其著名的《庄周梦蝶》，蝶与周，浑然一体了。所以在他看来，"天地有大美而不言，四时有明法而不议，万物有成理而不说"，之所以不说，天人合一，万物齐一，人完全可以用心去体会，可以原天地之美而达万物之理。道，无处不在，在天，在物，在人，人从自然的一切事物中都可以体道明理。"天人合一"经庄子提出后，到董仲舒加以发挥，再到北宋的张载加以哲学的阐发。

# 《孟子》论天人

⊙ 孟子　王博绘

孟子（约前372—约前289），名轲，字子舆，战国时期鲁国人，伟大的思想家、教育家，儒家学派代表人物。与孔子并称"孔孟"，尊称为"亚圣"，其弟子及再传弟子将其言行记录成《孟子》一书。

## 万物皆备于我

孟子曰："尽其心者，知其性①也。知其性，则知天矣。存其心，养其性，所以事天也。殀寿不贰②，修身以俟之③，所以立命也。"

孟子曰："万物皆备于我④矣。反身而诚⑤，乐莫大焉。强恕而行⑥，求仁莫近焉。"（《尽心上》）

【注释】①性：本性，天性。②殀：同"夭"。不贰：专一，专心。③俟之：等待天命。④万物皆备于我：一切我都具备了。⑤反身而诚：反躬自问，至诚行身。⑥强恕而行：不懈地推行恕道。

## 仁义礼智，我固有之

孟子曰："乃若其情①，则可以为善矣，乃所谓善也。若夫为不善，非才②之罪也。恻隐之心，人皆有之；羞恶之心，人皆有之；恭敬之心，人皆有之；是非之心，人皆有之。恻隐之心，仁也；羞恶之心，义也；恭敬之心，礼也；是非之心，智也。仁义礼智，非由外铄③我也，我固有之也，弗思耳矣。故曰：'求则得之，舍则失之。'或相倍蓰④而无算者，不能尽其才者也。诗曰：'天生烝民，有物有则。民之秉彝，好是懿德。'⑤孔子曰：'为此诗者，其知道乎! 故有物必有则，民之秉彝也，故好是懿德。'"（《告子上》）

【注释】①情：本来的性情。②才：材质，本质。③铄：渗入。④蓰（xǐ）：五倍。⑤出自《诗·大雅·烝民》。烝：众。彝：常道、法度。懿（yì）：美。

（选自《孟子》，山西人民出版社，1998年版）

# 西铭（节选）

张　载

张载（1020—1077），字子厚，凤翔郿县（今陕西眉县）横渠镇人，北宋思想家、教育家，理学创始人之一，世称横渠先生。

乾称父，坤称母；予兹藐焉，乃混然中处。故天地之塞，吾其体；天地之帅，吾其性。民，吾同胞；物，吾与也。

（选自《正蒙·乾称篇》，中华书局，1978年版）

【参考译文】

《易经》的乾卦，称作万物之父；坤卦称作万物之母。我如此藐小，却混然处于天地之间。这样看来，充塞于天地之间的（坤地之气），就是我的形色之体；而引领统帅天地万物以成其变化的，就是我的天然本性。人民百姓是我同胞的兄弟姊妹，而万物皆与我为同类。

【原典导读】

《西铭》是张载《正蒙·乾称篇》的开头部分，张载曾将其录于其学堂双牖的右侧。张载在《正蒙》中第一次将"天、人、合、一"四个字合在一起，正式提出了天人合一的口号。张载的天人合一思想在其《正蒙》的各个篇章中都有体现，而在《西铭》中则体现得更为集中，也正是在《西铭》中，他基于天人合一的思想，提出了"民胞物与"的主张。

# 古代诗歌中的天人关系

## 敕勒歌

### 北朝民歌

敕勒川，阴山下，天似穹庐，笼盖四野。天苍苍，野茫茫，风吹草低见牛羊。

## 山居秋暝

### 王　维

王维（701—761），字摩诘，号摩诘居士。唐朝著名诗人、画家。

空山新雨后，天气晚来秋。
明月松间照，清泉石上流。
竹喧归浣女，莲动下渔舟。
随意春芳歇，王孙自可留。

## 鸟鸣涧

### 王　维

人闲桂花落，夜静春山空。
月出惊山鸟，时鸣春涧中。

传统的精髓

# 春江花月夜

## 张若虚

张若虚（约647—约730），初唐诗人。

春江潮水连海平，海上明月共潮生。

滟滟①随波千万里，何处春江无月明！

江流宛转绕芳甸，月照花林皆似霰②；

空里流霜不觉飞，汀③上白沙看不见。

江天一色无纤尘，皎皎空中孤月轮。

江畔何人初见月？江月何年初照人？

人生代代无穷已，江月年年望相似。

不知江月待何人，但见长江送流水。

白云一片去悠悠，青枫浦上不胜愁。

谁家今夜扁舟子？何处相思明月楼？

可怜楼上月徘徊，应照离人妆镜台。

玉户帘中卷不去，捣衣砧上拂还来。

此时相望不相闻，愿逐月华流照君。

鸿雁长飞光不度，鱼龙潜跃水成文。

昨夜闲潭梦落花，可怜春半不还家。

江水流春去欲尽，江潭落月复西斜。

斜月沉沉藏海雾，碣石潇湘④无限路。

不知乘月几人归，落月摇情满江树。

【注】①滟（yàn）滟：波光荡漾的样子。②甸（diàn）：郊外之地。霰（xiàn）：小冰粒。③汀（tīng）：水边平地，小洲。④碣（jié）石、潇湘：一南一北，暗指路途遥远。

（选自《中国历代诗歌选》，人民文学出版社，1991年版）

第二章

# 和而不同

和而不同，意思是在为人处世方面，讲求和谐，但应该拒绝苟同。语出《论语·子路》："君子和而不同，小人同而不和。"

⊙ 邢永峰绘

### 牛人"史伯"测国运

根据《国语》记载，西周末年有一个人称"史伯"的牛人，能尽知天下事，他竟然准确预言了西周的灭亡。而他预知西周灭亡的理论武器，就是他提出的"和而不同"。

史伯生活的晚年，正值西周末年"烽火戏诸侯"故事的男主角周幽王当政的时代。这个周幽王，不问政事，听不进不同意见，他任用奸佞乖巧、善于奉承的虢（guó）石父为卿士执掌政事。许多有识之士都在考虑退路，连周幽王的叔父郑伯友也想另谋出路。一天郑伯友问史伯，周朝会衰败吗？史伯就说，差不多啦。为什么呢？史伯说了五个字"去和而取同"。史伯认为，"和"与"同"是两个不同的概念，"和"是不同事物之间的协调平衡，"和"的基础是"不同"，如果去掉了"不同"，变成无差别的一味的"同"，就会很危险。正是基于这样的思考，史伯提出了"和实生物，同则不继"的伟大思想，就是说，和谐才能生成万物，事物同一就不能发展。也正是由于他发现周幽王抛弃了"和实生物，同则不继"的法则，便断言周王朝的末日即将来临。果然，周幽王在位仅仅十一年，西周就灭亡了。可见这"和而不同"，实在是个了不起的理论。

### 智者晏婴巧设喻

后来春秋齐景公时期的著名政治家、思想家晏子，进一步继承和发扬了这一理论。齐景公有一个臣子叫梁丘据，很受景公宠爱。一天，景公打猎归来，晏子随侍左右，这个梁丘据也特地驾车赶到。景公见梁丘据来了就很高兴，说：只有梁丘据跟我很和谐啊！晏子一听，就说，不对，梁丘据也不过是"相同"而已，哪里说得上"和谐"呢？景公说："'和谐'与'相同'有别吗？"晏子用烹调打了个比方，说："当然有别。和谐就像做肉羹，用水、火、醋、酱、盐、梅来烹调鱼和肉，用柴火烧煮。然后调配味道，使各种不同的味融为一体；味不够就适当增加调料，味过重就用水冲淡。"景公有些明白了，晏子便顺势将话题转到政治，说：君臣关系也是如此。国君认为行的，其中也会有不对的，臣下进言指出不正确之处，使其更加完备；国君认为不行的，其中也会有可行的，臣下进言指出其中可行的，否定不可行的。君臣意见有别，才能得出真正正确之见，这就是和而不同啊。梁丘据并非这样。国君说行他也说行；国君说不行他也说不行。他的话对国君您没有任何参考价值，就像用水来调和水的味道，有什么用呢？用琴瑟老弹一个音调，谁听得下去？所以"相同"行不通，要"和而不同"才行。

### 至圣孔子倡和谐

比晏子稍微晚几年的孔子，敏锐地发现了这"和而不同"的价值，便接过了这面大旗。

孔子特别看重"和谐"，"和"成了儒家所特别倡导的伦理、政治和社会原则。《论语》中有大量关于"和"的论述，甚而由此发展出"中庸之道"，《礼记》就有一专章谈论"中庸"，提出："致中和，天地位焉，万物育焉。"将"中和"提到了至高无上的位置。

但是，儒家把和谐、中庸提到这样的高度，往往使人对他们的和谐观产生误解，认为他们主张的和谐就是中庸，就是不偏不倚，甚至于就是和稀泥。事实并非如此，孔子主张的"和"是"和而不同"之"和"，是他明确将"和而不同"作为衡量君子的标准提了出来，他指出："君子和而不同，小人同而不和"（《论语·子路》），"君子周而不比，小人比而不周"（《论语·为政》），他认为，道德高尚者善于团结不同意见的人，道德低下者则是几个臭味相投的人勾结在一起而排斥异己。他反对无原则的附和，反对老好人。当子贡问他说："乡人皆好之，何如？"他断然回答说："未可也。"子贡又问他："乡人皆恶之，何如？"他说："未可也。不如乡人之善者好之，其不善者恶之。"他将不分是非的老好人称为"乡愿"，认为这种人是道德的破坏者。

这样，我们就可以将"和而不同"的发展路径理清楚了：早在《尚书·尧典》中我们的先民就提出了"八音克谐，无相夺伦，神人以和"及"直而温""宽而栗"等辩证概念；后来到春秋时期史伯、医和、晏婴等提出"和同之辩"；再到孔子的"和为贵"和"和而不同"的君子标准，"和而不同"的思想就这样正式确立了。

### 和而不同真境界

"和而不同"思想，对中国古代文化产生了重要影响。

例如政治。唐太宗时期，名臣魏徵敢于进谏，甚至令皇帝难堪。一次退朝以后，唐太宗气冲冲地对其妻长孙皇后说："总有一天，我要杀死这个乡巴佬！"长孙皇后问他想杀谁，太宗说："还不是那个魏徵！他总是当廷侮辱我，叫我实在忍受不了！"长孙皇后一听，赶紧向他贺喜："天子英明大臣才正直，魏徵敢于这样，正是陛下英明啊。"后来直言敢谏的魏徵病死了，太宗很难过，流着眼泪说："以铜为镜，可以正衣冠；以古为镜，可以知兴替；以人为镜，可以知得失。魏徵没，朕亡一镜矣！"太宗的朝堂，君臣常有不同意见，大家能互相交流甚至激烈争辩，正是这种廷争，才构成了太宗朝堂基于不同意见的和谐，从而最终形成了贞观之治的大和谐。

　　就整个文化史而言，虽然在中国历史上确实出现过独尊儒术的现象，但事实上，中国文化，无论战国时代的百家争鸣，还是后来的儒道释三家并存，王霸并重，也是各家各有原则，互有补充，所以，中国文化也就有了"儒道互补"之说。在哲学思想方面，"天人合一"、阴阳交感的哲学观，就是强调不同质的事物构成和谐的整体，一个"太极图"将"和而不同"的观念发挥到极致。至于"礼辨异、乐和同"的儒家政治手段，"中和"美学观，中医的气血调和，都是这种思想的体现；我们发达的辩证思维，更是"和而不同"的集中反映。

　　"和而不同"更是君子之交的境界。北宋王安石和司马光的交往，就堪称"和而不同"的典范。司马光和王安石，是北宋政坛文坛的两颗巨星，二人私交甚好，却性格迥异，政见对立。庙堂之上，两人往往针锋相对。先是司马掌权，王安石反对其政治主张，将其从宰相宝座上赶了下来，自己担任宰相，大刀阔斧，推行改革。当王安石大权在握，皇帝询问他对司马光的看法，他却称司马乃"国之栋梁"，对其人品、能力、才学给予极高评价。所以，司马光虽然失宠，却并未因此陷入悲惨境地，生活仍然逍遥自在。而司马光却并没有因为王安石在皇帝面前说了自己的好话而停止反对新政。后来王安石新政在司马光等人的反对之下宣告失败，司马光重新掌权，这时也有人趁机向皇帝告王安石黑状，皇帝想惩治王安石，司马光却恳切地告诉皇帝：王安石嫉恶如仇，胸怀坦荡，忠心耿耿，颇具君子之风，陛下万不可轻信谗言。皇帝听完司马光之言，只说了一句话："卿等皆君子也！"

# 《论语》论 "和而不同"

⊙ 孔子　王博绘

孔子（前551—前479），子姓，孔氏，名丘，字仲尼，春秋时期鲁国人，伟大的思想家、教育家。儒家学派的创始人，尊称为至圣先师。其弟子及其再传弟子将其言行记录整理编成《论语》一书。

子曰："君子和而不同①，小人同而不和。"（《子路》）

【注释】①和而不同：讲求和谐而不同流合污。

有子曰：礼①之用，和为贵。先王之道②斯为美。小大由之，有所不行。知和而和③，不以礼节之，亦不可行也。（《学而》）

【注释】①礼：在春秋时代，"礼"泛指奴隶社会的典章制度和道德规范。孔子的"礼"，既指"周礼"，礼节、仪式，也指人们的道德规范。②先王之道：指尧、舜、禹、汤、文、武、周公等古代帝王的治世之道。③知和而和：只知道为和谐而和谐。

子曰："君子周而不比①，小人比而不周。"（《为政》）

【注释】①周：善于团结。比：拉帮结伙。

子曰："《关雎》，乐而不淫①，哀而不伤。"（《八佾》）

【注释】①乐而不淫：快乐而不放荡。

子曰："质胜文则野，文胜质则史①，文质彬彬②，然后君子。"（《雍也》）

【注释】①史：虚浮不实。②彬彬：配合适中的样子。

子曰："中庸之为德也，其至矣乎！民鲜久矣。"（《雍也》）

子曰："吾有知乎哉? 无知也。有鄙夫问于我,空空如也。我叩其两端<sup>①</sup>而竭焉"(《子罕》)

**【注释】**①两端:两头,指正反、始终、上下方面。

**【参考译文】**

孔子说:"我有知识吗? 其实没有知识。有一个乡下人问我,我对他谈的问题本来一点也不知道。我只是从问题的两方面去问,这样对此问题就可以全部搞清楚了。"

子贡问曰:"师与商<sup>①</sup>也孰贤?"子曰:"师也过,商也不及。"曰:"然则师愈<sup>②</sup>与?"子曰:"过犹不及。"(《先进》)

**【注释】**①师:颛孙师,即子张。商:卜商,即子夏。②愈:好一些。

子曰:"不得中行而与<sup>①</sup>之,必也狂狷<sup>②</sup>乎! 狂者进取,狷者有所不为也。"(《子路》)

**【注释】**①与:交往。②狷(juàn):拘谨,有所不为。

子贡问曰:"乡人皆好之,何如?"子曰:"未可也。""乡人皆恶之,何如?"子曰:"未可也。不如乡人之善者好之,其不善者恶之。"(《子路》)

子曰:"君子矜<sup>①</sup>而不争,群而不党<sup>②</sup>。"(《卫灵公》)

**【注释】**①矜:傲。这里指有傲骨,有尊严。②群而不党:合群而不结党。

子曰:"君子不以言举人,不以人废言。"(《卫灵公》)

孔子曰:"益者三友,损者三友。友直、友谅<sup>①</sup>、友多闻,益矣;友便辟、友善柔、友便佞<sup>②</sup>,损矣。"(《季氏》)

**【注释】**①谅:诚实。②便辟(pián pì):阿谀奉承。善柔:善于伪装。便佞(pián nìng):花言巧语。

子曰:"乡愿①,德之贼也。"(《阳货》)

【注释】①乡愿:乡中貌似谨慎忠厚、实则同流合污的伪善者。

(选自《论语译注》,中华书局,1980年版)

【原典导读】

阅读本章有助于我们准确而全面地理解孔门的和谐观。这些选文涉及孔门和谐观几个方面内容。

其一,和谐是儒家最高的道德境界,礼的推行要以和谐为贵,礼不是目标,和谐才是目标。所以说,"中庸之为德也,其至矣乎!"

其二,也是最关键的一点,儒家特别担心无原则的和谐,所以特别提出和谐的两大标准:一要以礼作为和谐的原则,所谓"小大由之,有所不行。知和而和,不以礼节之,亦不可行也"。二要严格区分"和"与"同",重申承史伯和晏子而来的"和而不同"的主张,明确表明,儒家主张的和谐必须经过自己大脑的独立思考,不人云亦云,是有自身独立原则的和谐。

其三,以"和而不同"作为君子的重要标准。《论语》中对君子提出了很高的要求,提出了很多衡量标准,比如,"君子怀德""君子怀刑","君子喻于义","君子欲讷于言而敏于行",君子"恭、敬、惠、义","君子博学于文,约之以礼","志于道,据于德,依于仁,游于艺",等等,但是说得最多的是"和谐"与"中庸",要求君子"文质彬彬","和而不同","周而不比"。

其四,从对人与物的具体评价中,体现"和而不同"的思想及其具体的实施标准。孔子论《诗经》,是"乐而不淫,哀而不伤",中庸和谐;孔子论人物,或曰过犹不及,强调和谐,强调中庸;或曰"善者好之,不善者恶之",反对无原则的附和,反对老好人。《论语》特别提出了"乡愿"一词,虽然《论语》一书未对"乡愿"作具体解释,但《孟子·尽心下》作了具体描述:"言不顾行,行不顾言,……阉然媚于世也者,是乡愿也",所以,乡愿,就是媚俗者。因此,《论语》"乡愿,德之贼也"的意思应该是:不分是非的老好人,是道德的破坏者。《论语》还现身说法,提出了"我叩其两端而竭焉"的思维方法,认为从事物的两端去追问,才能有全面的认识。

传统的精髓

# 《中庸》论"中和"

《中庸》原是儒家经典《礼记》中的一篇。《礼记》是一部关于汉民族典章制度的书籍,一般认为是战国时子思所作。

……喜、怒、哀、乐之未发,谓之中。发而皆中节,谓之和。中也者,天下之大本也。和也者,天下之达道也。致中和,天地位焉,万物育焉。(《第一章》)

仲尼曰:"君子中庸;小人反中庸。君子之中庸也,君子而时中。小人之反中庸也,小人而无忌惮也。"(《第二章》)

子曰:"中庸其至矣乎!民鲜能久矣。"(《第三章》)

子曰:"道之不行也,我知之矣:知者过之;愚者不及也。道之不明也,我知之矣:贤者过之;不肖者不及也。人莫不饮食也。鲜能知味也。"(《第四章》)

子曰:"舜其大知也与!舜好问而好察迩言。隐恶而扬善。执其两端,用其中于民。其斯以为舜乎!"(《第六章》)

子曰:"回之为人也:择乎中庸,得一善,则拳拳服膺,而弗失之矣。"(《第八章》)

子曰:"天下国家,可均也;爵禄,可辞也;白刃,可蹈也;中庸不可能也。"(《第九章》)

(选自《白话四书》,岳麓书社,1989年版)

第二章
和而不同

《中庸》原为《礼记》中的一篇，全文以"中庸"作为最高的道德准则和伦理规范。宋代理学家朱熹将其从《礼记》中抽取出来，把它与《大学》《论语》《孟子》并列为"四书"。

"中庸"属于道德行为的评价问题，也是一种德行，而且是最高的德行。宋儒说，不偏不倚谓之"中"，平常谓"庸"。"中庸"就是不偏不倚的平常的道理。中庸又被理解为中道，中道就是不偏于对立双方的任何一方，使双方保持均衡状态。中庸又称为"中行"，中行是说，人的气质、作风、德行都不偏于一个方面，对立的双方互相牵制，互相补充。中庸是一种折衷调和的思想。调和与均衡是事物发展过程中的一种状态，这种状态是相对的、暂时的。孔子揭示了事物发展过程的这一状态，并概括为"中庸"，这在古代认识史上是有贡献的。但在任何情况下都讲中庸，讲调和，就否定了对立面的斗争与转化，这是应当明确指出的。

传统的精髓

# 《周易》论"和"

《周易》,《易经》的"三易"之一,传统儒家经典之一,相传系周文王姬昌所作,内容包括《经》和《传》两个部分。

## 泰卦卦辞、彖辞、象辞

☷ (乾下坤上,地天"泰")

《泰》小往大来,吉,亨。

《彖》①曰:泰,小往大来,吉,亨。则是天地交②而万物通也,上下交③而其志同也。内阳而外阴,内健而外顺,内君子而外小人,君子道长,小人道消也。

《象》④曰:天地交,泰;后以财成⑤天地之道,辅相天地之宜,以左右民。

【注释】①《彖(tuàn)》:《周易》中解释卦义的文字。②天地交:自然万物相交通,即天地阴阳交合、阴阳和谐。③上下交:君臣上下的交流沟通、相和谐。④《象》:《周易》中解释卦象与爻象之辞。⑤财成:裁成,即制定、裁定。

## 咸卦卦辞、彖辞、象辞

☶ (艮下兑上,泽山"咸")

《咸》:亨。利贞。取①女吉。

《彖》曰:咸,感也。柔上而刚下,二气感应以相与②,止而说③,男下女④,是以"亨利贞,取女,吉"也。天地感而万物化生。圣人感人心,而天下和平。观其所感,而天地万物之情可见也。

《象》曰:山上有泽,咸。君子以虚受人⑤。

【注释】①取:同"娶"。②二气感应以相与:阴阳二气相感应而相处。

③止而说：下卦为"艮"，"艮"的含义是"止"，"止"为共处；上卦为"说"，"说"的含义为悦，"悦"为慕悦。因而咸卦具有融洽共处互相慕悦意蕴。

④男下女：男子谦逊地对待女子。古时重男轻女，唯婚礼上有"男下女"的礼式，如男方至女家迎亲等。⑤以虚受人：以谦虚的态度接受他人的教益。

（选自《周易译注》，中华书局，1991年版）

**【原典导读】**

《易经》是儒家的重要经典，被誉为群经之首，是中华祖先从上古传承下来的文明智慧。它本来是先民的占卜之书，儒家学者对此作了许多发挥，写出了周易"十翼"。"十翼"即《易传》，是解释《周易》的著作，包括《彖》上下、《象》上下、《文言》、《系辞》上下、《说卦》《序卦》《杂卦》，共有十篇，故称"十翼"。《周易》强调变化与守中。"十翼"更加发挥了周易的中和思想，如本节所选的"泰卦"，就特别强调"天地交而万物通也，上下交而其志同也。内阳而外阴，内健而外顺，内君子而外小人"。所谓天地交，就是指阴阳和谐；所谓上下交，就是指君臣和谐。而"咸卦"之"咸"，释义为"感"，感，就是交感，就是感应，就是和谐。所以，它强调"柔上而刚下，二气感应以相与""天地感而万物化生。圣人感人心，而天下和平"。要求"君子以虚受人"，因为君子处上位，容易骄人，导致不和谐，所以要"以虚受人"。

# 《黄帝内经》论"和"

《黄帝内经》是中国最早的医学典籍,分《灵枢》《素问》两部分,相传为黄帝所作,但后世一般认为此书成于西汉,是由中国历代黄老医家传承、增补、发展创作而成。

## 素问·生气通天论(节选)

岐伯①曰:阴者,藏精而起亟②也,阳者,卫外而为固也。

阴不胜其阳,则脉流薄疾,并乃狂。阳不胜其阴,则五脏气争,九窍不通。

是以圣人陈③阴阳,筋脉和同,骨髓坚固,气血皆从。如是则内外调和,邪不能害,耳目聪明,气立如故。

【注释】①岐伯:中国上古时期最有声望的医学家,后世尊称为"医圣"。《黄帝内经》主要记载的就是黄帝与岐伯的对话。②亟:即"气"。③陈:陈列,此指陈列得宜,不使一方胜过另一方。

## 素问·至真要大论(节选)

帝曰①:善。治之奈何?

岐伯曰:厥阴之复②,治以酸寒,佐以甘辛,以酸泻之,以甘缓之。少阴之复,治以咸寒,佐以苦辛,以甘泻之,以酸收之,辛苦发之,以咸软之。太阴之复,治以苦热,佐以酸辛,以苦泻之,燥之,泄之。少阳之复,治以咸冷,佐以苦辛,以咸软之,以酸收之,辛苦发之,发不远热,无犯温凉,少阴同法。阳明之复,治以辛温,佐以苦甘,以苦泄之,以苦下之,以酸补之。太阳之复,治以咸热,佐以甘辛,以苦坚之。治诸胜复,寒者热之,热者寒之,湿者清之,清者温之,散者收之,抑者散之,燥者润之,急者缓之,坚者软之,脆者坚之,衰者补之,强者泻之,各安其气,必清必静,则病气衰去,归其所宗,此治之大体也。

【注释】①帝：黄帝，古华夏部落联盟首领，中国远古时代华夏民族的共主。五帝之首。《黄帝内经》即记载（假托？）黄帝与医圣岐伯的对话。②厥阴之复：指厥阴脉复气导致的病。厥阴：中医脉络名。下文少阴、太阴、少阳、阳明、太阳，都是中医经络名称。

（选自《黄帝内经》，中华书局，2014年版）

【原典导读】

《黄帝内经》分《灵枢》《素问》两部分，是中国最早的医学典籍，是传统医学四大经典著作之一（其余三者为《难经》《伤寒杂病论》《神农本草经》），它在黄老道家理论上建立了中医学的基础理论，重视从整体观上来论述医学，重视阴阳平衡，五行平衡，寒热平衡，气血调和，内外调和。这里所选两节，第一节主要讲阴阳平衡和气血调和，第二节主要讲寒热平衡，讲用药的药性平衡和内外平衡。

第三章
# 大道至简

　　"大道至简"，意思是，大道理是极其简单的，简单到一两句话就能说明白。语出五代陶埴的《还金术》："妙言至径，大道至简。"（见明代道教典籍《正统道藏》）

⊙ 陈连强绘

**语言奠定心理基础**

说中国文化的简约，首先想到的是我们的语言。

英文书籍，动辄几百页；中国书籍，极少大部头。若将中文书译成英文，厚度大概要增加一倍；若是文言，则要增加四五倍。因为汉语讲究的就是简约，语言手段十分经济，无复杂繁多的外在形态变化，尤其是形成了一种西方人看来是频繁"省略"的特点，文言尤为突出，如下面这段文字，选自清代文学家方苞的《左忠毅公逸事》，括号外面的是原文，括号里面的是按照现代汉语习惯补充的所谓"省略"：

先君子尝言，乡（之）先辈左忠毅公视学（于）京畿。一日，风雪严寒，（公）从数骑出，微行，入古寺。（见）庑下一生伏（于）案卧，（其：他的）文方成草；公阅（之）毕，即解（其：自己的）貂覆（于）生，为（之）掩户。（公）叩之（于：向）寺僧，（僧）（曰）（生：这年轻人）则史公可法也。及试，吏呼名，至史公，公瞿然注视（之：他），（生：年轻人）呈卷（于）（公），（公）即面署（其）（为）第一。召（之）入（于：到）（内堂），使（之）拜夫人，（公）曰："吾（之）诸儿碌碌，他日继吾志者，惟此生耳。"及左公下厂狱，史朝夕（守）（于）狱门外……

才117个字的短文，至少省略了30个成分或部件，几乎每三个字就有一项省略，且主谓宾等所有成分，实词、虚词各种词类，都可以省，如将其与英语比，那就更不知省略多少了。外国人可能觉得是天书，但汉民族却习以为常，有充分的语言心理承受力。

**八卦开启尚简之门**

中国文化源头上开启这尚简之门的便是被称为万经之祖的《易经》中的八卦。按古人解释，"易"有"三易"，即简易、变易和不易，简易居首。无论伏羲八卦还是文王64卦384爻，均由阴阳两爻不同组合演化而成。而其卦爻辞在解释世间现象时也是以阴阳两个基本概念为核心，将世间万象与其对应：天与地，男与女，刚与柔，等等。这里，涉及先民模型化的思维方式，即先用归纳推理，将世间万事万物的特性归纳抽象为阴阳两个对立性质，由此形成阴与阳这两个关于宇宙的最基本概念，然后用这两个近乎宇宙模型的概念，来演绎解释世间万象。在他们看来，似乎一切都能用阴阳二字解释清楚，天地、乾坤、日月、寒暑、男女、尊卑、高下、刚柔，无非阳与阴。万象纷纭，过于复杂，难以把握，一旦阴阳二分，就简单了，明朗了，容易把握了。所以"乾以易知，坤以简能；易则易知，简则易从"，"易简而天下之理得"（《周易·系辞》）。由此看来，八卦的简，不是简单的简，而是简易的简，简约的简；是以简驭繁的简，由博返约的简，是博观约取、厚积薄发的简；是在对世间万象作了归纳抽象之后的简。简易中有变易，变易中有不易，有永恒的规律。这种简，像数学的简，计算机的由"0"与"1"形成的计算方式，实际上就是一种阴阳思维方式。

### 儒道催化尚简传统

孔子尚简，《论语》中有许多尚简的文字："以约失之者鲜矣"（《里仁》），"辞达而已矣"（《卫灵公》）。孔子十分欣赏颜回的简单生活："贤哉回也！一箪食，一瓢饮，在陋巷，人不堪其忧，回也不改其乐。贤哉，回也！"（《雍也》）其实，整部《论语》就是非常"简"的语录汇编。当然，最能说明孔子尚简的是，孔子开启了中国史学的尚简传统。中国史学传统，一是实录，二是微言大义，三是尚简。微言大义，就是尚简。孔子编《春秋》，讲究微言大义，一字立褒贬。《春秋》一书，是对春秋时期240多年各国大事的逐年记录，全文却不过16000多字，每年平均才用60多字，而里面的每一句话却几乎都让左丘明写成了一段历史，写成了复杂的故事。司马迁写史记，真实生动地反映从上古到汉初3000多年历史的精神风貌，也只用了52万多字，每年平均只用了170多字。唐代史学家刘知幾进一步发挥这种尚简精神，明确提出史学的尚简主张："夫国史之美者，以叙事为工，而叙事之工者，以简要为主。简之时义大矣哉！"（《史通》）

儒家尚简，道家更尚简。一部《道德经》，仅五千言，说尽世间规律，道尽人生至理。中国古代极少长篇大论，多是欲言又止的语段，这是思想史源头的哲人们开启的传统。老子倡导简朴生活，认为"五色令人目盲；五音令人耳聋；五味令人口爽；驰骋畋猎，令人心发狂；难得之货，令人行妨"。要求绝圣弃智，返璞归真，回归原始生活。道家在骨子里就是简约、简朴、简单的。即使后来的道教，也不重讲经说法，只重师徒间口传心授，许多经典置之高阁。不过，要说明的是，老子虽然尚简，但"大道至简"一语并非出自《老子》，而是出自五代陶埴的《还金术》："妙言至径，大道至简。"

## 简约蕴含无穷韵味

这样的语言，这样的传统，使得我们文化心理朝着简约的方向发展。在别人那里繁复的东西，一旦到了我们的手里，就变得简约起来。如佛教，其教义之繁复深奥，较之中国道教不知凡几。且禅宗修行，不重诵经念佛，讲究不立文字，见性成佛，倡导顿悟，不像印度瑜伽和大、小乘佛教，极重修行方法的次第或步骤。

再如中国围棋，简直将《易经》"简易、变易、不易"的思维方式发挥到极致。围棋形式简单：方棋盘，圆棋子，黑白两色，无将士相马之分工，无司令连长的级别。围棋规则简单，四子围一子，一学就会。但围棋的复杂又举世公认，围棋有多少变化？数学家说是361的361次方。围棋的变化还远不止此，它还可以打劫、吃子，变化就更多了。围棋同样也是以简驭繁。

中国的绘画，少有西方的浓墨重彩和繁复的结构，有人把中国艺术归纳为线的艺术，颇有道理。中国原始社会的绘画一开始就趋向图案化，不同于欧洲旧石器时代的壁画风格，仰韶彩陶把各种具体事物都线条化了。中国画讲究意笔勾勒，随意点染，甚至发展了一种很具"简"的特征且具极高审美价值的绘画艺术——水墨画，仅仅黑白两色，却幻化出无穷的诗情画意。音乐，也尚简，《礼记·乐记》说，大乐必易，大礼必简。在中国传统文化的土壤没有生发出西方那种繁复的交响乐。中国的文学文章也以简为表达理想，孔子说，"辞达而已矣"；刘勰说，"文约为美"，"析词尚简"；陆机说，"立片言以居要"；刘大櫆（kuí）说，"简为文章尽境"。汉民族之所以缺乏史诗，视简为文章尽境，当是重要的文化心理原因之一吧？

# 《周易》论"简"

## 系辞 ① 上（易简而天下之理得）

乾以易知，坤以简能；易则易知，简则易从；易知则有亲，易从则有功；有亲则可久，有功则可大；可久则贤人之德，可大则贤人之业。易简而天下之理得矣。天下之理得，而成位乎其中矣。

【注释】①系辞：《周易·大传》之一种，主要用来解释卦爻辞的意义及卦象爻位，其思想对中国哲学产生了巨大影响。

【参考译文】

天以平易来显现它的智能，地以简朴来显现它的功能。正因为平易才容易被人了解，因为简约才容易使人遵从。容易被人了解才能使人亲近，容易使人遵从才能发挥功效。有了亲近之感，这种依存关系才能长久地维持下去，有了功效才能发展壮大。长久的依恋，就能塑造人的品德，发展壮大，就能成就人的功业。掌握了简易的原则，天地间的道理就能理解了。理解了天地间的道理，阴阳刚柔贵贱尊卑的位置系统就自然确立起来了。

## 系辞下（坤聩然示人简矣）

八卦成列，象在其中矣；因而重之，爻在其中矣。刚柔相推，变在其中矣。系辞焉而命之，动在其中矣。吉凶悔吝者，生乎动者也；刚柔者，立本者也；变通者，趣时者也。吉凶者，贞胜者也；天地之道，贞观者也；日月之道，贞明者也；天下之动，贞夫一者也。夫乾，确然示人易矣！夫坤，聩然示人简矣！爻也者，效此者也！象也者，像此者也；爻象动乎内，吉凶见乎外，功业见乎变，圣人之情见乎辞。

**【参考译文】**

八卦布列（成位），卦象就包含在其中了；又将八卦相重，六爻亦包含在其中了；阴阳刚柔爻画相互推移，变动也包含在其中了；系上文辞而明示给人，人的行动原则就包含在其中了。吉凶悔吝，产生于爻的变动；刚和柔，是立卦的根本；变通，取义于（卦爻之）时，吉凶，以正而取胜；天地之道，以正而能观瞻；日月之道，以正而得光明；天下之动，以正而归于一。乾，高大而示人平易；坤，卑下而示人简约。爻，仿效于此；卦象，取像于此，爻象在卦内变动，吉凶在卦外显现，建功立业在变动中显现。圣人的情感在卦爻辞中显现。

（选自《周易译注》，中华书局，1991年版）

**【原典导读】**

阅读易经，从一个基本点开始，那就是阴与阳，这是整个八卦和易经的立足点，八卦共64卦，384爻，实际上就是由阴爻和阳爻这两爻的不同组合演化而成。易经解释世间现象也是以阴阳两个基本概念为核心，世间的一切事物与这两个概念形成关系：天与地，日与月，前与后，男与女，刚与柔，动与静，等等等等，实际上，我们的先民是先用归纳推理的方式，将世间万事万物的特性加以抽象，最后归纳抽象成阴阳两个对立性质，形成阴与阳这两个关于宇宙的最基本概念，然后用这两个近乎宇宙模型的阴阳概念，来进行演绎，来解释世间万象，所以，在所选的这两段文字中，就很自然地出现了一系列的概念：天地、乾坤、日月、寒暑、男女、尊卑、高下、刚柔，也正因为如此，复杂万象，在这里就变得简单了，变得明朗了，变得容易把握了。所以，文章说，"乾以易知，坤以简能；易则易知，简则易从"，"夫乾，确然示人易矣！夫坤，聵然示人简矣"，"易简而天下之理得"。所以，易经的简，不是简单的简，而是简易的简，是简约的简，是以简驭繁的简，是在对世间万象作了归纳抽象之后的简，实际上是一种数学的简，计算机的由"0"与"1"形成的计算方式，实际上就是一种阴阳思维方式。所以，古人卜卦，又叫算卦。我们的古人是聪明的，可惜的是，我们后来只满足于这样的简单抽象了事，没有深入下去。

# 史通·叙事·尚简 ①（节选）

刘知幾

传统的精髓

刘知幾（661—721），字子玄，唐代史学家，著有历史理论著作《史通》。

夫国史之美者，以叙事为工，而叙事之工者，以简要为主。简之时义大矣哉！

历观自古，作者权舆②，《尚书》发踪，所载务于寡事，《春秋》变体，其言贵于省文③。斯盖浇淳殊致④，前后异迹。然则文约而事丰⑤，此述作之尤美者也。

始自两汉，迄乎三国，国史之文，日伤烦富。逮晋已降⑥，流宕⑦逾远。寻其冗⑧句，摘其烦⑨词，一行之间，必谬增数字；尺纸之内，恒虚费数行。未聚蚊成雷⑩，群轻折轴⑪，况于章句不节，言词莫限，载之兼两，曷足道哉？

…………

盖饵巨鱼者，垂其千钓，而得之在于一筌⑫；捕高鸟者，张其万置，而获之由于一目⑬。夫叙事者，或虚益散辞，广加闲说，必取其所要，不过一言一句耳。苟能同夫猎者、渔者，既执而置钓必收，其所留者唯一筌一目而已，则庶几胼胝⑭尽去，而尘垢都捐，华逝而实存，滓去而渖⑮在矣。嗟乎！能损之又损，而玄之又玄，轮扁⑯所不能语斤，伊挚所不能言鼎也⑰。

【注释】①《史通》是中国乃至世界的首部系统性的史学理论专著。②权舆：起始，萌芽。③省文：省略。④浇淳殊致：刻薄与淳朴差别很大。⑤文约而事丰：文字简约，含义丰富。⑥逮晋已降：到晋朝以后。⑦流宕：漂泊。⑧冗：多余。⑨烦：同"繁"。⑩聚蚊成雷：许多蚊子聚到一起，声音会像雷声那样大。⑪群轻折轴：东西虽轻，积攒多了也能把车轴压断。⑫垂其千钓，而得之在于一筌：意谓下了很多钓，钓到鱼的只有一支。筌：捕鱼竹器。⑬一目：渔网的一个孔眼，此指一张网。⑭胼胝（pián zhī）：老茧。⑮渖（shěn）：汁液。⑯轮扁：语出《庄子》"轮扁斫轮"的故事，木匠轮扁70多岁还在做车轮,他说做车轮的技术他无法用言语教给他儿子。⑰伊挚:商朝宰相,曾经做过厨师,并由烹饪而通治国之道,说五味的调和、火候的掌握,只能用心体会,难以言语表达。他说:"鼎中之变,精妙微纤,口弗能言,志弗能喻。若射御之微,阴阳之化,四时之数。"

(选自《中国历代文论选》第二册,上海古籍出版社,1979年版)

**【原典导读】**

　　本文是一篇史学理论论文,明确提出了史学的尚简主张。中国是一个十分重视史学的民族,李泽厚先生在其《说巫史传统》一书中说中国文明有两大征候特别重要,一是以血缘宗法家族为纽带的氏族体制,一是理性化了的巫史传统。从事求神占卜等活动的人叫"巫",掌管天文、星象、历数、史册的人叫"史"。举凡先公先王的世系,当代君王的言行,军国要务,祸福灾祥均在巫史的记载之列。可以说,在中国,自有文明以来,就有史官的存在。中国史学的传统,一是实录,二是微言大义,三是尚简。尚简的传统在中国早期的史书《尚书》尤其是《春秋》就已经确立了。孔子编《春秋》,所记240多年的各国大事,每年平均只用了60多字,几乎里面的每一句话都让左丘明写成了一段历史,写成了一个甚至是很复杂的故事。到司马迁写《史记》,从上古到汉初,也只用了52万多字,就真实生动地反映了3000多年历史的精神风貌。但是,刘知幾认为《史记》还是不太简。至于《汉书》,那比《史记》繁复多了,西汉仅210年的历史,《汉书》用了74万多字,每年平均用了3500多字,按历史长度与书写字数的比例,《汉书》的字数是《史记》的20倍了。所以刘知幾感到担忧,对史书的繁复,提出了批评。他提出的基本主张就是,"饵巨鱼者,垂其千钧,而得之在于一筌;捕高鸟者,张其万罝,而获之由于一目",这个主张,实际上是司马迁的精神,就是一滴水反映太阳的光辉,就是以简驭繁。

# 《论语》论尚简

　　林放问礼之本，子曰："大哉问！礼，与其奢也，宁俭；丧，与其易<sup>①</sup>也，宁戚。"（《八佾》）

　　【注释】①易：周到。

　　子曰："以约<sup>①</sup>失之者鲜矣。"（《里仁》）

　　【注释】①约：简约。

　　仲弓问子桑伯子，子曰："可也简<sup>①</sup>。"仲弓曰："居敬<sup>②</sup>而行简，以临其民，不亦可乎？居简<sup>③</sup>而行简，无乃大简乎<sup>④</sup>？"子曰："雍之言然。"（《雍也》）

　　【注释】①可也简：说子桑伯子不错，因为他办事简约不繁琐。②居敬：居心严肃。③居简：居心简单，即态度不认真。④无乃大简乎：恐怕太简单了吧。

　　子曰："不仁者不可以久处约，不可以长处乐。仁者安仁，知者利仁。"（《里仁》）

　　子曰："贤哉回也！一箪食，一瓢饮，在陋巷，人不堪其忧，回也不改其乐。贤哉，回也！"（《雍也》）

　　子曰："奢则不孙<sup>①</sup>，俭则固<sup>②</sup>。与其不孙也，宁固。"（《述而》）

　　【注释】①孙：同"逊"。②固：寒碜。

　　子曰："辞达<sup>①</sup>而已矣。"（《卫灵公》）

　　【注释】①达：表达思想。

（选自《论语译注》，中华书局，1980年版）

# 《老子》论尚简

　　五色令人目盲；五音令人耳聋；五味令人口爽①；驰骋畋猎②，令人心发狂；难得之货，令人行妨③。是以圣人为腹不为目，故去彼取此。(《第十二章》)

　　【注释】①爽：违背，丧失。②驰骋畋猎：纵马打猎。③妨：受损害。

　　其政闷闷，其民淳淳；其政察察，其民缺缺①。……是以圣人方而不割，廉而不刿②，直而不肆，光而不耀。(《第五十八章》)

　　【注释】①闷闷：昏昧浑噩，此指宽厚。察察：明察秋毫状。缺缺：狡诈。②廉：有棱角，方正。刿（guì）：割伤，伤害。

　　（选自《老子·列子·庄子》，岳麓书社，1991年版）

# 论文偶记①（节选）

刘大櫆

刘大櫆（1698—1779），安徽桐城人，清代文学家，与方苞、姚鼐并称"桐城三祖"。

文贵简。凡文，笔老②则简，意真则简，辞切③则简，理当则简，味淡则简，气蕴④则简，品贵⑤则简，神远而含藏不尽则简。故简为文章尽境。

【注释】①《论文偶记》是清代桐城派散文家刘大櫆所著探讨散文写作艺术的论文。②笔老：笔法老练。③辞切：言辞准确切要。④气蕴：文气含蓄深厚。⑤品贵：文风庄重。

（选自《刘大櫆集》，上海古籍出版社，1990年版）

第四章

# 辩证思维

　　辩证思维：是指以变化发展的观点来认识事物的思维方式，强调以普遍联系的观点、发展变化的观点和对立统一的观点去观察和认识事物。

⊙ 秦秋寒印

**老子是辩证思维的始祖**

道家有两个很有名的寓言故事，一个叫做"齿亡舌存"。据汉代刘向《说苑》记载，老子的老师常枞（cōng）重病在床，老子赶去探望，难免伤心，便问："先生怕要驾鹤西归了，有什么临终教训要教导学生的吗？"常枞喘一口气，慢慢张开嘴巴问道："你看我的舌头还在吗？"老子说："在呀。"老师又问："那我的牙齿呢？"老师的牙齿早就一颗也没有了。老师问："你知道这是为什么吗？"老子知道，舌头还能存在，是因为柔软，牙齿全掉了，是因为太刚硬。这让老子明白，世事无绝对，并非刚强就一定强大，柔弱就一定渺小，强弱是相对的，也是可以相互转化的。另一则大家最熟悉的故事"塞翁失马"，语出汉代淮南王刘安《淮南子》，表达的亦是一种福祸相互转化的意思，诠释的就是老子"祸兮福之所倚，福兮祸之所伏"的观点。

翻开《老子》五千言，你会发现，几乎无处不体现这种辩证的思维：

在老子看来，万事万物普遍联系，都与其对立面相互依存、互相转化："有无相生，难易相成，长短相形，高下相倾，音声相和，前后相随。""天下皆知美之为美，斯恶已；皆知善之为善，斯不善已。"

事物的转化是一个量的积累过程："天下难事必作于易，天下大事必作于细。""合抱之木，生于毫末；九层之台，起于累土；千里之行，始于足下。"

物极必反："物壮则老。""兵强则灭，木强则折。""甚爱必大费，多藏必厚亡。"

老子善于从反面思考问题，提出了"反者道之动"的逆向思维方式。他认为，"曲则全，枉则直，洼则盈，敝则新，少则得，多则惑"；由此他提出了一些奇招：无为而无不为、柔弱胜刚强、不争而善胜、以退为进、欲取姑予，等等。

**儒家对辩证思维的新贡献**

儒家也讲辩证，其"中庸"思想就有辩证因素，而其"和而不同"，更是一种典型的辩证思维。孔子倡导的"因材施教""教学相长"的教育理念，"欲速则不达"的行为原则，"温而厉，威而不猛，恭而安""文质彬彬"的为人准则，都有浓厚的辩证因素。

道家对人的主观能动性重视不够，儒家起而纠偏，君子以自强不息，就是儒家的观念。而儒家在重视主观能动性的同时，也特别重视环境的作用，孟母三迁的故事大家耳熟能详。《孟子》里还有一则故事叫"一傅众咻"：有个楚国大夫想叫他儿子学说齐国话，找了个齐国人来教他，但由于一直用楚语与人交谈，孩子怎么也学不会齐语，即使天天用鞭子抽打逼迫，也无济于事。后来，这个大夫把儿子带到齐人聚居地，他很快就学会了齐语。既重视主观能动性，又强调环境的反作用，这应是儒家在辩证思维上的新贡献。

而主要属于儒又融入道家思想的《周易》，其辩证思维体现得尤为充分。《周易》有两个核心思想：一是变的思想，所谓"易有三义：变易、简易、不易"。"易"，首先是"变易"，但变中有不变。整个八卦，就是通过阴阳两爻演化为64卦，384爻，而实际占卜，每卦的卦爻又可能产生阴阳反转，这便形成了无穷变数。但无论怎么变，其基本义理没有变。二是对立统一思想。卦的基本概念是阴阳，其基本思想就是阴阳两极的相辅相成、相生相克和相互转化，整个64卦、384爻全是基于阴阳两爻，所谓"一阴一阳之谓道"，所谓"阴阳合德而刚柔有体"，所谓"刚柔相摩，八卦相荡""刚柔相推而生变化"（《周易·系辞》）。

### 先秦诸子其实都辩证

先秦其他诸子，也同样具有辩证观念。像韩非子寓言《自相矛盾》，就正式提出了"矛盾"一词，揭示出事物之间的对立统一。而《吕氏春秋》的《察今》篇，有两个寓言故事，一个是大家非常熟悉的"刻舟求剑"，另一个叫"荆人袭宋"，说的是楚国人想偷袭宋国，提前派人测量澭水的深度，并逐段做好标记。没想到，行动的那天傍晚澭水突然猛涨，楚国人不知道，深更半夜，仍旧按照原先设下的标志偷渡。结果，一千多名士兵全部被激流卷走。楚军惊恐万状。以前他们先做标记的时候，标记是可以引导涉水的，但后来水位已发生了变化，楚国人还是按原来的标记涉水渡河，这怎么能不失败呢？《察今》一文就是用这两个故事来说明：不能盲目效法古代帝王的法令制度，"凡先王之法，有要于时也。时不与法俱在，法虽今而在，犹若不可法。故释先王之成法，而法其所以为法。"意思是说，凡是先王的法令制度，是切合时代的需要的。过去的时代不能与法令制度的条文一同存在下来；古代的法令制度即使现在还保存下来，还是不能取法它。因此要抛弃先王现成的法令制度，而取法他制定法令制度的根据。这里实际上含有"实事求是""与时俱进"的因素了。

古代兵家，在辩证思维上几乎与道家如出一家，以致有人认为老子《道德经》就是一部兵书。老子说"兵强则灭，木强则折"，"善为士者不武"，"祸莫大于轻敌"。像兵家的《孙子兵法》13篇，每一篇都渗透着辩证的思想，如"不战而屈人之兵"（《谋攻》），"避实击虚"（《虚实》），"以逸待劳"（《军争》），"出奇制胜""死而复生"（《势篇》），"置之死地而后生，巧能成事"（《九地》），等等，是与老子"不谋而合"还是"有谋而合"呢？

### 辩证思维的广泛渗透

辩证思维渗透到了中华文化的方方面面，渗透到了中国人的骨子里。

辩证思维渗透最深的是中医。中医用阴阳五行观念构筑起整个理论大厦，其基本理论主要是三点：一是认为人体自身各部分及其与自然、社会环境的息息相关，这是人体与环境的联系观和整体观；二是其阴阳观念，具体表现为阴阳对立、阴阳制约、阴阳消长、阴阳转化、阴阳平衡的观点；三是金木水火土五行相生相克的基本理论。这三大理论无疑继承了儒家的中庸思想，道家的联系的观点和整体观以及《易经》的阴阳观念，并将其糅合成为一个整体，形成了其最具辩证特色的中医文化。

中国艺术，极重虚实相生、文质兼备、形神兼备；中国武术，像太极拳，强调虚实相生、以柔克刚；为人处世，重视文质彬彬，因势利导，和而不同；中国教育，讲究因材施教，教学相长；观物察人，注意大巧若拙，大智若愚。这都是辩证意识的体现。

所以，著名汉学家李约瑟说："当希腊人和印度人很早就仔细地考虑形式逻辑的时候，中国人则一直倾向于发展辩证逻辑。"（《中国科学技术史》）

当然，学习古人的辩证思维，也要注意防止所谓"相对主义"，就是片面地夸大事物性质的相对性，抹煞事物确定的规定性，取消事物之间的界限，这可能导致诡辩、取消真理。所以，我们在学习辩证思维的过程中，主要是学习其整体的观点、联系的观点、发展变化的观点。

# 《老子》与辩证思维

　　天下皆知美之为美，斯恶已①；皆知善之为善，斯不善已。故有无相生，难易相成，长短相形②，高下相倾③，音声④相和，前后相随。是以圣人处无为之事，行不言之教；万物作⑤焉而不辞⑥，生而不有，为而不恃，功成而弗居。夫唯不居，是以不去。（《第二章》）

　　【注释】①恶：丑。已：通"矣"。②形：比较。③倾：充实、补充。④音声：合奏出的乐音叫作"音"，单一发出的音响叫作"声"。⑤作：兴起。⑥辞：同"司"，掌管。

　　曲则全，枉则直，洼则盈，敝①则新，少则得，多则惑。是以圣人抱一②为天下式。不自见，故明；不自是，故彰；不自伐，故有功；不自矜，故长。③夫唯不争，故天下莫能与之争。古之所谓"曲则全"者，岂虚言哉！诚，全而归之。（《第二十二章》）

　　【注释】①敝：凋敝破旧。②抱一：此意为守道。抱：守。一：道。③伐、矜：自夸。

　　将欲歙①之，必固张之；将欲弱之，必固强之；将欲废之，必固兴之；将欲取之，必固②与之。是谓微明③。柔胜刚，弱胜强。鱼不可脱于渊，邦之利器，不可以示人。（《第三十六章》）

　　【注释】①歙（xī）：敛，合。②固：通"姑"，暂且，姑且。③微明：微妙的先兆。

　　反者道之动①；弱者道之用②。天下万物生于有，有生于无。（《第四十章》）

　　【注释】①反者道之动：循环往复是道的运动。②弱者道之用：柔弱不争是道的作用。

大成若缺，其用不弊<sup>①</sup>。大盈若冲<sup>②</sup>，其用不穷。大直若屈，大巧若拙，大辩若讷。静胜躁，寒胜热。清静为天下正。(《第四十五章》)

【注释】①弊：破敝，衰竭。②冲：空虚。

其政闷闷，其民淳淳；其政察察，其民缺缺。祸兮福之所倚，福兮祸之所伏。孰知其极？其无正也。正复为奇，善复为妖。人之迷，其日固久矣。是以圣人方而不割，廉而不刿，直而不肆，光而不耀。(《第五十八章》)

【注释】见《大道至简》章。

其安易持，其未兆易谋；其脆易泮<sup>①</sup>，其微易散。为之于未有，治之于未乱。合抱之木，生于毫末；九层之台，起于累土；千里之行，始于足下。为者败之，执者失之。是以圣人无为故无败，无执故无失。民之从事，常于几成而败之。慎终如始，则无败事。是以圣人欲不欲，不贵难得之货，学不学，复众人之所过，以辅万物之自然，而不敢为。(《第六十四章》)

【注释】①泮：融化，分离，散破。

人之生也柔弱，其死也坚强。草木之生也柔脆，其死也枯槁。故坚强者死之徒<sup>①</sup>，柔弱者生之徒。是以兵强则灭，木强则折。故强大处下，柔弱处上。(《第七十六章》)

【注释】①徒：类。

天之道，其犹张弓欤？高者抑之，下者举之；有余者损之，不足者补之。天之道，损有余而补不足。人之道，则不然，损不足以奉有余。孰能有余以奉天下？唯有道者。是以圣人为而不恃，功成而不处，其不欲见贤邪？(《第七十七章》)

天下莫柔弱于水，而攻坚强者莫之能胜，以其无以易之。弱之胜强，柔之胜刚，天下莫不知，莫能行。是以圣人云：受国之垢，是谓社稷主；受国不祥，是谓天下王。正言若反<sup>①</sup>。(《第七十八章》)

【注释】①正言若反：正面的话好像在反说一样。

信言不美，美言不信。善言不辩，辩言不善。知者不博，博者不知。圣人不积，既以为人己愈有，既以与人己愈多①。天之道，利而不害；圣人之道，为而不争。（《第八十一章》）

【注释】①既以为人己愈有，既以与人己愈多：尽自己所有为了别人，自己就更富有；尽自己所有给予别人，自己就会更加增多。

（选自《老子·列子·庄子》，岳麓书社，1991年版）

**【原典导读】**

《老子》全书五千言，始终贯穿着辩证的思考，几乎每一章都涉及辩证思维。这里所选仅仅是特别典型的几章而已。仅仅读这几章，你可能会发现，老子已经涉及辩证思维的许多方面，如事物存在的相对性：有无相生，难易相成，长短相形，高下相盈，音声相和，前后相随。现象与本质关系的复杂性："信言不美，美言不信。善者不辩，辩者不善。知者不博，博者不知。""大成若缺，其用不弊。大盈若冲，其用不穷。大直若屈，大巧若拙，大辩若讷。"事物性质的互相转化："祸兮福之所倚，福兮祸之所伏。"事物的量变与质变的关系："合抱之木，生于毫末；九层之台，起于累土；千里之行，始于足下。"他告诉我们行事不可机械，要随时根据事物的变化而采取灵活的策略：高者抑之，下者举之；有余者损之，不足者补之。告诉我们，柔弱可以胜刚强，逞强可能受损害；等等。《老子》全书，实际上就是人生智慧全书。当然，就其文字而言，有时可能说得有些极端化，所以，读老子，切不可太拘泥于文字，而应重在把握其精神实质。就像"美言不信""大巧若拙"，难道真是说所有漂亮的话都不可信吗，所有聪明的人都显得很笨拙吗，傻子才是最聪明吗？恐怕老子的意思只在提醒我们注意，漂亮的言辞可能有陷阱；看似笨拙的可能并不愚笨，无用的可能有大用，切不可被表面现象所迷惑。另外，老子的相对性的观点，也有可能导致失去对事物的评价标准，这倒是应该注意的。

# 《周易》论 "变"

## 革卦卦辞、彖辞

☲☱ 革卦（上兑下离，泽火 "革"）

《革》：巳日乃孚①。元亨利贞②。悔亡。③

《彖》：革，水火相息，二女同居④，其志不相得⑤曰革。"巳日乃孚"，革而信之⑥。文明以说⑦，大 "亨" 以正。革而当，其 "悔" 乃 "亡"。天地革而四时成，汤武革命⑧，顺乎天而应乎人。革之时大矣哉⑨。

【注释】①巳日乃孚：到祭祀日才相信。巳：通 "祀"。孚：相信，信服。②元亨利贞：占卜用语。元亨：大吉大利。利贞：利于占问。③悔亡：祸害消除。悔：占卜用语，表示灾祸。④水火相息，二女同居：革卦上兑下离，兑为 "泽"，离为 "火"，所以说水火不容、相灭。革卦的上兑下离，都属女，故曰二女同居。⑤不相得：不相和。⑥革而信之：通过改革而后相信。⑦说：同 "悦"。⑧汤武革命：指商汤用武力推翻夏桀，周武王用武力推翻商纣王。⑨革之时大矣哉：革卦意义重大。

## 系辞下（仰观俯察）

古者包牺氏之王天下也，仰则观象于天，俯则观法于地，观鸟兽之文，与地之宜，近取诸身，远取诸物，于是始作八卦，以通神明之德，以类万物之情。①作结绳而为网罟，以佃以渔，盖取诸《离》。②包牺氏没，神农氏作，斲木为耜，揉木为耒，耒耨之利，以教天下，盖取诸《益》。③日中为市，致天下之民，聚天下之货，交易而退，各得其所，盖取诸《噬嗑》④。神农氏没，黄帝、尧、舜氏作，通其变，使民不倦，神而化之，使民宜之。《易》，穷则变，变则通，通则久。是以自天祐之，吉无不利。

《易》之为书也不可远，为道也屡迁。变动不居，周流六虚⑤，上下无常，刚柔相易。不可为典要，唯变所适。其出入以度，外内⑥使知惧，又明于忧患与故，无有师保，如临父母。

【注释】①包牺氏：传说中原始社会圣王，风姓。被称为三皇之一。为中国东方氏族之祖。象：天象。法：形。文：文采。宜：适宜、适合。类：比拟。情：情况。②作：始。罔、罟（gǔ）：都指网。罔：通"网"。取兽之网曰罔，取鱼之网曰罟。佃：即"田猎"。《离》，离卦，离卦是两个外实中虚的离卦相重，有结绳为罔罟之象。③没：终。神农氏：传说中原始社会人物，古史又称炎帝，中华民族农业的始祖，故称神农氏。作：起。斵（zhuó）：砍削。耜（sì）、耒（lěi）：皆上古农具。耨（nòu）：锄草的农具。益：指《益》卦，《益》下震上巽，巽为木，为入，震为动，互体有艮坤，艮为手，坤为土，故有手持木入土之象。④噬嗑（shì kè）：卦名，有咬合之义，以齿咬物为"噬"，合口为"嗑"。《噬嗑》卦下震上离，离为日，为明，震为动，上光明，而下有动，有日中集市之象。⑤六虚：八卦的每一卦由从下到上六爻组成，爻有阴、阳之分，每一爻其阴阳都可能变化。⑥外内：指八卦的内外卦。初爻加二三爻成一个"卦"，称为"内卦"，也称为"下卦"；四五爻加六爻成另一个"卦"，称为"外卦"，也称为"上卦"。另一说，卜卦时所得六爻构成的卦称为本卦，又叫内卦，六爻的阴阳之变产生的"变卦"称为外卦。

（选自《周易译注》，中华书局，1991年版）

【原典导读】

这里所选的是《易传》的革卦和《系辞下》的两小节。主旨就在于"变"。革卦，主要强调变革的重大意义。而《系辞下》主要讲卦爻的变化无常，但其义理有常，可以据此断定吉凶，指导人事，关键在于人要把握变化，善于体察运用。仅仅从这一小节文字，我们就可以看出其所包含的变化的观点、变中有不变的观点、阴阳对立的观点。尤其当注意"穷则变，变则通，通则久"的观点。穷则变，物极必反；变则通，变才会带来生机；有了生机才能长久。《易经》中所包含的辩证思维，随处可见。

传统的精髓

# 《黄帝内经》与辩证思维

## 素问·六节藏象论

帝曰: 藏象何如?

岐伯曰: 心者, 生之本, 神①之变也; 其华在面, 其充在血脉, 为阳中之太阳②, 通于夏气。肺③者, 气之本, 魄之处也; 其华在毛, 其充在皮, 为阳中之太阴, 通于秋气。肾者, 主蛰, 封藏之本, 精之处也; 其华在发, 其充在骨, 为阴中之太阴, 通于冬气。肝者, 罢极之本, 魂之居也; 其华在爪, 其充在筋, 以生血气, 其味酸, 其色苍, 此为阳中之少阳, 通于春气。脾者, 仓廪之本, 营之居也; 其华在唇四白, 其充在肌, 此至阴之类, 通于土气。胃、大肠、小肠、三焦、膀胱者, 名曰器, 能化糟粕, 转味而入出者也。凡十一藏, 取决于胆也。

【注释】①中医学认为人的精神思维活动与脏腑有关, 心藏神, 肺藏魄, 肝藏魂, 脾藏意, 肾藏志, 是谓五藏。神: 指人的精神意识和思维活动, 主要是心的生理功能, 故心"藏神"。魄: 指精神活动中司感觉和支配动作的功能。肺主气以养魄, 故魄藏于肺。魂为随神气而往来的精神活动, 寄居于血, 肝藏血, 故藏魂。意: 意念; 是五脏精气所化生的情志活动之一, 为脾所主。思虑过度可伤脾, 以致出现食欲不振、胸腹痞满等病症。肾主骨生髓通于脑, 肾精气充盛则脑髓充而精力旺盛, 记忆力强; 肾精气不足, 则精神不振, 健忘。②太阳: 指极盛之阳气。太阴: 指极盛之阴气。少阳: 指阳气较弱。③肺: 中医藏象名。心、肝、脾、肺、肾、胃、大肠、小肠、三焦、膀胱均是中医藏象名。

# 素问·至真要大论

岐伯曰：君一臣二，制之小也；君一臣三佐五，制之中也；君一臣三佐九，制之大也①。寒者热之，热者寒之，微者逆之②，甚者从之，坚者削之，客者除之，劳者温之，结者散之，留者攻之，燥者濡之③，急者缓之，散者收之，损者温之，逸者行之，惊者平之，上之下之，摩之浴之，薄之劫之④，开之发之，适事为故。

帝曰：何谓逆从？

岐伯曰：逆者正治，从者反治，从少从多，观其事也。

帝曰：反治何谓？

岐伯曰：热因寒用，寒因热用，塞因塞用，通因通用，必伏其所主，而先其所因，其始则同，其终则异，可使破积，可使溃坚，可使气和，可使必已。

【注释】①君臣佐使：原指君主、臣僚、僚佐、使者四种人分别起着不同的作用，中医指中药处方中的各味药的不同作用。君，发挥主要治疗作用；臣，协助君药发挥作用；佐，制约药物毒性发挥；使，引导药物直达病所。②微者逆之：病情较轻则逆着病情治疗。③留者攻之，燥者濡之：病邪滞留，就加以攻逐；病属于枯燥的就加以温润。④摩之浴之，薄之劫之：按摩、沐浴，迫邪外出、截邪发作。

（选自《黄帝内经》，中华书局，2014年版）

【原典导读】

在中医看来，人与自然，人与社会处于一个统一体中，人体的健康与自然与社会有着密切联系；人体本身的结构、机能，也是一个有机统一的整体，其生理病理互相联系、互相影响。如《六节藏象论》就集中阐述了中医的藏象学说，充分体现出中医以五脏为中心，脏腑之间相互联系、相互依存、相互制约的对立统一观和体内外环境的整体观；而《至真要大论》则主要论述对症下药，因病施治，"正治反治"结合，同病异治，其治疗手段非常灵活。

第五章

# 直觉意会

　　直觉，指不受某种固定的逻辑规则约束而直接领悟事物本质的一种思维形式。意会：不经语言明说而内心领会。

⊙ 邢永峰绘

### 庄子寓言的深层意蕴

"庖丁解牛"的故事是大家熟悉的。庖丁是文惠君的大厨,擅长解牛。一把刀二十年宰杀几千头牛,却从没磨过,而刀刃如新。而其宰牛过程,声如名曲,动似美舞,艺臻化境。惠文君问其经验,竟然是"以神遇而不以目视""官知止而神欲行",就是不用眼睛看,而纯粹凭心灵直觉引导牛刀如入无人之境,游走于肌肉筋骨的缝隙,即所谓"游刃有余"。庖丁解牛,将直觉运用到了极限。

《庄子》中还有一则耐人寻味的寓言:当年黄帝在赤水、昆仑一带游历,遗失一颗"玄珠",先派"知""离朱""喫诟"三人去寻找,都没找到。后派个叫"象罔"的去找,却找到了。这寓言大有玄机。关键要注意里面的五个名词。"玄珠",乃玄奥之珠。"珠"前面加"玄",意在比喻玄奥之"道"。黄帝要找的是深奥的大道。先派的三人,"知",通"智",即智者,善于推理者。"离朱"是"明察者","离"是"辨别";"朱",本义是红色,这里指代视觉观察的对象。"喫诟"是能言善辩者,"喫"除"吃"之外,还有一个意思是"辩论";"诟"是"骂",这里指争辩。最后找到了玄珠的人叫"象罔"。"象"指形,"罔"指"无"或"忘",因而"象罔"即无形无迹、无智无视。庄子想说的是,"大道"无形无迹,非推理、观察、语言所能获取,必须无智无视,用心去感悟。也就是靠直觉意会。

### 禅与儒的直觉意会

《五灯会元》记载,一次大梵天王在灵鹫山请佛祖释迦牟尼说法。法会前举行了隆重的献花典礼。天王率众献给佛祖一朵金婆罗花。佛祖拈起金婆罗花,意态安详,默然不语。众人不明就里,面面相觑,唯佛祖弟子摩诃迦叶展颜一笑,似有会心。佛祖当即宣布,将"普照宇宙、包含万有、熄灭生死、超脱轮回的奥妙心法"及自己所用金缕袈裟和钵盂传给迦叶。这里,佛祖与迦叶,无任何言语交流,就在这"一拈一笑"中完成了佛法传授,真是妙不可言的直觉意会。

当然,这是印度佛教故事,不代表中国文化。但中国佛教——禅宗却对其情有独钟。正因迦叶拈花一笑,而被奉为"中国禅宗西天第一代祖师"。禅宗特别看重这种借助具体形象来象征、暗示的难以言述的思维方式与境界。后来禅宗还形成了一种独有的传法方式，即禅师示法时，或问答，或动作，或二者兼用，来启迪众徒，以使顿悟。例如，有这么一则公案，唐代善会禅师回答弟子提问。僧问："如何是道。"师曰："太阳溢目，万里不挂片云。"曰："如何得会。"师曰："清清之水，游鱼自迷。"弟子问道，师傅说个比喻，弟子仍犯糊涂，禅师又来个比喻，意思是说，要靠你自己去领悟。师生之间，像打哑谜，全凭意会。《五灯会元》有一句话说："鸳鸯绣出从君看，不把金针度与人。"人常说要把金针度与人，禅宗却恰恰相反，就是不把道理说破，让你自己去直觉意会。

儒家也讲直觉意会。《易经》的形成过程能说明这一点。如八卦的形成，先是画卦象。《周易·系辞下》说："古者包牺氏之王天下也，仰则观象于天，俯则观法于地，观鸟兽之文，与地之宜，近取诸身，远取诸物，于是始作八卦，以通神明之德，以类万物之情。"其具体思维过程可以归纳为：观象—取象—比类—体道，即通过观察万物，体察其内在精神，然后从万物的各种具体形象中抽取富有代表性的形象，形成符号系统，以此来类比各种事物间的关系，显示道的精神和主体对道的认识。反过来，读八卦者，就是通过对这种代表性的形象去体悟，去意会。

### 国人为何对此情有独钟

中国人怎么就这么钟情于这种并不怎么精确的思维方式呢？

这可能要追溯到老子和孔子。《老子》开篇就说："道可道，非常道。名可名，非常名。无名天地之始；有名万物之母。故常无，欲以观其妙。常有，欲以观其徼（jiào，边界）。"意思是，可以说出来的，不是真正的道，一切名词概念都不能真正揭示事物的本质。无是天地的原始状态；有是万物的根源。只有回归原始状态，才能体察道的奥妙。这段话有这么几层意思：一是，宇宙、人和物是不可分割的整体；二是，道和这个世界太玄妙，不可言说、不可捉摸，所谓"大音希声，大象无形"；三是，语言难以表达事物的本质；四是，既然作为认识主体的人与道与自然是一体的，那么人只有回归到这"一体"之中，即回归原始状态，才能体察道的精微。孔子也"不语怪力乱神"。季路曾经向孔子问鬼神之事，孔子的回答是："未能事人，焉能事鬼？"当季路问死生之事，孔子回答说："未知生，焉知死？"

中国人自觉不自觉地把微妙的认识对象、思维对象看成了近乎"黑箱"似的结构，从而不注重"是什么"和"为什么"的探讨，不大关心对象的内在结构。从老子到孔子，直到宋明理学的宇宙模式，都缺乏对思维对象的内在结构作深入探求的强烈要求。

在进入文明之际，我们的先祖不是用冰冷的理智来告别蛮荒，而是在理智中融汇热情，高唱天人合一；我们用理性精神来告别神话时代、审视现实世界时，没有抛弃借形象以领悟世界真谛的方式，而是将理性与形象结合以形悟理，以形示理，直觉意会。

### 直觉意会的两重性

直觉意会是一种艺术的思维方式，对中国文化产生了深远影响。首先是对审美观念的影响。宋代文学理论家严羽在《沧浪诗话》中倡导"妙悟"，认为诗歌应当"不涉理路，不落言筌"，要做到"羚羊挂角，无迹可求"；诗歌之美在于"言有尽而意有余"。中国诗歌美学倡导"滋味"和"性灵"，都同审美直觉密切联系在一起。

禅宗的不立文字，教外别传，是这种思维直接影响的结果。禅宗的出现是一个既特异又必然的事件。特异在于，禅宗的缔造者慧能，出身低微，家境贫穷，是个文盲，却缔造了禅宗这一最具中国特色的宗教，且成为后来无数文人学者大师崇拜的偶像。南宗成为汉传佛教中国化最彻底的一个流派，也是中国佛教最伟大的成就，对中国佛教史、文化史、思想史乃至日常生活的各方面都产生了重大影响。说是必然，就是禅宗这种直觉意会的思维方式直接导源于中国传统文化，这也是文盲慧能能缔造禅宗，或者说禅宗能选择文盲慧能的深层次原因。

这种直觉意会的思维方式，由于其具有自由性、灵活性、自发性的特点，他可以帮助人们迅速作出优化选择，作出创造性的预见，尤其对于艺术创造乃至各种创造性活动具有不可估量的价值。但是，又由于它的偶然性、不可靠性等特点，从而使得思维的理性成分明显减弱。所以，冯友兰先生在《中国哲学与未来世界哲学》中说："未来世界哲学一定比中国传统哲学更理性一些，比西方传统哲学更神秘一些。只有理性主义和神秘主义的统一才能造成与整个未来世界相称的哲学。"

# 《庄子》与直觉意会

## 大宗师（节选）

夫道，有情有信①，无为无形；可传而不可受②，可得而不可见；自本自根，未有天地，自古以固存③；神鬼神帝④，生天生地；在太极⑤之上而不为高，在六极⑥之下而不为深，先天地生而不为久，长于上古而不为老。

【注释】①情、信：真实、可信。②可传而不可受：可心传而不可口授。受：通"授"。③自古以固存：自古以来就已存在。④神：通"生"。⑤太极：派生万物的本原，即宇宙的初始。⑥六极：六合。

## 天地（节选）

黄帝游乎赤水①之北，登乎昆仑之丘而南望。还②归，遗其玄珠③。使知④索之而不得，使离朱⑤索之而不得，使喫诟⑥索之而不得也。乃使象罔⑦，象罔得之。黄帝曰："异哉，象罔乃可以得之乎？"

【注释】①赤水：虚构的水名。②还（xuán）：通"旋"，不久。③玄珠：此处比喻"道"，即玄奥之道。④知：通"智"，含"智者"之意。⑤离朱：杜撰的人名，寓含善于明察的意思。⑥喫（chī）诟：杜撰的人名，意为能言善辩之士。⑦象罔：杜撰的人名。"象"指形，"罔"则指"无"或"忘"，因而"象罔"之名寓含无形无迹、无智无视的意思。

## 天道（节选）

世之所贵道者书也，书不过语，语有贵也。①语之所贵者意也，意有所随。意之所随者，不可以言传也，而世因贵言传书②。世虽贵之，我犹不足贵也，为其贵非其贵也③。故视而可见者，形与色也；听而可闻者，名与声也。悲夫! 世人以形色名声为足以得彼之情④。夫形色名声, 果不足以得彼之情, 则知者不言, 言者不知⑤, 而世岂识之哉!

桓公⑥读书于堂上, 轮扁斲轮⑦于堂下, 释椎凿而上, 问桓公曰: "敢问: '公之所读者何言邪?' 公曰: "圣人之言也。" 曰: "圣人在乎?" 公曰: "已死矣。"

曰: "然则君之所读者, 古人之糟粕已夫!"

桓公曰: "寡人读书, 轮人安得议乎! 有说则可, 无说则死!"

轮扁曰: "臣也以臣之事观之。斲轮, 徐则甘而不固, 疾则苦而不入⑧, 不徐不疾, 得之于手而应于心, 口不能言, 有数存焉于其间⑨。臣不能以喻⑩臣之子, 臣之子亦不能受之于臣, 是以行年七十而老斲轮。古之人与其不可传也死矣, 然则君之所读者, 古人之糟粕已夫!"

【注释】①世之所贵道者书也, 书不过语, 语有贵也: 世人所看重的道载之于书, 书所记载的不过是语言, 语言有它的可贵之处。②贵言传书: 看重语言, 把它记录于书, 传之后世。③为其贵非其贵: 因为那被看重的并不真是珍贵的。④情: 真实情景。⑤知者不言: 真正知道的不说或者说不清楚。言者不知: 在那里言说的又并非真正知道。⑥桓公: 齐桓公, 姜姓, 名小白。春秋五霸之首。⑦轮扁: 造车轮的匠人, 名扁。斲 (zhuó) 轮: 砍削车轮, 即做车轮。⑧徐则甘而不固, 疾则苦而不入: 指车轮之轴孔与车轴之间的松紧度而言。徐: 缓, 指车轴孔过大。甘: 滑动。疾: 紧, 指车轴孔过小。苦: 滞涩, 指安装不顺利。⑨有数存焉于其间: 胸中自有道道在。数: 同"术", 技艺。⑩喻: 晓喻, 说明。

(选自《庄子今译今注》, 中华书局, 2008年版)

**【原典导读】**

老子《道德经》第十四章说: "视之不见, 名曰夷; 听之不闻, 名曰希; 搏之不得, 名曰微。此三者, 不可致诘, 故混而为一。其上不皦, 其下不昧, 绳绳兮不可名, 复归于无物。是谓无状之状, 无物之象, 是谓惚恍。迎之不见其首, 随之不见其后。"道家认为, 道是看不见、听不到、摸不着的, 它浑然一体, 既不显得光明亮堂, 也不显得阴暗晦涩, 无形无象,恍恍惚惚。庄子承继老子的思想，认为，道超越经验和理性，不能言说，只能直觉体悟。这里所选《庄子》的三则言论，第一则，指出道的特点是无形无相，无所不在，于是只能心传难以口授。第二则，作者是用寓言的形式告诉我们浑然一体的道该怎么把握。寓言中的"玄珠"就是指玄奥的"道"，当黄帝遗失了"玄珠"之后，先后派出"智者"以及善于察辨的"离朱"和能言善辩的"喫诟"去寻找，结果都没找到。注意这三个人，第一个侧重理性，第二个侧重形迹，第三个侧重言语，也就是说从理性、从形迹、从言语这样的常规角度，都难以把握，结果是那个叫"象罔"的找到了。"象罔"是什么呢？象罔就是无形无迹、无智无视的意思，庄子意在告诉我们，对事物的把握，靠理智、靠言语等是难以做到的。第三则分两部分，第一部分从理论上阐述道是难以言传的，第二部分既可以看作是则寓言，也可以看作是一个实际的事例。一个做车轮的老木匠，竟然没有办法将自己的手艺传授给自己的儿子，以至于70岁了还要辛苦劳作。生活中这样的事例太多了。庄子意在告诉我们，用语言表述出来的，并不是真正的道，表述者也不可能知晓道。不能用语言传授于人，只能自行体会。直觉意会，当然必须是在亲身的接触、实践中。所以这则故事也可以启示我们："实践出真知"。其实庄子寓言中的《庖丁解牛》，也含有这样的意思。

# 禅宗公案<sup>①</sup>五则

## 答非所问

　　时有僧问："如何是大乘<sup>②</sup>。"师<sup>③</sup>曰："麻索。"曰："如何是小乘。"师曰："钱贯。"问："如何是清平家风。"师曰："一斗面作三个蒸饼。"问："如何是禅<sup>④</sup>。"师曰："胡孙上树尾连颠<sup>⑤</sup>。"问："如何是有漏<sup>⑥</sup>。"师曰："笊篱<sup>⑦</sup>。"曰："如何是无漏。"师曰："木杓。"问："觌面相呈<sup>⑧</sup>时如何。"师曰："分付与典座<sup>⑨</sup>。"自余逗机方便<sup>⑩</sup>，靡徇时情<sup>⑪</sup>。逆顺卷舒，语超格量<sup>⑫</sup>。天祐十六年正月二十五日午时归寂<sup>⑬</sup>，寿七十有五。周显德六年<sup>⑭</sup>，敕谥法喜禅师，塔曰善应<sup>⑮</sup>。

　　**【注释】**①公案：原指官府判决是非的案例，禅宗借用，指前辈祖师言语范例，用来判断是非迷误。②大乘：即大乘佛教，公元1世纪左右逐渐形成的佛教派别。强调普度一切众生，提倡以"六度"为主的"菩萨行"，如发大心者所乘的大车，故名"大乘"。下文的"小乘"，早期佛教的主要流派，注重修行、持戒，以求得"自我解脱"。③师：这里指清平令遵禅师。清平令遵，五代时僧人，在鄂州清平山修行。④禅：梵语"禅那"之略。本指静坐默念，引申为禅理、禅法、禅学。⑤胡孙：也作"猢狲"，猴的别名。连颠：连绵不断。⑥有漏：佛教语，指烦恼。下文的"无漏"，指断绝一切烦恼根源之法。⑦笊（zhào）篱：网状捞物沥水器具。⑧觌（dí）面相呈：当面承教。觌面：当面、迎面。⑨典座：僧寺掌管大众斋粥的僧人。⑩自余逗机方便：其他教人的机锋。逗：逗引、触动。机：机锋。方便：佛教语，指以灵活方式因人施教。⑪靡徇时情：无不依据当时情景。⑫逆顺卷舒，语超格量：事理舒展自如，语言越过思量。逆顺：事理的当与不当。⑬天祐十六年：919年。天祐：五代十国吴越年号。归寂：佛教指死亡。⑭周显德六年：959年。显德：后周世宗年号。⑮塔曰善应：塔名叫做善应塔。

[选自《景德传灯录》卷十五。标题为编者所加。《景德传灯录》是禅宗史书，宋景德元年（1004）僧人道原撰]

## 清清之水　游鱼自迷

僧问："如何是道。"师①曰："太阳溢目，万里不挂片云。"曰："如何得会。"师曰："清清之水，游鱼自迷。"

**【注释】**①师：指唐代善会禅师。

（选自《景德传灯录》卷十五。标题为编者所加）

## 唯余一朵在

僧问："佛与众生，是一是二？"师①曰："花开满树红，花落万枝空。"曰："毕竟是一是二？"师曰："唯余一朵在，明日恐随风。"

**【注释】**①师：指婺州承天惟简禅师。

（选自《五灯会元》卷十五，中华书局，1984年版。标题为编者所加）

## 见山是山

吉安青原惟信禅师，上堂："老僧三十年前未参禅时，见山是山，见水是水。及至后来，亲见知识①，有个入处，见山不是山，见水不是水。而今得个休歇处②，依前见山只是山，见水只是水。大众，这三般见解，是同是别？有人缁素③得出，许汝亲见老僧。"

**【注释】**①知识：此处指"善知识"。佛教指闻名为"知"，见形为"识"，"善知识"即善友、好伴侣之意。②休歇处：停止之处，指得到真理之处。③缁（zī）素：指僧俗。僧徒衣缁，俗众服素，故称。

（选自《五灯会元》卷十七，中华书局，1984年版。标题为编者所加）

传统的精髓

064

# 打地和尚

忻州打地和尚①,自江西②领旨,常晦其名。凡学者致问,唯以棒打地示之。时谓之打地和尚。一日被僧藏却棒,然后致问,师但张其口。僧问门人曰:"秖③如和尚每日有人问便打地,意旨如何?"门人即于灶内取柴一片,掷在釜中。

【注释】①打地和尚:唐代僧人。②江西:指马祖道一(709—788),唐代著名禅师,因在洪州(今江西南昌)的开元寺说法,信徒云集,故用江西代指马祖。③秖:同"祇"(zhǐ),只是、仅仅。

(选自《五灯会元》卷三。标题为编者所加)

【原典导读】

佛教的中国化是以禅宗的产生为重要标志,这种中国化,其中重要的环节便是对语言的改造。禅宗发展过程中,一直对语言表现出一种强烈的质疑,主张超脱语言,不拘泥于文字,尤其在南禅宗看来,语言甚至是一种虚无的或者是干扰性的存在。如果纠缠于名相义理,拘泥于语言文字,想通过熟读经典来明心见性,是行不通的。他们讲求顿悟,主张"不立文字,以心传心,明心见性,顿悟成佛"的修行法门,由此创造了许多超脱语言概念的方式来实现禅理的传达与领悟的方式。禅宗的公案就是对这种方式的记录。从这里所选五则公案,对于禅宗的直觉顿悟可见一斑。第一则《答非所问》,和尚问大师大乘佛教和小乘佛教的区别,大师不正面回答,却莫名其妙地说了一些诸如"麻索""钱贯""一斗面作三个蒸饼""胡孙上树尾连颠""笊篱""木杓"等生活现象,让你从这些生活现象中自己去体会。第二则《清清之水 游鱼自迷》,到底什么是"道",大师就一个比喻"太阳溢目,万里不挂片云";应该如何体会,大师说"游鱼自迷",你自己去体会吧。第三则、第四则情形类似。第五则《打地和尚》则记载,凡来问道,这打地和尚都是"以棒打地"。更有甚者则是一声吼叫或者当头一棒,所谓"当头棒喝"。这是禅宗传道的一种重要方式,方式灵活多变,甚至让你摸不着头脑,关键是你要自己去体会,最终瞬间顿悟。

# 诗辨（节选）

严 羽

严羽，南宋理宗时在世，诗论家、诗人，著《沧浪诗话》。

## 四

大抵禅道<sup>①</sup>惟在妙悟，诗道亦在妙悟。且孟襄阳学力下韩退之远甚<sup>②</sup>，而其诗独出退之之上者，一味妙悟而已。惟悟乃为当行，乃为本色。然悟有浅深，有分限，有透彻之悟，有但得一知半解之悟。汉魏尚矣<sup>③</sup>，不假悟也。谢灵运至盛唐诸公，透彻之悟也。他虽有悟者，皆非第一义也。

## 五

夫诗有别材，非关书也；诗有别趣，非关理也。然非多读书、多穷理，则不能极其至，所谓不涉理路、不落言筌<sup>④</sup>者，上也。诗者，吟咏情性也。盛唐诸人惟在兴趣，羚羊挂角，无迹可求<sup>⑤</sup>。故其妙处，透彻玲珑，不可凑泊，如空中之音，相中之色，水中之月，镜中之象，言有尽而意无穷。近代诸公乃作奇特解会，遂以文字为诗，以才学为诗，以议论为诗。夫岂不工？终非古人之诗也。

【注释】①禅道：此指佛家修行之法。②孟襄阳：盛唐诗人孟浩然，湖北襄阳人，世称孟襄阳。韩退之：唐代诗人韩愈，字退之。学力：学问、能力。③汉魏尚矣：汉魏诗人懂得作诗的上乘真谛。尚：上。④不涉理路、不落言筌：与理性思考无关，不用言语解释。意即诗歌创作不同于理性思考，诗歌意境不是靠概念而是靠直观获得的。⑤羚羊挂角，无迹可求：羚羊夜眠时以角悬挂在树上，足不着地，不留痕迹，以防敌患。此处比喻诗歌意境超脱玄妙，不落痕迹。

（选自《沧浪诗话校释》，人民文学出版社，1983年版）

**【原典导读 】**

中国美学，强调一种诗性直觉。严羽作为南宋的著名诗论家，他受禅学的影响很深，他认为诗学与禅学有某些一致性，他的《沧浪诗话》，以禅喻诗，特别强调诗歌创作的特殊性，即所谓"诗有别裁，非关书也；诗有别趣，非关理也"。所谓"不涉理路、不落言筌"。甚至如"羚羊挂角，无迹可求"，如"空中之音，相中之色，水中之月，镜中之象"，听之似有，寻之则无；看之似有，捞之则无。他认为诗和禅一样，并不完全受理性思维制约，关键在于妙悟。他认为孟浩然的学问才力赶不上韩愈，但是他善于妙悟，所以他的诗歌成就远在韩愈之上。

第六章

# 格物致知

格物致知：推究事物的原理，从而获得知识。语出《大学》："欲正其心者，先诚其意。欲诚其意者，先致其知，致知在格物。"

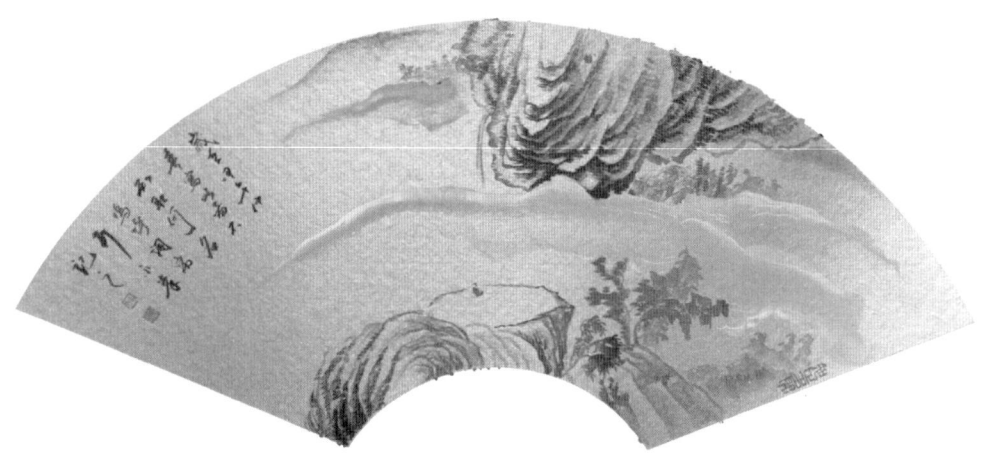

⊙ 邢永峰绘

格物致知的意思是"推究事物原理从而获得知识"。在中国文化理念里，"格物致知"的遭遇颇有点喜剧味道。

### 突如其来与重见天日

儒家早期著作如《论语》《孟子》，都没有提到"格物致知"。本来，原始儒学不大关心对与做人关系不大的知识的探究，所以"子不语怪力乱神"，孔子建立的伦理知识系统，对自然知识研究不太感兴趣。

可后来的《大学》却突然出现了"格物致知"的说法。《大学》相传为孔子弟子曾子所著，但近代学者多认为是秦汉之际的作品。先秦儒家还没有产生"格物致知"的观念，按孔子思想逻辑也难以产生这一观念。但到秦汉间这一观念不知怎么就横空出世了，而更令人奇怪的是，《大学》总纲提出儒家修身治国的"三纲八目"，阐述"八目"关系时，作者先用层层递进的反推法：明德先治国，治国先齐家，齐家先修身，修身先正心，正心先诚意，诚意先致知，致知在格物。最终落脚点在致知格物。然后作者以致知格物为基础顺推。"八目"的落脚点和核心就是"格物"，这将"格物致知"提到了无以复加的高度。可接下来汉儒（？）为三纲八目作具体解释（即所谓"传"）时，"三纲"和其余"六目"都有具体阐释，却偏偏漏掉了"格物致知"这个落脚点。从此，"格物致知"几乎沉睡了千年，直到北宋史学家司马光将《大学》从《礼记》中抽取出来，独立成篇，并写作《致知在格物论》，才"旧事重提"，让其重见天日。后经与司马光同时代的理学家程颐阐释，再到南宋理学家朱熹编订四书时临时补写《补格物致知传》，算是补齐了"三纲八目"的所有解释，并让格物致知从此火了起来。

### 思辨时代的理性工具

沉寂千年的格物致知怎么忽然火了起来？这与宋朝的时代特征太有关联了。

宋朝是中国文明继汉唐之后的高原，除诗词散文外，至少还耸立着四座文化高峰：政治上，这是一个变革时代，先有范仲淹革新，继有王安石变法。尽管王安石变法以失败告终，但这种革新，引发了思考，带来了论争。史学方面，产生了伟大的著作《资治通鉴》，史学是比文学更富于理性思考的反思之学。宋代迎来了中国哲学的高峰，由周敦颐到程颢、程颐"二程"及张载开启，再到朱熹高举大旗，到陆象山再起波澜，宋代理学，是儒学的集大成者，更借鉴道佛尤其是禅宗思想，形成中国哲学史的高峰，将中国文化带入到理性思辨时代。南宋淳熙二年还举行了一次著名的哲学辩论会——鹅湖（今江西上饶鹅湖镇）之会。哲学发展到南宋形成了两派，一为朱熹理学，强调"格物致知"，主张读书、观察，根据经验，加以分析、综合与归纳，然后得出结论。一为陆九渊心学，认为"心即理"，格物就是体认本心，心明则道理自然贯通。他们主张不必多读书、多观察，养心神才最紧要。两派观点僵持不下，便在鹅湖举行哲学辩论会。双方激辩三天，最终不欢而散。由这次辩论会可以看出宋人的思辨精神。也许是理学思辨精神的影响，中国科技在宋代几乎达到了世界科学中心的高度，著名科学史家李约瑟在其皇皇巨著《中国科学技术史》中说："宋代理学本质是科学性的，伴随而来的是纯粹科学和应用科学本身的各种活动的史无前例的繁盛。"这四座高峰贯穿一个精神，就是理性精神。至此，中华民族已经具有了理性的全面自觉，宋代士子虽绝不缺浪漫气质，但更是中华民族发展史上最富理性精神的一群。正因为如此，以至于在唐代用来抒情言志的诗歌，至此也打上了思辨的烙印。

怎么思辨？用什么思辨？宋代文人发现了一种思辨工具，这就是"格物致知"！而首先发现它的就是那位在进行历史反思的著名史学家司马光，将其发扬光大的便是宋代理学家们。

### 理解分歧致兜兜转转

但是，历史的喜剧性是，这沉寂千年终于可以大放光彩的"格物致知"不料又差点兜了回去，原因在于理学家们对其理解的分歧。虽然儒学概念在传承中，总会有不同理解，但分歧最大者莫过格物致知。其原因在于，提出该概念的原著没有做任何解释，这给后来儒者留下太多争论空间；"格物致知"的理念本就与原始儒学格格不入，《大学》全文为"三纲八目"作注，唯独遗漏了"格物致知"，这恐是受孔子对待自然知识态度的影响。而分歧最大的恐在朱熹与王阳明。

朱熹的理解承接司马光尤其是程颐而来，他指出："格物致知，便是要知得分明；诚意、正心、修身，便是要行得明白。"就是说要通过理性的思考来获取道德修养的相关精神知识与营养。所以，他认为，物心同理，欲明心中之理，不能只靠反省，必以"格物"为方法。穷尽万物之理，心中所具之理方能显现出来。虽然朱熹的理解仍属一种心性工夫，是从人心已知之理推到未知领域，跟我们今天的理解差别较大，但是，正像钱穆先生所说，若从现代观念言，朱子言格物，其精神所在，可谓既是属于伦理的，亦可谓属于科学的。

王阳明年轻时候本来非常崇拜朱熹，信奉其格物致知。21岁那年，他跟一学友说，要做圣贤，就要格天下之物，便指着院子前面的一株绿竹，说，我们就来格这竹子吧。可是，两个人都不知道怎么"格"竹，王阳明便说，我们就盯着它看吧，竹子自会闪现出道理来。于是两个人便整天草草吃饭，草草睡觉，坐在竹子前"格竹"。哪知连"格"了三天，什么也没有"格"到。那位同学头昏脑涨，忽感竹子飘飞，天旋地转，无法支撑，便独自放弃了。学友的离开并没有动摇王阳明格竹的信心，但到第六天，他也出现了幻觉幻听，甚至听到所有的竹子哄堂大笑地讥讽他，王阳明十分气恼，便使劲吼道："你们本来就毫无道理，我怎么格得出来！"其实，他这时什么也没有喊出来，不过是幻觉罢了。自此之后，他就觉得朱熹的格物致知此路不通，便从潜心于程朱理学，而转向佛道，终究因不得其要，转入陆九渊"心学"。后来有了所谓的"龙场悟道"，便从朱熹的研究外物，转而走向内心，他说："天下之物本无可格之者，其格物之功只在身心上做。"朱熹的"格物"是研究心外之物，而王阳明的"格物"只是除去内心污粃之物，"致知"是致良知，即达到人初始本身具备的良知。

真是具有喜剧感，中国文化史的源头虽然有老庄重视对客体世界的思考，但是占主导地位的儒家不重视"物理"探究，经历一千多年，走到宋朝，走到朱熹，开始有了"探究物理"的欲望，若循此前行，兴许就朝着"实事求是"的追求真知的方向走，可是王阳明"七天格竹"和"龙场悟道"，将格物致知定位在"格去心中之物"和"致良知"，文化的意愿由可能的科学转向，又完全退回到探究道德内心。绕了一千多年，还是没能跳出孔子伦理哲学的藩篱。

好在后来有了徐光启、利玛窦、王夫之、颜元等人的重新解读，尤其到1633年意大利传教士高一志刊行的《空际格致》的传播，"格物致知"终于走到了科学探求的道路上。清末的洋务学堂，已经明确将物理、化学等学科称为"格致"，格致之学，终于具有了科学的价值。

# 《大学》总纲

《大学》，原是《小戴礼记》第四十二篇，相传为曾子所作，实为秦汉时儒家作品，是中国古代一部讨论教育理论的重要著作。南宋朱熹将其和《中庸》《论语》《孟子》合编并称"四书"。

  大学之道，在明明德，在亲民，在止于至善。

  知止而后有定，定而后能静，静而后能安，安而后能虑，虑而后能得。物有本末，事有终始。知所先后，则近道矣。

  古之欲明明德于天下者，先治其国；欲治其国者，先齐其家；欲齐其家者，先修其身；欲修其身者，先正其心；欲正其心者，先诚其意；欲诚其意者，先致其知。致知在格物。物格而后知至，知至而后意诚，意诚而后心正，心正而后身修，身修而后家齐，家齐而后国治，国治而后天下平。自天子以至于庶人，壹是皆以修身为本。

  【注释】见《修齐治平》章。

（选自《白话四书》，岳麓书社，1989年版）

# 补格物致知传 ①

朱 熹

朱熹（1130—1200），世称朱文公，宋朝著名的理学家、思想家、哲学家、教育家、诗人，儒学集大成者，世尊称为朱子。

所谓致知在格物者，言欲致吾之知，在即物而穷其理也。盖人心之灵莫不有知，而天下之物莫不有理，惟于理有未穷，故其知有不尽也，是以《大学》始教，必使学者即凡于天下之物，莫不因其已知之理而益穷之，以求至乎其极。至于用力之久，而一旦豁然贯通焉，则众物之表里精粗无不到，而吾心之全体大用无不明矣。此谓物格，此谓知之至也。

【注释】①《大学》在对"三纲八目"，即"明明德，亲民，止于至善"和"修身、齐家、治国、平天下、诚意、正心、格物、致知"分别作阐述时，唯独没有对"格物"与"致知"作阐释，朱熹为此补齐了对格物致知的阐释。有的版本直接将朱熹的补文放入了《大学》原文。

（选自《四书章句集注》，中华书局，1983年版）

【原典导读】

《大学》原是儒家经典《小戴礼记》中的一篇，后来被朱熹从《小戴礼记》中抽取出来，与《中庸》和《论语》《孟子》，合编在一起，称为"四书"，成为儒家的入门书。这儿所选的《大学》原文，就是全文的总纲，主要提出了儒家修身的"三纲八目"。"三纲"指"明明德，亲民，止于至善"，"八目"指"格物、致知、诚意、正心、修身、齐家、治国、平天下"。节选部分没有选的文字是为这总纲所作的注解，也就是所谓"传"。

《大学》的"三纲"，应该是目标，而三纲中的最高目标，又应该是止于至善。"八目"应该是到达"三纲"的八种途径。作者先采用的是反推的方法，指出：欲明明德，先治其国；欲治其国，先齐其家；欲齐其家，先修

传统的精髓

其身；欲修其身，先正其心；欲正其心，先诚其意；欲诚其意，先致其知；致知在格物，然后再顺推。其实落脚点似乎应该在"致知"，在"格物"。可惜后来的人们在为《大学》总纲作传时，偏偏漏掉了"格物致知"这个落脚点。直到朱熹在编订四书时才临时补写一篇《补格物致知传》，算是补齐了对"三纲八目"的所有解释，有的版本便将朱熹的《补格物致知传》直接收入到《大学》全文之中。

　　《补格物致知传》开宗明义，言格物乃致吾之知，即扩充主体的知识。扩充知识的途径便是穷理，穷事物之理。作为主体来说，他所拥有之"心"是具有知觉的，以此知觉之心对待天下万物之理。"格物致知"之论，在朱熹一生讲学中论述繁多，然其要点无非有三：第一是"即物"，就是接触事物；第二是穷理，即研究事物之理；第三是"至极"。

# 程颐论"格物致知"

传统的精髓

程颐（1033—1107），洛阳伊川人，世称伊川先生，北宋理学家和教育家，与其胞兄程颢并称"二程"。

物则事也，凡事上穷极其理则无不通。（《遗书》卷十五）

或问："进修之术何先？"曰："莫先于正心诚意。诚意在致知，'致知在格物'。格，至也，如祖考来格之格①。凡一物上有一理，须是穷致其理。穷理亦多端，或读书讲明义理；或论古今人物，别其是非；或应事接物而处其当，皆穷理也。"（《遗书》卷十八）

凡眼前皆是物，物物皆有理，如火之所以热，水之所以寒。至于君臣父子之间，皆是理。（《遗书》卷十九）

格，至也，言穷至物理也。（《遗书》卷二十二）

格，犹穷也，物，犹理也，犹曰穷其理而已也。（《遗书》卷二十五）

【注释】①祖考：祖先。来格：来临。

（选自《二程遗书》，上海古籍出版社，2000年版）

# 格物是梦觉关及格物无处不在

《大学》是圣门最初用功处，格物又是《大学》最初用功处。然格物是梦觉关，格得来是觉，格不得只是梦。诚意是善恶关，诚得来是善，诚不得只是恶。过得此二关，上面工夫却一节易如一节了。到得平天下处，尚有些工夫，只为天下阔，须着如此点检。

（选自《朱子语类》，中华书局，1986年版）

讲学不可以不精也。毫厘之差，则其弊有不可胜言者。故夫专于考索，则有遗本溺心①之患；而骛于高远，则有躐等冯虚②之忧；二者皆其弊也。考圣人之教，固不越乎致知力行之端，患在人不知所用力尔。莫非致知也，日用之间，事之所遇，物之所触，思之所起，以至于读书考古，知所用力，则莫非吾格物之妙也。其为力行也，岂但见于孝弟忠信之所发，形于事而后行乎？自息养瞬存，以至于三千三百之间，皆合内外之实也。行之力，则知愈进；知之深，则行愈达。

【注释】①遗本溺心：迷失本心。②躐（liè）等：超越等级。冯（píng）虚：无所依凭。

（选自《宋元学案》，中华书局，1982年版）

# 王守仁论"格物致知"

王守仁(1472—1529),别号阳明,学者称之为阳明先生,明代著名的思想家、文学家、哲学家和军事家,精通儒释道,是陆王心学之集大成者。

　　先生曰:"先儒解'格物'为'格天下之物',天下之物如何格得?且谓一草一木亦皆有理,今如何去格?纵格得草木来,如何反来诚得自家意?我解'格'作'正'字义,'物'作'事'字义。《大学》之所谓身,即耳、目、口、鼻、四肢是也。欲修身便是要目非礼勿视,耳非礼勿听,口非礼勿言,四肢非礼勿动。要修这个身,身上如何用得工夫?心者身之主宰,目虽视,而所以视者心也;耳虽听,而所以听者心也;口与四肢虽言、动,而所以言、动者心也。故欲修身在于体当自家心体,常令廓然大公,无有些子不正处。主宰一正,则发窍于目,自无非礼之视;发窍于耳,自无非礼之听;发窍于口与四肢,自无非礼之言、动。此便是修身在正其心。然至善者,心之本体也。心之本体那有不善?如今要正心,本体上何处用得功?必就心之发动处才可着力也。心之发动不能无不善,故须就此处着力,便是在诚意。如一念发在好善上,便实实落落去好善;一念发在恶恶上,便实实落落去恶恶。意之所发,既无不诚,则其本体如何有不正的?故欲正其心在诚意。工夫到诚意,始有着落处。然诚意之本,又在于致知也。所谓人虽不知而己所独知者,此正是吾心良知处。然知得善,却不依这个良知便做去;知得不善,却不依这个良知便不去做。则这个良知便遮蔽了,是不能致知也。吾心良知既不得扩充到底,则善虽知好,不能着实好了,恶虽知恶,不能着实恶了,如何得意诚?故致知者,意诚之本也。然亦不是悬空的致知,致知在实事上格。如意在于为善,便就这件事上去为,意在于去恶,便就这件事上去不为。去恶,固是格不正以归于正。为善,则不善正了,亦是格不正以归于正也。如此,则吾心良知无私欲蔽了,得以致其极,而意之所发,好善去恶,无有不诚矣。诚意工夫实下手处在格物也。若如此格物,人人便做得。人皆可以为尧舜,正在此也。"

(选自《传习录·黄以方录》,北京时代华文书局,2014年版)

第七章
# 知行合一

知行合一：意思是认识事物的道理与实行其事，是密不可分的一回事。语出王阳明《传习录》："某今说个知行合一，正是对病的药，又不是某凿空杜撰，知行本体原是如此。"

⊙ 知行合一　邹华桢书

　　知行合一是明代王守仁提出的哲学主张，意思是认识事物的道理与实行其事，是密不可分的一回事。

## 古今完人王阳明

　　王守仁是明代著名思想家、文学家、军事家，精通儒学、佛学、道家学术，弘治十二年（1499）进士，历任刑部主事、右佥都御史、南赣巡抚、两广总督等职，晚年官至兵部尚书、都察院左都御史。因平定宸濠之乱军功而被封为新建伯，赠新建侯。谥文成，故后人又称王文成公。他是陆王心学的集大成者，其思想体系被称为王学，其一生门徒甚多，影响甚广。尤其他的"知行合一"思想在明中后期有着巨大的影响，著名政治人物徐阶、张居正都是这一学说的忠实信徒，明中后期的异端史学、文学思想始发于此，明末清初的思想解放潮流也与之有很大的关联。在东南亚，"知行合一"思想也有着广泛的影响。他是集"立德、立功、立言""三不朽"于一身的明代大儒，被称为"古今完人"。

　　王守仁出生于浙江余姚，其父王华，明代状元，曾任翰林院修撰和明孝宗老师。王华家教极严，王守仁少年时聪明好学，学文习武，非常用功，但也曾一度沉迷于下棋，耽误功课。其父恨其屡教不改，一气之下，将棋投入河中。这让年幼的王守仁备受震动，当即赋诗一首以明志："象棋终日乐悠悠，苦被严亲一旦丢。兵卒坠河皆不救，将军溺水一齐休。马行千里随波去，象入三川逐浪游。炮响一声天地震，忽然惊起卧龙愁。"

　　此后，王守仁一心想要如诸葛卧龙一般成就一番伟业，便潜心学习，终于学业精进。不仅精研儒学，还苦修武学，精练骑射，钻研兵法，弯弓射箭，百发百中，成为文武全才。27岁考取进士，授兵部主事。但3年之后，突患肺病，以病告归，结庐于会稽山龙瑞宫旁之阳明洞，自号阳明子，学者称之为阳明先生，亦称王阳明。

## 龙场悟道立心学

　　王阳明病愈复职后，在他35岁那年，宦官刘瑾擅权，阳明上疏反对刘瑾，被廷杖四十，贬为贵州龙场驿丞（相当于县政府招待所主管）。贬谪途中，遭刘瑾刺客一路追杀，逃至钱塘，假言投江才躲过追杀，于37岁那年，到达贬谪地——贵州龙场。正是在龙场这个地方，演绎了著名的"龙场悟道"。

王阳明从幼年开始，就深研儒学，崇拜朱熹，后来兼通道家和佛家学说，但是直到发配贵州龙场，其思想境界仍然停留在传统理学境界，他曾与友人傻傻地去格竹子，一格就是七天七夜，不仅毫无所获，还出现幻听幻觉，以致胡思乱想；他曾沉迷于佛教和道教，30岁的时候在会稽山"筑室阳明洞，行道引术"。不久与佛道分道扬镳，34岁开始在京城讲授儒家学说，但仍然没有摆脱朱熹的"格物致知"的影响，也没有解决对朱熹"格物致知"的疑惑。

正是贵州这穷山僻壤的龙场，打开了王阳明通向"圣人"的智慧之门。

王阳明来到贵州龙场，没有了兵部主事的风光，有的只是磨难。龙场地处贵州西北万山丛棘之中，自然环境十分恶劣，蛇虺（huǐ）魍魉（wǎng liǎng），蛊毒瘴疠，语言不通。他住在龙场山洞的石椁（guǒ，棺材外面套的大棺）之中，做好了随时死亡的准备。就是在这石棺之中，他万念齐来，不断进行反思和追问："圣人处此，更有何道？"要是圣人处于自己这样的状况，会怎样思考，会怎样处理？会怎样对待？他反复自问：自己矢志不移，追寻圣贤，错了吗？仗义执言，挺身而出，错了吗？既然没有错，上天为何要夺我荣华，辱我尊严，使我至此山穷水尽之地步？就是这样的苦思冥想，某晚，突然灵光一闪，长啸一声，他忽然明白了生命的至理，感到了生命的快感。他感到自己终于明白了"格物致知"的真谛，明白了"圣人之道，吾性自足，向之求理于事物者误也"，就是说，圣人的道理并不是要向外索求于事物，而是人本身就具备圣心，无须外求，从外部事物中求取道德之理是错误的。圣人之道实际存在于每一个人心中，只是大多数人没有觉察。人的心灵状态，决定了他的思考方式和处世方式。这就是著名的"龙场悟道"。阳明"心学"就此成型，"知行合一"观就此产生。

### 知行合一求正解

实际上，龙场悟道，是王阳明多年的艰苦探索而一朝顿悟。阳明的探索过程有多重困惑。

一是对朱熹格物致知的困惑。他年轻时崇拜朱熹，信奉朱熹倡导的格物致知。在21岁那年与学友格竹,却什么也没有"格"到,甚至出现幻觉幻听。至此,便觉得朱熹格物致知此路不通,便从潜心于程朱理学,而转向佛道,终究因不得其要,转入陆九渊"心学"。

二是对道教的困惑。王阳明8岁即好神仙之说,31岁于会稽山筑室阳明洞,留心道教的炼丹采药之术。但后来他发现,万物皆有盛衰,肉体何能长生?像金丹派南五祖之一的白玉蟾也只活了四五十岁。同时,道教的无为出世,遗弃人伦物理,也令他困惑。

三是对于佛学的困惑。王阳明于佛"最所崇信",他的心学与禅学有许多相通之处。但是,他觉得佛学遗弃人伦物理,堕于虚空,只求个人解脱,不能兼济天下。

而最令王阳明多年来冥思苦想不得其解的问题是,王阳明时代,社会动荡,统治阶级面临言行不一、知行脱节的道德危机。社会矛盾突出,土地兼并严重,民不聊生,反叛不断,乱者四起。王阳明一直苦思破贼之策,但他认为"破山中贼易,破心中贼难"。

正是他的龙场悟道,让他终于找到了一个"破心中贼"的办法,那就是从根本上消除人们的"贼念",做到"知行合一"。也正是龙场悟道,让他破解了儒道佛的诸多困惑。

王阳明提出的知行合一,是为了消除程朱理学以来一味强调知先行后而带来的知行脱节。要理解王阳明的知行合一,先要理解这"知行合一"的"知",指的不是我们今天讲的科学知识的知,而是道德认识,就是王阳明所说的"良知",所以他的"知行合一"是就道德认识和道德实践而言的,跟我们今天所讲的理论联系实际,并不是一码事。

王阳明的"知行合一",可以概括为两点:

一是"知行一体"。

在阳明看来,道德实践,知行本为一体,并无先后之别,而是一体两面。他说,"未有知而不行者,知而不行只是未知",就是说,说得头头是道,若不能落实于行动,说明你仍然是不知,说明你没有达到"真知"的境界,所以,他强调的道德认知,是真正的"知",是能够体现为行动的知,因此,有"知"就应"行"。例如,知道应当孝悌却不能孝悌者,"知而不行",根本就是"未知"。他认为"知是行之始,行是知之成"。当你有了某个意念,就意味着你的行动已经开始,若有不良念头产生,虽然未行,但已有了行的因素。同样，你的行为不只是行为，它是思想的实现，是在观念的指导下完成的，所以"行"也就是知，只不过是"知"的过程的最后形成阶段而已。所以他说："若会得时，只说一个知，已自有行在；只说一个行，已自有知在。"

二是"知行并重"。

不少人认为王阳明更看重"行"，其实是误解。他曾说："今人学问只因知行分作两件，故有一念发动虽是不善，然却未曾行，便不去禁止。我今说个知行合一，正要人晓得一念发动处，便即是行了。发动处有不善，就将这不善的念克倒，须要彻根彻底，不使那一念不善潜伏胸中，此便是我立言宗旨。"恶念之生，并非只是一个念头，因为那已经就是"行"了，不善之念一闪便是行恶，必须立刻遏止，一旦有害人之念，也已害人，因为恶念就是恶行。可见他很重视"知"。但另一方面，他又认为心有善念，那还不叫行善，只有将善落实在行动上，那才叫行善。这又可见他十分重视"行"。其实，他是从不同侧面来说的，从为善方面来说，有行才是知，即，善念不等于善行，善行才是善念。所以，从善的角度，他更重视"行"。从去恶方面来说，有不善之念便是行恶了，从恶的角度，他更重视"知"。因为王阳明提倡知行合一的根本目的，是为了克服"一念不善"，是为了"破心中贼"，从而做到去恶念（重"知"），行善行（重"行"）。

王阳明其伟大之处，是他真正做到了"知行合一"，一方面，其知行合一观的产生本身就是知行合一的结果，他对理学、佛学、道家学说等各门各派的理论有长期的精研，同时又有艰苦实践的磨练和长期的思索，他是在实践中完善"心学"和"知行合一"，并最终悟道的。另一方面，他在悟道以后的人生中，大部分时间都是从事政务和军事活动，实践他的"知行合一"的主张，此后他经历赣南任职剿匪历程以及最重要的平定宸濠之乱，使得他全面实现了"太上立德，其次立功，其次立言"的"三不朽"，真正成为历史上绝无仅有的"古今完人"，真正实现了"圣贤"的理想。

# 王阳明论"知行合一"

⊙ 王阳明　王博绘

## 传习录·徐爱录①

爱因未会先生知行合一之训，与宗贤、惟贤②往复辩论，未能决。以问于先生。

先生曰："试举看。"

爱曰："如今人尽有知得父当孝、兄当弟③者，却不能孝，却不能弟。便是知与行分明是两件。"

先生曰："此已被私欲隔断，不是知行的本体了。未有知而不行者。知而不行，只是未知。圣贤教人知行，正是要复那本体。不是着你只恁④的便罢。故《大学》指个真知行与人看，说'如好好色'，'如恶恶臭⑤'。见好色属知，好好色属行。只见那好色时已自好了，不是见了后又立个心去好，闻恶臭属知，恶恶臭属行。只闻那恶臭时已自恶了，不是闻了后别立个心去恶。如鼻塞人虽见恶臭在前，鼻中不曾闻得，便亦不甚恶。亦只是不曾知臭。就如称某人知孝、某人知弟，必是其人已曾行孝行弟……又如知痛，必已自痛了，方知痛。知寒，必已自寒了。知饥，必已自饥了。知行如何分得开？此便是知行的本体，不曾有私意隔断的。圣人教人，必要是如此，方可谓之知。不然，只是不曾知。此却是何等紧切着实的功夫！如今苦苦定要说知行做两个，是甚么意？某要说做一个，是甚么意？若不知立言宗旨，只管说一个两个，亦有甚用？"

爱曰："古人说知行做两个，亦是要人见分晓。一行做知的功夫，一行做行的功夫，即功夫始有下落。"

先生曰："此却失了古人宗旨也。某尝说知是行的主意，行是知的功夫。知是行之始，行是知之成。若会得时，只说一个知，已自有行在。只说一个行，已自有知在。古人所以既说一个知，又说一个行者，只为世间有一种人，懵懵懂懂的任意去做，全不解思惟省察，也只是个冥行⑥妄作，所以必说个知，方才行得是。又有一种人，茫茫荡荡悬空去思索，全不肯着实躬行，也只是个揣摸影响，所以必说一个行，方才知得真。此是古人不得已补偏救弊的说话。若见得这个意时，即一言而足。今人却就将知行分作两件去做，以为必先知了，然后能行。我如今且去讲习讨论做知的功夫，待知得真了，方去做行的功夫。故遂终身不行，亦遂终身不知。此不是小病痛，其来已非一日矣。某今说个知行合一，正是对病的药，又不是某凿空⑦杜撰。知行本体原是如此。今若知得宗旨时，即说两个亦不妨，亦只是一个。若不会宗旨，便说一个，亦济得甚事？只是闲说话。"

**【注释】**①徐爱（1488—1518），浙江余杭人，王阳明妹夫，也是王阳明首席大弟子。曾任南京工部郎中。录：记录。王阳明《传习录》是其弟子对王阳明与弟子对话情况的记录，这里节选的分别是王阳明弟子徐爱、陆澄、黄直记录的，所以分别称为"徐爱录""陆澄录""黄直录"。②宗贤、惟贤：都是王阳明弟子。③弟：通"悌"。④恁（nèn）：那样。⑤恶（wù）恶（è）臭（xiù）：讨厌不好的气味。⑥冥行：本指夜间行路，此比喻盲目行事。⑦凿空：立论无据，凭空乱说或穿凿附会。

# 传习录·黄直<sup>①</sup>录

问知行合一。先生曰："此须识我立言宗旨。今人学问只因知行分作两件，故有一念发动，虽是不善，然却未曾行，便不去禁止。我今说个知行合一，正要人晓得一念发动处，便即是行了。发动处有不善，就将这不善的念克倒了，须要彻根彻底，不使那一念不善潜伏在胸中。此便是我立言宗旨。"

**【注释】**①黄直：王阳明弟子，明中期学者、诤臣。

# 传习录·陆澄<sup>①</sup>录

知是行之始，行是知之成。圣学只是一个功夫，知行不可分作两件事。

··········

澄在鸿胪寺仓居②。忽家信至，言儿病危。澄心甚忧闷不能堪。先生曰："此时正宜用功。若此时放过，闲时讲学何用! 人正要在此时磨炼。父之爱子，自是至情。然天理亦自有个中和处。过即是私意③。人于此处多认做天理当忧，则一向忧苦，不知己，是'有所忧患，不得其正'。大抵七情所感，多只是过，少不及者。才过便非心之本体。必须调停适中始得。就如父母之丧，人子岂不欲一哭便死，方快于心? 然却曰'毁不灭性④'，非圣人强制之也。天理本体，自有分限。不可过也。人但要识得心体，自然增减分毫不得。"

【注释】①陆澄：王阳明弟子，明朝正德年间进士。②鸿胪寺：官署名，主要掌管朝会仪节等。仓：衙门宿舍。③私意：私心。④毁不灭性：此指古代圣人之言，意思是不能过分悲哀而失去本性。

（选自《传习录》，北京时代华文书局，2014年版）

# 王夫之论知与行

王夫之(1619—1692)，湖南衡阳人，与顾炎武、黄宗羲并称明清之际三大思想家。晚年隐居于石船山，著书立传，学者遂称之为船山先生。

　　且夫知也者，固以行为功者也。行也者，不以知为功者。行焉可以得知也，知焉未可以得行之效也。将为格物穷理之学，抑必勉勉孜孜，而后择之精，语之详，是知必以行为功也。行于君民、亲友、喜怒、哀乐之间，得而信，失而疑，道乃益明，是行可有知之效也。其力行也，得不以为歆①，失不以为恤②，志壹动气，惟无审虑却顾，而后德可据，是行不以知为功也。冥心而思，观物而辨，时未至，理未协，情未感，力未赡，俟之他日而行乃为功，是知不待有行之效也。行可兼知，而知不可兼行。下学而上达，岂达焉而始学乎？君子之学，未尝离行以为知也必矣。离行以为知，其卑者，则训诂③之末流，无异于词章之玩物而加陋焉，其高者，瞑目据梧，消心而绝物，得者或得，而失者遂叛道以流于恍惚之中。异学之贼道也，正在于此……

　　宋诸先儒欲折陆杨④知行合一、知不先行不后之说，而曰知先行后，立一划然之次序，以困学者于知见之中，且将荡然以失据，则以异于圣人之道矣。《说命》⑤曰："知之非艰，行之惟艰。"千圣复起，不易之言也。夫人，近取之而自喻其甘苦者也。子曰，"仁者先难"，明艰者必先也。先其难，而易者从之易矣。先其易，而难者在后，力弱于中衰，情疑于未艾⑥，气骄于已得，矜觉悟以遗下学，其不倒行逆施于修涂者鲜矣。知非先，行非后，行有余力而求知。圣言决矣，而孰与易之乎？

　　【注释】①歆(xīn)：高兴，喜悦。②恤：忧虑。③训诂：解释古代汉语典籍中的字句。④陆：南宋哲学家陆九渊。陆九渊是陆王心学的代表人物，因讲学于象山书院，学者常称其为"陆象山"。杨：南宋学者杨简，杨简号慈湖，世称慈湖先生,是陆九渊的学生。⑤《说命》:《尚书》中的篇名。⑥艾:停止。

（选自《尚书引义》卷三《说命》,中华书局,1976年版）

**【原典导读】**

王夫之与顾炎武、黄宗羲并称明清之际三大思想家,在哲学流派上,属于唯物主义哲学家,他把理论和实践当做统一体来看待,认为理论与实践有并进之功,反对将知识当做观照事物的空洞概念,主张力行以求知,将实践摆在非常重要的位置。

第八章
# 仁者爱人

"仁者爱人"，意思是"仁"就是人与人之间的相亲相爱。语出《论语》：樊迟问仁，子曰："爱人。"

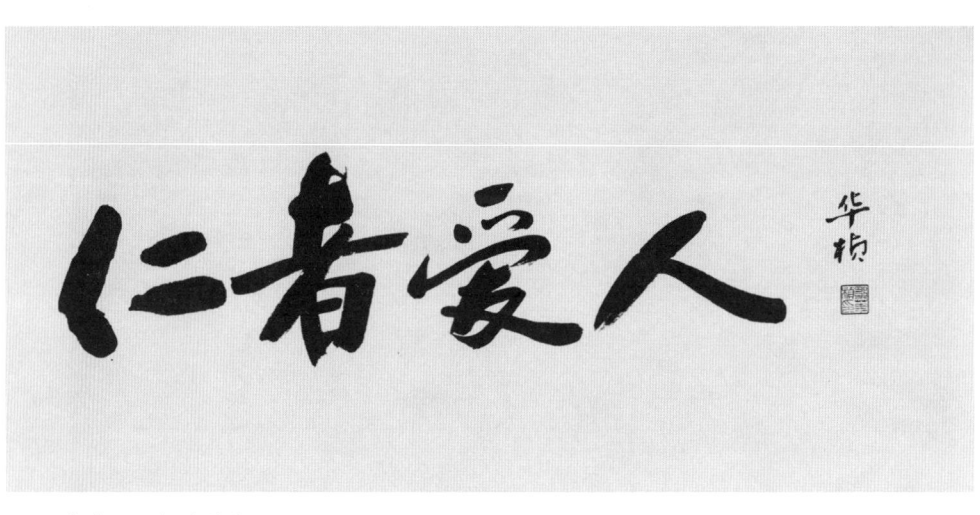

⊙ 仁者爱人　邹华桢书

### 冯谖市仁

《战国策·齐策》中有这么一个故事叫"冯谖客孟尝君",讲的是战国时期齐国的孟尝君好士,门下有食客数千人,其中有一个门客叫冯谖,冯谖在孟尝君家曾弹剑唱道:"长铗归来乎,食无鱼,出无车,无以为家。"孟尝君听到了,就真的保证了冯谖"食有鱼、出有车"的生活,冯谖的母亲也得到了孟尝君的照顾。有一天,孟尝君派人到薛地去收债,冯谖主动请缨,辞行的时候,冯谖问道:"收齐债款,用它买些什么回来呢?"孟尝君说:"看我家里缺什么,就买什么。"冯谖将薛城老百姓的所有借据带到薛城后,把那些欠债的百姓都找来了。欠债的人看到孟尝君派人来收债,便带来了准备偿还的欠款,谁知,等借约核对完了,冯谖竟然假托孟尝君的命令说,所有的借款都不用还了,并当众将所有的借据全部烧掉,这时,百姓齐呼万岁。处理完事情后,冯谖马不停蹄地赶回齐国都城,孟尝君奇怪他回来这么快,便问道:"债款全收齐了吗?"冯谖回答说:"收齐了。"孟尝君又问:"用它买了些什么呢?"冯谖说:"您说'家里缺什么就买什么',我考虑您府里珍宝、好狗、良马、美女,什么都不缺,唯独缺的东西要算'义'了,因此我替您买了'义'回来了。"孟尝君觉得奇怪,这"义"怎么个买法呢。冯谖说:"如今您只有一块小小的薛地,却不能抚育爱护那里的百姓,反用商贾的手段向百姓取利息,我私自假传您的命令把借约烧了,百姓齐声欢呼万岁,这就是我给您买的'义'啊。"孟尝君自然很不高兴。

过了一年,齐泯王对孟尝君下了逐客令,孟尝君只好回到封邑薛城去住。走到离薛城还有一百里的地方,百姓扶老携幼,夹道欢迎孟尝君。这时孟尝君才明白,冯谖为他买的义是什么了。

冯谖这里的"义",实际上就是孔子尤其是孟子说的"仁"。

### 孔子倡仁

"仁"这个字,按照《说文解字》的解释,"仁,亲也。从人,从二。会意字。"就是说,它是表达一种人与人的关系,指彼此之间相亲相爱。

"仁"是儒家思想体系的核心。"仁"的思想,并非儒家的发明,应该在殷商时期就已经产生。如《诗经·郑风·叔于田》："不如叔也，洵美且仁。"其意思是都不如打猎高手阿叔，不仅确实美，而且确实做到了仁。《诗经·齐风·卢令》："卢令令，其人美且仁。""卢"是黑毛猎犬，"令令"是象声词，像猎犬所戴项圈的声音。全句是说"黑犬颈圈丁当响，猎人英俊又善良"。但将"仁"特别提取出来，成为文化的核心理念的是儒家，是孔子。

孔子学说，是一种道德伦理学说，而孔子伦理哲学的核心便是"仁"，因此，《论语》一书，每一章每一节，或直接或间接几乎都涉及仁。《论语》全书"仁"字共出现109次。此外，"孝"19次，"忠"18次，"悌"5次，这些概念都是"仁"的引申，或是"仁"的概念的要素。可以说，《论语》全书论仁的概率，仅次于论君子，而孔子思想中的君子精神的核心就是"仁"，甚至可以说，论君子也就是在论"仁"。所以，"仁"在《论语》中的地位，在孔子思想中的地位，怎样界定，都不会过高。

在孔子看来，"仁"的本质是"爱人"，当樊迟问他"仁"是什么，孔子毫不犹豫且干脆利落地回答，就两个字："爱人"。这几乎是整本《论语》中孔子回答问题最直接最干脆最爽利的一次。可见孔子对于"仁"的本质是经过了深思熟虑的。

"爱人"的表现，首先是孝悌。在孔门看来，孝悌是仁之本。"仁"是个抽象的道德哲学概念，怎么转化为人的日常伦理行为，它首先就应表现为孝和悌。孝和悌也有先后，先是孝，然后才是悌。这是根本，是基于血缘的，因为没有孝悌，连禽兽也做不成。然后由孝悌推而广之，到怎么对待别人，因为孝，所以不犯上作乱，因为悌，所以，己所不欲勿施于人，再加以概括上升，前者就是忠，后者就是恕。所以孔子之道，一以贯之，就是"忠恕"。"忠"，由孝而来，"恕"由悌而来。忠和恕，是具体的对象，再加以泛化，推广，就是爱民了。所以，谈到人生理想，孔子就是"老者安之，朋友信之，少者怀之"；"博施于民而能济众"是他的最高理想，尽管明知难以做到。

忠恕之道，仁者之道，一个重要表现就是爱生命，所以，马厩起火，孔子关心的不是财物的损失，而是人的生命；在办理丧事的时候，孔子总是难过得吃不下饭。最终，孔子的仁，由爱自己的父母兄弟，到爱其他人，到爱民，以至推而广之到爱物，所以他"钓而不纲，弋不射宿"。这大概就是孟子的"爱物",孟子的"亲亲、仁民、爱物",就是孔子的仁者爱人思想体系的概括化。后来儒家"民胞物与"的思想观念,与孔子的仁者爱人的思想体系是一脉相承的。

"仁"的价值体现在哪里?仁是孔子礼乐治国的伦理基础。孔子倡导礼乐治国,礼乐治国是政治层面,落实到具体的个人,就必须以"仁"的伦理来规范,所以他说"人而不仁,如礼何?人而不仁,如乐何?"仁是评价善恶的基本标准,只有仁者能"好人"(欣赏人)能"恶人"(讨厌人);于是,"苟志于仁矣,无恶也","人而不仁"就容易乱。仁是为人的根本,所谓"据于德,依于仁"。仁是君子的担当和责任,君子当"仁以为己任",而且任重道远。

怎样才能达到仁的境界呢?关于仁的修养途径,孔子认为关键是自己的主观愿望,"仁远乎哉?我欲仁,斯仁至矣。"仁,就在心中,仁必须是发自内心的要求。这里恐怕为宋明陆王心学埋下了种子。要做到仁,必须"博学而笃志,切问而近思",要"非礼勿视,非礼勿听,非礼勿言,非礼勿动";要与仁者为伍,谨慎择邻,谨慎交友,所谓"里仁为美。择不处仁,焉得知?"

## 孟子论仁

后来,孟子接过了"仁"这杆大旗,并将其高高举起,让其飘扬在战国时代的思想高地。

孟子主要从以下几个方面继承并发扬了孔子的"仁"的思想。

第一,对"仁"高度重视。"仁"是孟子思想的重要内容,《孟子》全书出现"仁"凡158次(据周文德博士统计。而笔者统计为160次),可见"仁"在孟子思想中的比例。

第二,他全面继承了孔子"仁者爱人"的思想,并从理论上梳理了孔子仁爱思想的体系。在孔子那里,"孝悌"是"仁"之本,然后由"孝悌"扩展到爱他人,包括君王与百姓,由此扩展到忠恕,最广的扩展是爱惜世间一切事物。孟子不仅直接将"仁者爱人"四个字第一次明确地组合在一起,而且将孔子"仁"的这一思想体系,最终概括为"亲亲仁民爱物",明确将"仁"的内容分为三个等级,一是以血缘关系为纽带的亲爱,即"亲亲";二是推己及人的仁爱,即"仁民";三是由人及物的"爱惜"之爱，即"爱物"。

第三，在仁爱思想体系的形成思路上，孟子明确提出了"推恩"观念，即所谓"老吾老以及人之老，幼吾幼以及人之幼"，而且他提出"推恩足以保四海"，从价值论上对推恩做了高度肯定。孔子的仁爱思想体系就是由亲及友及民及物的，就是一种血缘关系的扩充，至孟子就明确提出了"推恩"的观念，也就是仁爱思想建立的逻辑理路。

第四，基于推恩的思考，他强调仁心之固有性。因为孟子伦理哲学的理论基础是"性善论"。所以他说，"人皆有不忍人之心""无恻隐之心，非人也"。正因为人皆有恻隐之心，"推恩"才有基础，"推恩"才有广泛的伦理价值，所以"恻隐之心，仁之端也"，恻隐之心，是"仁"的发端。也正是这一基于性善论的恻隐之心人皆有之，不仅为其推恩提供了理论基础，更为其仁政的政治思想提供了理论基础。

第五，当然就是孟子的"仁政"思想了。"仁政"是孟子的发明，是孟子政治思想的核心，体现了孟子对人民的深切同情和爱心。

孟子的仁政思想，理论基础是"仁"，核心是"民本"，理想是"王道"。

他从孔子那里接过"仁"，提出亲亲仁民爱物，这是他仁政政治理念的立论基础。

而孟子仁政的最大价值在于他的"民本"，民本思想是孟子对中国文化的最伟大贡献。（参见本书《民为邦本》章）

在孟子看来，真正做到了以民为本，做到了提高民的地位，为君者能勤谨为民，并能使民有恒产，保证民生，然而不王者，未之有也，也就是实现"王道"。所谓王道，就是以仁义治天下。

# 《论语》论"仁"

## 一

　　樊迟问仁,子曰:"爱人。"问知①,子曰:"知②人。"樊迟未达,子曰:"举直错诸枉③,能使枉者直。"樊迟退,见子夏,曰:"乡④也吾见于夫子而问知,子曰:'举直错诸枉,能使枉者直',何谓也?"子夏曰:"富哉言乎!舜有天下,选于众,举皋陶⑤,不仁者远矣。汤有天下,选于众,举伊尹⑥,不仁者远矣。"(《颜渊》)

　　【注释】①知:智慧。②知:了解。③错:同"措",放置。枉:弯曲,不正直。④乡:同"向"。⑤皋陶(gāo yáo):是与尧、舜、禹齐名的"上古四圣"之一。⑥伊尹:中国商朝初年著名贤相。

　　有子曰:"其为人也孝弟,而好犯上者,鲜矣;不好犯上而好作乱者,未之有也。君子务本,本立而道生。孝弟也者,其为仁之本与!"(《学而》)

　　仲弓问仁,子曰:"出门如见大宾,使民如承大祭①。己所不欲,勿施于人。在邦无怨,在家无怨。"仲弓曰:"雍虽不敏,请事斯语②矣。"(《颜渊》)

　　【注释】①承大祭:承当大的祭祀(认真小心)。②事斯语:实行这句话。

　　子曰:"参乎,吾道一以贯之。"曾子曰:"唯。"子出,门人问曰:"何谓也?"曾子曰:"夫子之道,忠恕而已矣。"(《里仁》)

　　颜渊、季路侍,子曰:"盍①各言尔志?"子路曰:"愿车马、衣轻裘,与朋友共,敝②之而无憾。"颜渊曰:"愿无伐善,无施劳③。"子路曰:"愿闻

子之志。"子曰："老者安之，朋友信之，少者怀之。"（《公冶长》）

**【注释】**①盍：何不。②敝：破旧。③伐：夸耀。施：表白。

子贡曰："如有博施于民而能济众，何如? 可谓仁乎?"子曰："何事于仁①，必也圣乎! 尧舜其犹病诸②! 夫仁者，己欲立而立人，己欲达而达人。能近取譬，可谓仁之方也已③。"（《雍也》）

**【注释】**①何事于仁：哪里仅只是仁。②尧舜其犹病诸：尧舜都难以做到。③能近取譬，可谓仁之方也已：能就近的事一步步去实行，可以说是达到仁的方法了。

子路曰："桓公杀公子纠，召忽死之，管仲①不死。"曰："未仁乎?"子曰："桓公九合诸侯不以兵车②，管仲之力也。如其仁，如其仁③!"

子贡曰："管仲非仁者与? 桓公杀公子纠，不能死，又相之。"子曰："管仲相桓公霸诸侯，一匡④天下，民到于今受其赐。微⑤管仲，吾其被发左衽矣⑥。岂若匹夫匹妇之为谅⑦也，自经于沟渎⑧而莫之知也。"（《宪问》）

**【注释】**①管仲，春秋齐国政治家，早年事齐国公子纠，帮助公子纠（兄）和公子小白（弟）争夺君位。小白得胜，即位为齐桓公，公子纠被杀，管仲被囚。经鲍叔牙保举，齐桓公不计前嫌，任管仲为卿。公子纠的师傅召忽自杀殉主，管仲没有自杀。②九合诸侯不以兵车：多次主持诸侯盟会。③如其仁：这就是仁。④匡：纠正，匡正。此处指"救助"。⑤微：如果没有。⑥被：通"披"。左衽：衣襟向左边开，这是当时狄夷的打扮，形容落后的少数民族。⑦谅：诚信。⑧自经：自缢，上吊自杀。渎：小沟渠。

厩①焚，子退朝，曰："伤人乎?"不问马。（《乡党》）

**【注释】**①厩：马厩。

子食于有丧者之侧，未尝饱也。（《述而》）

子钓而不纲①，弋不射宿②。（《述而》）

**【注释】**①钓而不纲：只用鱼竿钓鱼而不用渔网捕鱼。纲：提渔网的那根总绳子，这里指渔网。②弋（yì）：用系着丝绳的箭去射猎物，此处即指射猎。宿（sù）：停宿，休息，此指休息的鸟兽。

## 二

子曰："人而不仁，如礼何？人而不仁，如乐何？"（《八佾》）

子曰："唯仁者能好人，能恶人。"（《里仁》）

子曰："苟志于仁矣，无恶也。"（《里仁》）

子曰："好勇疾贫，乱也。人而不仁，疾之已甚，乱也。"（《泰伯》）

**【参考译文】**
孔子说："喜好勇敢而又恨自己贫穷，就会犯上作乱。人如果没有仁德，逼迫他太厉害，也会出乱子。"

子曰："志于道，据于德，依于仁，游于艺。"（《述而》）

曾子曰："士不可以不弘毅，任重而道远。仁以为己任，不亦重乎？死而后已，不亦远乎？"（《泰伯》）

## 三

子曰："刚、毅、木、讷①近仁。"（《子路》）
**【注释】**①刚、毅、木、讷：坚强、果决、质朴、言语谨慎。

子张问仁于孔子，孔子曰："能行五者于天下为仁矣。"请问之，曰："恭、宽、信、敏、惠。恭则不侮①，宽则得众，信则人任焉，敏则有功，惠则足以使人。"（《阳货》）
**【注释】**①侮：受侮辱。

子曰："富与贵,是人之所欲也;不以其道得之,不处也。贫与贱,是人之所恶也;不以其道得之,不去也。君子去仁,恶乎成名?君子无终食之间违仁,造次①必于是,颠沛必于是。"(《里仁》)

【注释】①造次:仓促匆忙。

子曰："知者乐①水,仁者乐山。知者动,仁者静。知者乐②,仁者寿。"(《雍也》)

【注释】①乐(yào):欣赏。②乐(lè):快乐。

子曰："君子道者三,我无能焉:仁者不忧,知者不惑,勇者不惧。"子贡曰:"夫子自道也。"(《宪问》)

子曰："巧言令色,鲜矣仁!"(《学而》)

子曰："人之过也,各于其党①。观过,斯知仁矣。"(《里仁》)

【注释】①人之过也,各于其党:人的过错,与他同类或同伙所犯错误性质相同。

# 四

子曰："仁远乎哉?我欲仁,斯仁至矣。"(《述而》)

子夏曰："博学而笃志,切问而近思,仁在其中矣。"(《子张》)

颜渊问仁,子曰:"克己复礼为仁。一日克己复礼,天下归仁焉。为仁由己,而由人乎哉①?"颜渊曰:"请问其目?"子曰:"非礼勿视,非礼勿听,非礼勿言,非礼勿动。"颜渊曰:"回虽不敏,请事斯语矣。"(《颜渊》)

【注释】①为仁由己,而由人乎哉:实行仁德,靠自己,难道靠别人吗?

子曰："里①仁为美。择不处仁,焉得知②?"(《里仁》)

**【注释】**①里：乡里，此指乡邻街坊。②知：通"智"。

（选自《论语译注》，中华书局，1980年版）

**【原典导读】**

我们主要从四个方面选取了《论语》中有关"仁"的章节。尽管《论语》全书涉及仁的内容太多，可能难以把握，但孔子论仁，不外乎这几个方面，一是，什么是仁，我们所选的第一部分，就是在回答这个问题。在孔子看来，仁的本质是"爱人"，爱人的表现，首先是孝悌，所以他说，孝悌是仁之本。"仁"是个抽象的道德哲学概念，怎么转化为人的日常伦理行为，它首先就应表现为孝和悌，这是根本。然后由孝悌推而广之，到怎么对待别人，因为孝，所以不犯上作乱，因为悌，所以，己所不欲勿施于人，孝推而广之为忠，悌推而广之为恕。所以孔子之道一以贯之，"忠恕而已矣"。忠和恕，是具体的对象，再加以泛化、推广，就是爱民了。所以，谈到人生理想，孔子就是"老者安之，朋友信之，少者怀之"；"博施于民而能济众"是他的最高理想，尽管明知难以做到。所以在具体评价管仲的时候，弟子们死抠忠孝概念，认为在公子纠死后，作为公子纠的臣子的管仲不仅没有像召忽那样以身殉主，反而做了公子纠的敌人的宰相，这是不忠，当然也就不仁。但是孔子认为管仲相桓公，九合诸侯，不以兵车，泽被苍生，遗惠后世，怎么不是仁呢？这大概就是"博施于民而能济众"吧？这也是孔子一生追求而无法实现的，这在孔子看来是大仁大义，岂是匹夫匹妇的小忠小信所能比拟的呢？可见孔子仁的核心其实不是孝悌，孝悌只是表现，它最终要指向的是爱民，是仁心的推广，是泽被苍生。忠恕之道，仁者之道，一个重要表现就是爱生命，所以，马厩起火，孔子关心的不是财物的损失，而是人的生命，所以在办理丧事的时候，他总是难过得吃不下饭。最终，孔子仁，由爱自己的父母兄弟，到爱其他人，以至推而广之到爱物，所以他"钓而不纲，弋不射宿"。

这里选的其余的三个部分，分别是仁的价值和意义，孔子倡导礼乐治国，礼乐治国是政治层面，落实到具体的个人，就必须以"仁"的伦理来规范，所以他说"人而不仁，如礼何？人而不仁，如乐何？"也只有仁才能成为评价善恶的标准，所以只有仁者能"好人"（欣赏人）能"恶人"

（讨厌人）；于是，"苟志于仁矣，无恶也"，"人而不仁"就容易乱；于是仁就成了为人的依据，所谓"据于德，依于仁"；因此，君子当"仁以为己任"，而且任重道远。第三部分是仁在道德行为上的一些具体表现："刚、毅、木、讷"，"恭、宽、信、敏、惠"；"入则孝，出则弟，谨而信，泛爱众"；以道获取富贵；仁者乐山，贞静稳重；生活简朴；不忧、不惑、不惧。反面的表现就是巧言令色。第四部分，主要是谈仁的修养途径：关键是自己的主观愿望，必须是发自内心的要求，所谓"仁远乎哉？我欲仁，斯仁至矣"；要"博学而笃志，切问而近思"；要"非礼勿视，非礼勿听，非礼勿言，非礼勿动"；要与仁者为伍，谨慎择邻，谨慎交友，"里仁为美。择不处仁，焉得知"，孟母的三迁，就是这一思想的实践吧？

# 《孟子》论"仁"

## 仁者爱人

孟子曰:"君子所以异于人者,以其存心也。君子以仁存心,以礼存心。仁者爱人,有礼者敬人。爱人者人恒爱之,敬人者人恒敬之。"(《离娄下》)

## 亲亲仁民爱物

孟子曰:"君子之于物也,爱之而弗仁;于民也,仁之而弗亲。亲①亲而仁②民,仁民而爱③物。"(《尽心上》)

【注释】①亲:亲近,亲爱,以血缘关系为纽带的亲爱。②仁:仁爱,推己及人的仁爱。③爱:爱惜。

## 老吾老以及人之老

老吾老,以及人之老;幼吾幼,以及人之幼。天下可运于掌。诗云:"刑于寡妻,至于兄弟,以御于家邦。"言举斯心加诸彼而已。故推恩足以保四海,不推恩无以保妻子。古之人所以大过人者无他焉,善推其所为而已矣。(《梁惠王上》)

## 仁者无敌

梁惠王曰:"晋国①,天下莫强焉,叟②之所知也。及寡人之身,东败于齐,长子死焉;西丧地于秦七百里;南辱于楚。寡人耻之,愿比死者一洒之③,如之何则可?"

孟子对曰："地方百里④而可以王。王如施仁政于民，省刑罚，薄税敛，深耕易耨⑤。壮者以暇日修其孝悌忠信，入以事其父兄，出以事其长上，可使制梃⑥以挞秦楚之坚甲利兵矣。彼夺其民时，使不得耕耨以养其父母，父母冻饿，兄弟妻子离散。彼陷溺其民，王往而征之，夫谁与王敌？故曰：'仁者无敌。'王请勿疑！"（《梁惠王上》）

【注释】①晋国：韩、赵、魏三家分晋，被周天子和各国承认为诸侯国，称三家为三晋，所以，梁（魏）惠王自称魏国也为晋国。②叟：老人家，这里是尊称对方。③比：替，为。洒：洗刷。④地方百里：方圆百里的土地。⑤易耨：及时除草。易：疾，快。耨：除草。⑥梃：棍棒。

# 寡人之于国也

梁惠王曰："寡人之于国也，尽心焉耳矣①。河内凶，则移其民于河东，移其粟于河内②。河东凶亦然。察邻国之政，无如寡人之用心者。邻国之民不加③少，寡人之民不加多，何也？"

孟子对曰："王好战，请以战喻④。填然鼓之⑤，兵刃既接⑥，弃甲曳兵而走⑦。或⑧百步而后止，或五十步而后止。以五十步笑百步，则何如？"

曰："不可，直不百步耳，是亦走也⑨。"

曰："王如知此，则无望民之多于邻国也。不违农时，谷不可胜⑩食也；数罟不入洿池⑪，鱼鳖不可胜食也；斧斤以时入山林，材木不可胜用也。谷与鱼鳖不可胜食，材木不可胜用，是使民养生丧死⑫无憾也。养生丧死无憾，王道⑬之始也。

"五亩之宅，树之以桑，五十者可以衣帛矣；鸡豚狗彘之畜⑭，无失其时，七十者可以食肉矣；百亩之田，勿夺⑮其时，数口之家可以无饥矣；谨庠序之教⑯，申⑰之以孝悌之义，颁白者不负戴于道路矣⑱。七十者衣帛食肉，黎民不饥不寒，然而不王⑲者，未之有也。

"狗彘食人食而不知检⑳，涂有饿莩而不知发㉑；人死，则曰：'非我也，岁㉒也。'是何异于刺人而杀之，曰：'非我也，兵㉓也。'王无罪岁，斯天下之民至焉。"（《梁惠王上》）

【注释】①尽心焉耳矣：真是费尽心力了。②凶：谷物收成不好，荒年。河东：黄河以东的地方。河内：黄河以北的地方。③加：更。④喻：打比方，作说明。⑤填：模拟鼓声。鼓：击鼓。⑥兵刃既接：两军的兵器已经接触，指战斗已开始。⑦弃甲曳兵而走：抛弃铠甲、拖着兵器而逃跑。⑧或：有的人。⑨直：通"只"，只是，不过。是：代词，这，指代上文"五十步而后止"。⑩胜：尽。⑪数罟（cù gǔ）：密网。洿（wū）池：深池。⑫养生丧死：供养活人，为死人办丧事。⑬王道：以仁义治天下，这是儒家的政治主张。与当时诸侯奉行的以武力统一天下的"霸道"相对。⑭豚（tún）：小猪。彘（zhì）：猪。畜（xù）：畜养，饲养。⑮夺：占用、剥夺。⑯谨：谨慎，这里指认真从事。庠（xiáng）序：古代的乡学。⑰申：反复教导。⑱颁白：斑白。负戴：背负重物。肩背叫做"负"，头顶叫做"戴"。⑲王：这里用作动词，为王，称王，也就是使天下百姓归顺。⑳狗彘（zhì）：狗和猪。检：通"敛"，收积、储藏的意思。㉑涂：通"途"，路上。饿莩（piǎo）：饿死的人。发：指打开粮仓，赈济百姓。㉒岁：年成。㉓兵：兵器。

（选自《孟子》，山西人民出版社，1998年版）

【原典导读】

孟子主要从以下几个方面继承并发扬孔子的"仁"的思想。

一是对"仁"的重视程度。

二是他全面继承了孔子仁者爱人的思想，并从理论上梳理了孔子仁爱思想的体系，最终概括为"亲亲仁民爱物"，明确将"仁"的内容分为三个等级，一是以血缘关系为纽带的亲爱，即"亲亲"；二是推己及人的仁爱，即"仁民"；三是由人及物的"爱惜"之爱，即"爱物"。

三是在仁爱思想体系的形成思路上，孟子明确提出了"推恩"，而且他提出"推恩足以保四海"。

四是正面提出了"仁者无敌"的口号，为其"仁政"的主张张本。

五是基于推恩的思考，他强调仁心之固有性。认为，"人皆有不忍人之心"，"无恻隐之心，非人也"。

六是"仁政"思想。"仁政"是孟子的发明，是孟子政治思想的核心，体现了孟子对人民的深切同情和爱心。

第九章

# 民为邦本

"民为邦本",源出《尚书·夏书·五子之歌》:"皇祖有训,民可近,不可下,民惟邦本,本固邦宁。"意思是人民才是国家的根基,根基牢固,国家才能安定。

⊙ 秦秋寒印

民本思想，是中华民族发生最早的文化观念。

本书所列中国传统文化的重要思想发生得比较早的是"民为邦本""和而不同""天人合一""家国同构""道法自然""直觉意会"，而这里面，史有明文的最早的就是"民为邦本"。

### 五子之歌——历史之血的教训

夏启是被公认的中国第一个帝王，他是大禹的儿子，禹死后，按照古代皇位的禅让制，儿子不能继承君位，于是启将君位让给了伯益。但诸侯们却纷纷离开伯益要追随夏启，大臣和百姓也支持启，启于是只好即帝位，从而开启了中国历史的世袭制。启死后，将皇位传给其子太康。但太康品行太差，贪图享乐，不理政事，经常田猎不归，劳民伤财，后来后羿发动战争，打败太康，占领了太康的都城。太康的五个弟弟和他们的母亲被迫逃亡。他们经过多日逃亡，来到洛水之滨，面对滔滔洛水，悲从中来，想起当年其祖父大禹的告诫，不觉悔意连连，五兄弟相继作歌一首，表达亡国之悲，反思亡国之痛，这五首歌就是历史上著名的《五子之歌》。《五子之歌》的第一首，这样唱道："皇祖有训，民可近，不可下，民惟邦本，本固邦宁。予视天下愚夫愚妇一能胜予，一人三失，怨岂在明，不见是图。予临兆民，懔乎若朽索之驭六马，为人上者，奈何不敬？"大意是：伟大祖先有明训，人民可亲不可轻；民乃邦国之根本，根本牢固国安宁。愚夫愚妇能胜我，岂能小看众百姓。多次失误未警醒，预先失察太愚蠢。朽索驾马多危险，我治万民当小心。身为人主须谨慎，恪尽职守敬万民。就是这《五子之歌》，第一次唱出了"民惟邦本，本固邦宁"，体现了中国最早、最原始的以民为本的政治思想。而且，这不是一般的反思，也不是政治理论，这是实践的总结，这更是血的教训！

### 古公亶父——西周的仁爱之君

大家看《封神演义》的时候，对伟大的西岐，对西岐君王的得民心，往往称颂有加。就是那个演绎八卦的周文王，被称为一代圣君，他对内奉行德治，提倡"怀保小民"，实行裕民政治，大力发展农业，有节制地征收租税，商人往来甚至不收关税；自身生活勤俭，穿普通人衣服，亲自到田间劳动。岐周在他的治理下，国力日渐强大，人民富庶，君臣一心，社会和睦，几乎被视为一片乐土。

其实，周氏族原来并不在西岐这个地方，他们的远祖公刘，居住在甘肃一带，后来迁徙到陕西的彬县一带。到周文王的祖父古公亶（dǎn）父（fǔ），才迁到西岐。当年，古公亶父继承父位当了周族领袖，将领地治理得富庶安康，深得臣民爱戴。可是有一个叫做"薰育"的北方少数民族，十分强悍，不断侵袭他们，先是掠夺财物，古公亶父觉得，财富给了还可以创造，只要没有战争，只要百姓安居乐业，于是就答应了他们，给了他们不少财宝。可是，这个民族贪得无厌，后来又发动进攻，并且提出要土地，要人民，否则就兵戎相向。给不给？大臣们不同意给，我们的土地，我们的百姓，怎么给他们？这时古公亶父对他的家人和下属说："将土地给他们吧，将人民给他们吧。我们走，我们另换一个地方。"就准备带着家眷、属官们离开当时他们所在的"豳（bīn）"这个地方。可是大臣们想不通，我们这么英明的领袖，怎么会将土地和人民拱手让人呢？这时，古公亶父说出了一番令人震惊的话，他说："老百姓拥立君主干什么呢？无非是想要获得安定的生活，现在戎狄发动战争的目的就是看中了我们的土地和人民，老百姓以我为君与以他为君，在我这儿与在他那儿有什么区别呢？如果是为了我可以当这个君王而导致百姓家破人亡，血流成河，于心何忍？"结果，豳地老百姓说，大王，您走，我们跟着您走。于是大家扶老携弱，翻山越岭，跟随古公亶父来到了西岐。其他国家的人看到古公亶父仁义爱民，也都前来归附。

古公亶父这段话不仅可以震动大臣和百姓，简直可以震古烁今！君为大，还是民为大？古公掂量得很清楚，铁打的营盘，流水的兵。在古公这里，这营盘是百姓，流水的兵就是君王，谁当君王都行，百姓才是第一位的。这是古公的伟大之处，他给周，留下了一个好的传统。推翻商朝之后，周人在反思，商朝人特别相信鬼神（近代在安阳殷墟出土的甲骨文，主要是占卜的记录），总在祈求鬼神保佑，但鬼神却没有帮助商朝，可见鬼神靠不住。不信鬼神，信什么呢？周人有了自己的答案。周公在总结商朝灭亡的教训时提出："皇天无亲，惟德是辅；民心无常，惟惠之怀"（《尚书·蔡仲之命》）。他们认为"得人者兴，失人者崩"（《诗经》）。《尚书·康诰篇》载周公教训康叔说：文王为什么能开创王业，因为"惟文王敬忌，乃裕民"。"敬忌"就是"文王明德慎罚，不敢侮鳏寡"，"裕民"就是让老百姓得到实惠，生活安康。周朝制定的国策，就是"敬德保民"。可惜的是，"善始者实繁，克终者盖寡"，后来周朝的统治者并没能将这一国策坚持下来。

### 仁者爱人——孔子零散的民本思想

从夏到周，从反面或正面，给我们留下了这宝贵的"民为邦本"的政治智慧。这一思想，到春秋战国，终于得到了发扬光大。

从周公的敬天保民，到春秋末年史墨提出的"民不知君，何以得国"，民本思想并没有得到更大的发展。直到孔子，民本思想才得到了更多的强调。

孔子提出仁的思想，由其仁者爱人，自然推导出爱民的思想，指出要"节用而爱人，使民以时"，"君子学道则爱人"，并提出了以"博施于民而能济众"为标准的爱民的最高理想，他以"爱民"，以"泽被苍生"作为评价历史人物的标准，他评价子产，说子产有"君子之道四焉"，而其中两条就是"其养民也惠，其使民也义"。尤其他评价管仲，"管仲相桓公，霸诸侯，一匡天下，民到于今受其赐。微管仲，吾其被发左衽矣。""如其仁，如其仁。"对管子的泽被苍生表达了崇高的敬意，并反复说这就是仁啊，这就是仁啊。他要求弟子"修己以安百姓"。要让百姓心悦诚服：当子贡问政时，他提出了"足食，足兵，民信之矣"，而将"信"摆到了最高地位。同时，他也继承了周文王以来的裕民的思想："百姓足，君孰与不足；百姓不足，君孰与足？"

但是，孔子的民本思想，主要体现的是"爱民"，是君王的"仁"的体现，是君王的伦理要求。后来战国的荀子在他的《哀公》中引孔子的话说："且丘闻之，君者，舟也；庶人者，水也。水则载舟，水则覆舟，君以此思危，则危将焉而不至矣？"这倒是超越了伦理的范畴，但这是不是孔子说的呢？荀子《王制》篇也引了这句话，说的是"传曰"，说的是古书上有这么一句话，并没有指出是谁说的。高扬"民为邦本"大旗的孟子没有引用孔子的这句话，孟子比荀子早生将近60年，距孔子时代更近，受孔子思想影响更大，按常理，孟子最有可能引用这句话，但孟子没有引用，所以这句话是不是孔子说的，还很难说。可以说孔子的民本思想，更多的还是一种"爱民"思想，还没有形成系统。

### 民贵君轻——孟子对民本思想的伟大贡献

真正高举"民为邦本"这面大旗，并对之进行全面探讨，且形成了完整的理论体系并由此成为中国文化非常重要的概念的，是孟子。民本思想是孟子思想的核心，也是孟子留给中华民族乃至世界的宝贵遗产。

首先，孟子将孔子的仁进行了全面升级。他全面继承了孔子仁者爱人的思想，并从理论上梳理了孔子仁爱思想的体系，将其概括为"亲亲仁民爱物"，在方法论上，他提出了"老吾老以及人之老，幼吾幼以及人之幼"的推恩方法，指出"推恩足以保四海"，他强调了"仁"在人心的固有性，基于他的性善论的主张，提出"人皆有不忍人之心"，在此基础上，他提出了他的仁政思想。正是他的仁政思想，将孔子的仁学的伦理学性质，最终推广到政治学，使"仁学"成为政治与伦理一体化，并归属于政治学的儒家学说。

孟子的仁政思想，理论基础是"仁"，核心是"民本"，其最大价值也在于其"民本"。

《孟子》一书除文言虚词"之、也、而、者"，除"子、人、王、孟、天、君"等时代和语境常用字和"为、有、无"常用动词外，出现频率排前三位的实词："民"，209次；仁，158次；道，150次。三个词全是名词，而民字排在第一位，高出排在第二位的"仁"51次。从这个字频，可以看出孟子思想的仁政理念和其仁政的核心是"民"。

孟子民本思想的伟大有五：

其一，他认为对一个国家来说"民为贵，社稷次之，君为轻"，将民摆到了最高的地位。而将传统观念里至高无上的君，摆到了最低的位子。而且在孟子这里，民，不仅超越了君主，甚至超越了国家，民权甚至大于主权。伟大的孟子，已经远远超越了那个时代。让整个民族的历史，再也不能轻看民的价值，也为历代政治家为民请命提供了理论武器。

其二，是得民心者得天下。"桀纣之失天下也，失其民也；失其民者，失其心也。得天下有道：得其民，斯得天下矣。得其民有道：得其心，斯得民矣。"这一思想承接"载舟覆舟"之说，对后世影响莫大，如唐太宗时期魏徵的"载舟覆舟，所宜深慎"，就直接继承了孟子的思想。

其三，破除愚忠观念。国君有过错，臣民可以规劝，国君屡劝不改，臣民可以推翻他。《梁惠王下》记载，齐宣王问孟子，汤放逐桀，武王伐纣，有没有这样的事情，在齐宣王的心目中，这是以下犯上，这是不忠。齐宣王在为孟子出难题，但孟子的回答理直气壮："贼仁者谓之'贼'，贼义者谓之'残'。残贼之人谓之'一夫'。闻诛一夫纣矣，未闻弑君也。"君不像君，杀之何妨！这就是伟大的孟子！他破解了由孔子而来的儒家"忠君"思想可能导致"愚忠"的理论难题。如果说孔子是忠君，那么孟子是"忠民"。他这一思想直接影响了后来的黄宗羲，黄宗羲在《原君》一文中，其思想，其文风，其气势，直承孟子而来。

其四，与民同乐。《梁惠王下》记载了他与齐王关于音乐与快乐问题的一段对话，他巧妙地引导齐王要与民同乐。而且他还特别指出："乐民之乐者，民亦乐其乐；忧民之忧者，民亦忧其忧。乐以天下，忧以天下，然而不王者，未之有也。"他这一思想，对后来的知识分子从政产生了很大影响，像欧阳修的《醉翁亭记》的与民同乐，就是这一思想的直接继承；而范仲淹的"先天下之忧而忧，后天下之乐而乐"，是这一思想的发扬。

其五，制民之产。在经济上，孟子主张"民有恒产"，"民之为道也，有恒产者有恒心，无恒产者无恒心。苟无恒心，放辟邪侈，无不为已。"要使民"仰足以事父母，俯足以畜妻子，乐岁终身饱，凶年免于死亡"；让农民有一定的土地使用权，要减轻赋税。要让老百姓养生丧死无憾，让他们不饥不寒。

在他看来，只要真正做到了以民为本，做到了提高民的地位，为君者能勤谨为民，并能使民有恒产，保证民生，然而不王者，未之有也，也就是实现"王道"。所谓王道，就是以仁义治天下。

关于民本思想，在中国思想史上，还有两个人应该特别关注，一是贾谊，他的民本思想形成了完整的体系，再一个是黄宗羲，他对孟子的民本思想，既有继承，更有发扬。

# 《孟子》论"民本"

## 民为贵

孟子曰:"民为贵,社稷①次之,君为轻。是故得乎丘民②而为天子,得乎天子为诸侯③,得乎诸侯为大夫。诸侯危社稷,则变置④。牺牲⑤既成,粢盛既洁⑥,祭祀以时,然而旱干水溢⑦,则变置社稷。"(《尽心下》)

**【注释】**①社稷:古代帝王或诸侯建国时要设坛祭祀"社"和"稷"。后来,"社稷"便成为国家的代称。社:土神。稷:谷神。②丘民:民众。③得乎天子为诸侯:得到天子认可才能做诸侯。④变置:改立。⑤牺牲:供祭祀用的牛、羊、猪等祭品。⑥粢(zī)盛既洁:盛在祭器内的祭品已洁净了。粢:稷,粟米。⑦旱干水溢:旱灾洪灾。

## 得其民斯得天下

孟子曰:"桀纣之失天下也,失其民也;失其民者,失其心也。得天下有道:得其民,斯得天下矣。得其民有道:得其心,斯得民矣。得其心有道:所欲与之聚之①,所恶勿施尔也。民之归仁也,犹水之就下、兽之走圹②也。故为渊驱鱼者,獭③也;为丛驱爵者,鹯也④;为汤武驱民者,桀与纣也⑤。今天下之君有好仁者,则诸侯皆为之驱矣。虽欲无王,不可得已。"(《离娄上》)

**【注释】**①所欲与之聚之:百姓想要的就给他们让他们有所聚集。②圹:通"旷",这里指旷野。③獭(tǎ):食鱼类动物,这里指水獭。④爵:通"雀"。这里指飞禽。鹯(zhān):这里指鹞、鹰一类猛禽。⑤为汤武驱民者,桀与纣也:替汤王和武王把百姓驱赶来的,是夏桀和商纣王。

传统的精髓

# 与民同乐

庄暴①见孟子,曰:"暴见于王②,王语暴以好乐,暴未有以对也。"曰③:"好乐何如?"孟子曰:"王之好乐甚,则齐国其庶几乎④!"

他日见于王曰:"王尝语庄子以好乐,有诸?"王变乎色⑤,曰:"寡人非能好先王之乐也,直好世俗之乐耳⑥。"曰:"王之好乐甚,则齐其庶几乎! 今之乐犹古之乐也。"曰:"可得闻与?"曰:"独乐乐,与人乐乐,孰乐?⑦"曰:"不若与人⑧。"曰:"与少乐乐,与众乐乐,孰乐?"曰:"不若与众。"

"臣请为王言乐⑨:今王鼓⑩乐于此,百姓闻王钟鼓之声,管籥之音⑪,举疾首蹙頞⑫而相告曰:'吾王之好鼓乐,夫何使我至于此极⑬也? 父子不相见,兄弟妻子离散。'今王田猎⑭于此,百姓闻王车马之音,见羽旄⑮之美,举疾首蹙頞而相告曰:'吾王之好田猎,夫何使我至于此极也? 父子不相见,兄弟妻子离散。'此无他,不与民同乐也。

"今王鼓乐于此,百姓闻王钟鼓之声,管籥之音,举欣欣然有喜色而相告曰:'吾王庶几无疾病与? 何以能鼓乐也?'今王田猎于此,百姓闻王车马之音,见羽旄之美,举欣欣然有喜色而相告曰:'吾王庶几无疾病与? 何以能田猎也?'此无他,与民同乐也。今王与百姓同乐,则王矣。"

············

人不得,则非⑯其上矣。不得而非其上者,非⑰也;为民上而不与民同乐者,亦非也。乐民之乐者,民亦乐其乐;忧民之忧者,民亦忧其忧。乐以天下,忧以天下,然而不王者,未之有也。(《梁惠王下》)

【注释】①庄暴:人名,即下文提到的庄子。②见(xiàn)于王:被齐王召见或朝见齐王。③此处的"曰"是庄暴继续发问。④则齐国其庶几乎:齐国大概治理得差不多了吧。其:大概。庶几:差不多。⑤变乎色:改变了脸色。齐王感到不好意思。⑥直:不过、仅仅。世俗之乐:相当于流行音乐,与典雅纯正的"雅乐"相对。⑦独乐乐:独自欣赏音乐的快乐。前一个"乐(yuè)",音乐,名词作动词,欣赏音乐;后一个"乐(lè)",快乐。孰:哪一个。⑧不若与人:"独乐(yuè)不若与人乐(yuè)更乐(lè)"的省略。⑨乐:快乐。⑩鼓:演奏。⑪钟鼓之声,管籥(yuè)之音:这里泛指音乐。钟鼓：打击乐器。管、籥：两种管乐器。⑫举：皆、都。疾首蹙（cù）頞（è）：头痛，皱眉头，形容非常怨恨和讨厌。頞：鼻梁。⑬此极：指极致（穷困）。⑭田猎：在野外打猎。在春秋战国时代，这是一项带有军事训练性质的活动，由于它要发动百姓驱赶野兽，各级地方官员都要准备物资并亲自参与，所以古人主张应该在农闲时候有节制地举行，以免扰乱正常的生产秩序。⑮羽旄（máo）：古代军旗的一种，用野鸡毛、牦牛尾装饰旗杆。旄：牦牛尾。⑯非：动词，指责。⑰非：形容词，错误的。

## 闻诛一夫纣

齐宣王问曰："汤放桀①，武王伐纣②，有诸③？"孟子对曰："于传有之。"曰："臣弑④其君，可乎？"曰："贼仁者谓之贼，贼义者谓之残⑤，残贼之人谓之一夫。闻诛一夫纣矣，未闻弑君也。"（《梁惠王下》）

【注释】①汤放桀：桀，夏朝最后一个君主，暴虐无道。传说商汤灭夏后，把桀流放到南巢（据传在今安徽省巢县一带）。②武王伐纣：纣，商朝最后一个君主，昏乱残暴。周武王起兵讨伐，灭掉商朝，纣自焚而死。③诸："之乎"的合音。有诸：有这回事吗？④弑：古代把"臣杀君、子杀父"称为"弑"。⑤残、贼：伤害。

## 制民之产

无恒产而有恒心者①，惟士为能。若民，则无恒产，因无恒心。苟无恒心，放辟邪侈②，无不为已。及陷于罪，然后从而刑之，是罔民③也。焉有仁人在位，罔民而可为也？是故明君制④民之产，必使仰足以事父母，俯足以畜妻子⑤，乐岁终身饱，凶年免于死亡。然后驱而之善，故民之从之也轻⑥。今也制民之产，仰不足以事父母，俯不足以畜妻子，乐岁终身苦，凶年不免于死亡。此惟救死而恐不赡⑦，奚暇⑧治礼义哉？王欲行之，则盍⑨反其本矣。（《梁惠王上》）

【注释】①恒产：用以维持生活的固定的产业。恒心：安居守分之心。②放辟邪侈：纵逸放荡，行为不轨。"放"和"侈"同义，"辟"和"邪"同义。③罔民：张开罗网陷害百姓。罔：同"网"，用作动词。④制：规定。⑤畜：同

"蓄"，养活，抚育。妻子：妻子儿女。⑥轻：容易。⑦赡（shàn）：足，及。
⑧奚：何。暇：空闲时间。⑨盍：何不。

（选自《孟子》，山西人民出版社，1998年版）

**【原典导读】**

孟子的仁政思想，理论基础是"仁"，核心是"民本"，其最大价值也在于其"民本"。

本部分节选的孟子，涉及孟子民本思想的几个基本问题。

其一，是民贵君轻思想。孟子认为对一个国家来说"民为贵，社稷次之，君为轻"，将民摆到了最高的地位，这十分了不起。他不仅将民置于君之上，而且将传统观念里至高无上的君，摆到了最低的位子。在孟子这里，民，不仅超越了君主，甚至超越了国家，民权甚至大于主权。伟大的孟子，已经远远超越了那个时代。

其二，是得民心者得天下。桀纣之失天下也，失其民也；失其民者，失其心也。得天下有道：得其民，斯得天下矣。得其民有道：得其心，斯得民矣。

其三，破除了盲目的忠君观念。国君有过错，臣民可以规劝，国君屡劝不改，臣民可以推翻他。所谓"闻诸一夫纣矣，未闻弑君也"。君不像君，杀之何妨！这就是伟大的孟子！也正是这一点，他远远超出了孔子的忠君思想，他破解了由孔子而来的儒家"忠君"思想可能导致"愚忠"的理论难题。如果说孔子是忠君，那么孟子是"忠民"。

其四，与民同乐。乐民之乐者，民亦乐其乐；忧民之忧者，民亦忧其忧。乐以天下，忧以天下，然而不王者，未之有也。

其五，制民之产。在经济上，孟子主张"民有恒产"，"民之为道也，有恒产者有恒心，无恒产者无恒心。苟无恒心，放辟邪侈，无不为已。"要使百姓"仰足以事父母，俯足以畜妻子，乐岁终身饱，凶年免于死亡"，在他看来，真正做到了以民为本，做到了提高民的地位，为君者能勤谨为民，并能使民有恒产，保证民生，然而不王者，未之有也，也就是实现"王道"。所谓王道，就是以仁义治天下。

# 原君（节选）

黄宗羲

黄宗羲（1610—1695），字太冲，号梨洲，世称梨洲先生或南雷先生。浙江余姚人，明末清初著名的学者和思想家。

有生之初，人各自私也，人各自利也。天下有公利而莫或兴之，有公害而莫或除之。有人者出，不以一己之利为利，而使天下受其利；不以一己之害为害，而使天下释其害。此其人之勤劳，必千万于天下之人。夫以千万倍之勤劳，则己又不享其利，必非天下之人情所欲居也。故古人之君，量而不欲入①者，许由、务光②是也；入而又去之者，尧、舜是也；初不欲入而不得去者，禹是也。岂古之人有所异哉？好逸恶劳，亦犹夫人之情也③。

后之为人君者不然。以为天下利害之权皆出于我，我以天下之利尽归于己，以天下之害尽归于人，亦无不可。使天下之人不敢自私，不敢自利，以我之大私为天下之公。始而惭焉，久而安焉，视天下为莫大之产业，传之子孙，受享无穷。汉高帝所谓"某业所就，孰与仲多"④者，其逐利之情，不觉溢之于辞矣。

此无他，古者以天下为主，君为客，凡君之所毕世而经营者，为天下也。今也以君为主，天下为客，凡天下之无地而得安宁者，为君也。是以其未得之也，屠毒天下之肝脑，离散天下之子女，以博⑤我一人之产业，曾不惨然⑥，曰："我固为子孙创业也。"其既得之也，敲剥天下之骨髓，离散天下之子女，以奉我一人之淫乐，视为当然，曰："此我产业之花息⑦也。"然则为天下之大害者，君而已矣！向使⑧无君，人各得自私也，人各得自利也。呜呼！岂设君之道固如是乎？

古者天下之人爱戴其君，比之如父，拟之如天，诚不为过也。今也天下之人，怨恶其君，视之如寇仇，名之为独夫，固其所⑨也。而小儒规规焉⑩以君臣之义无所逃于天地之间，至桀纣之暴，犹谓汤武不当诛之，而妄传伯夷、叔齐无稽之事⑪，乃兆人万姓崩溃之血肉，曾不异夫腐鼠⑫。岂天地之大，于兆人万姓之中，独私其一人一姓乎？是故武王圣人也，孟子之言⑬，圣人之言也。后世之君，欲以如父如天之空名，禁人之窥伺⑭者，皆不便⑮于其言，至废孟子而不立⑯，非导源于小儒乎？

【注释】①量而不欲入：衡量了利弊，不愿接受君。②许由、务光：传说中的高士。唐尧让天下于许由，许由认为是对自己的侮辱，就隐居箕山中。商汤让天下于务光，务光负石投水而死。③亦犹夫人之情也：也是人之常情。④某业所就，孰与仲多：汉高祖刘邦登帝位后，曾对其父说："始大人常以臣无赖，不能治产业，不如仲（其兄刘仲）力，今某之业所就，孰与仲多？"⑤博：取得。⑥曾不惨然：竟然不感到惨痛。⑦花息：利息。⑧向使：假使。⑨固其所：是其应得的下场。⑩规规焉：狭隘死板的样子。⑪伯夷、叔齐无稽之事：伯夷、叔齐两人反对武王伐纣，天下归周之后，又耻食周粟，饿死于首阳山。⑫曾不异夫腐鼠：竟然和腐臭的死老鼠没有差别。⑬孟子之言：指《孟子·梁惠王下》中的话："贼仁者谓之贼，贼义者谓之残，残贼之人谓之一夫。闻诛一夫纣矣，未闻弑君也。"⑭窥伺：觊觎王位。⑮不便：不利。⑯废孟子而不立：《孟子·尽心下》中有"民为贵，社稷次之，君为轻"的话，明太祖朱元璋见而下诏废除祭祀孟子。

（选自《中国历代散文选》，北京出版社，1980年版）

【原典导读】

本文题意为"推究怎样做君主的道理"。文章继承《孟子》"民为贵，社稷次之，君为轻"的思想而进一步对后世君主专制荼毒生民的最激烈最犀利的鞭挞。全文皆用古今对比、借古伐今的手法来论述。

第十章
# 家国情怀

家国情怀，指主体对家庭、家族和国家等共同体的一种认同，并促使其发展的思想和理念。

⊙ 邢永峰绘

**特殊称谓中隐含的文化基因**

在中国文化里，有一些关于家与国的特有的词语：

称地方官为"父母官"；

称国为"国家"，或者"家国"，或"父母之邦"；

称好官为"爱民如子"；

称皇帝为"天子"；

男性大臣为"臣子"，大臣妻妾面对皇帝自称"臣妾"。

历朝历代，大多强调"以孝治国"；

对男人的要求是"忠孝两全"。

我们不太习惯称呼男性为先生，称呼女性为女士，我们称平辈的为兄弟姐妹，称长辈的为叔叔阿姨；

我们说"四海之内皆兄弟也"。

其实这些称呼，这些说法里，有着深深的文化基因。这种文化基因就是我们民族的家国意识，家国情怀。家国情怀基于家国同构的思维方式，强调个人修身，重视亲情仁爱，倡导心怀天下；体现为行孝尽忠、乡土观念、民族精神、爱国主义、天下为公。

**家国同构文化特质的意义与缺憾**

在中国文化里，家文化与国文化呈现出一种同构现象。

在古希腊的《荷马史诗》中，往往可以看到荷马神话中的人间英雄身上的许多"家庭问题"，如乱伦、通奸、杀子女、弑父母等等，可这些乱伦的人物在古希腊仍然可以成为英雄。古希腊的哲学家也并不重视家庭伦理，柏拉图甚至认为家庭妨碍公共精神，不仅不应存在，而且应从政治上加以取缔。亚里士多德虽然反对取缔家庭，也经常谈论家庭，但他更重视"友谊"，依然没有给予家庭伦理以足够重视。

可是，在中国则不同。中国人对家和家文化特别重视，中国人对家文化的重视有不同寻常的意义。

第一，在中国文化中，家庭是美好的，家庭追求的是和睦。例如，在我国的西周时代，就已有严格的家庭伦理规范，《诗经》有大量的关于家的描写,有大量的歌颂家的篇章,如《诗经·桃夭》就有描写家庭伦理的优美诗句:"桃之夭夭,灼灼其华。之子于归,宜其室家。"

第二,中国文化重视家族的传承,并形成了中国特有的族谱文化。从宋代开始,修纂家谱就成了中国人生命中的重要内容。清代著名史学家章学诚更是把家谱与国史、方志相提并论,认为"夫家有谱、州有志、国有史,其义一也"。

第三,中国文化对家庭伦理要求严格。如《诗经·大雅·文王之什》第六篇《思齐》就有这样的诗句:"刑于寡妻,至于兄弟,以御于家邦。"就是说要在妻子面前做好榜样,推广到在兄弟面前做好榜样,由此而推广到家邦。《周易》的六十四卦中,就有一个"家人卦",对于该卦,易传是这样解释的:"男女正,天地之大义也。家人有严君焉,父母之谓也。父父,子子,兄兄,弟弟,夫夫,妇妇,而家道正。正家而天下定矣。"意思是说,男女处于正道,是天地间的大义。家人有尊严之主,就是父母。父亲像父亲,儿子像儿子,兄长像兄长,弟弟像弟弟,丈夫像丈夫,妻子像妻子,家道就正了。家道正了,天下就安定了。到后来,不少家族都有家规族训,比较著名的如颜氏家训、柳氏家训、朱伯庐治家格言等。

第四,中国的家文化远不止家的意义,而是由家文化推广到国家文化,形成了一种"家国同构"的政治思维方式。从某种意义上说,中国文化是以家的关系功能和伦理为范型,推行于国又推行于天。且看中国人眼中的家国关系:父母与君王、兄姐与上级、妻室与同僚、弟妹与下级、子女与百姓,一一对应,家庭伦理和政治伦理可以以道德精神一以贯之——在家为孝,在国为忠,忠臣先是孝子,孝子应作忠臣。齐景公当年问政于孔子,孔子回答说:"君君,臣臣,父父,子子。"就是君要像君,臣要像臣,父要像父,子要像子。《周易大传》上说:"有万物,然后有男女。有男女,然后有夫妇。有夫妇,然后有父子。有父子,然后有君臣。有君臣,然后有上下。"《孟子·公孙丑》中引景丑的话说"内则父子,外则君臣,人之大伦也。父子主恩,君臣主敬"。

早在19世纪初,德国哲学大师黑格尔就曾指出,"中国终古不变的宪法的'精神'是'家庭的精神'"。中国的"家庭的基础也是'宪法'的基础"。"中国纯粹建筑在这一种道德家庭的关系的结合上,国家的特性便是客观的'家庭孝敬'。"中国著名思想史专家侯外庐先生在他的皇皇巨

传统的精髓

著《中国思想通史》中说："如果我们用'家族、私有、国家'三项来做文明路径的指标，那末，'古典的古代'是从家族到私产再到国家，国家代替了家族；'亚细亚的古代'是由家族到国家，国家混合在家族里面，叫做'社稷'。因此，前者是新陈代谢，新的冲破了旧的，这是革命的路线；后者却是新陈纠葛，旧的拖住了新的，这是维新的路线。前者是人惟求新，器亦求新；后者却是'人惟求旧，器惟求新'。"

第五，从儒家开始，重视家文化，本来就不是从家的角度出发，而是从社会出发，从国家政治出发。孔子一生重视伦理，重视自我修养，重视家庭的治理，但他是将家和国视作同类，他认为，治国必先治家，治家的方法、伦理可以迁移到治国。这种迁移，对上对下都是适应的：从"主"来说，身不正，则家不正，家不正，则国不正；从"臣民"来说，其为人也孝弟，而好犯上者，鲜矣。孔子倡导"孝"，由孝推而广之，便是"忠"，在家言孝，在国言忠。所以他提出"君君臣臣父父子子"。孟子在《离娄上》也说："人有恒言，皆曰'天下国家'。天下之本在国，国之本在家，家之本在身。"《墨子·尚同》也说，"治天下之国，若治一家"。《吕氏春秋》也说："以身为家，以家为国，以国为天下。"正是这种家国同构的观念，由此产生了中国文化的另一重要概念"修齐治平"。四书中的《大学》曾这样推论："古之欲明明德于天下者，先治其国；欲治其国者，先齐其家；欲齐其家者，先修其身；欲修其身者，先正其心；欲正其心者，先诚其意；欲诚其意者，先致其知。致知在格物。物格而后知至，知至而后意诚，意诚而后心正，心正而后身修，身修而后家齐，家齐而后国治，国治而后天下平。自天子以至于庶人，壹是皆以修身为本。"这里，顺推反推，都是以治国平天下为目的，而落脚点在家。所以中国的家文化，远远超越了家庭伦理的范畴。

第六，正因为中国文化是一种家国同构的文化，这使得中华民族一直高扬着爱国主义的大旗，我们的民族骨子里有浓厚的爱国意识。家国同构的国家发展路径，使得中国人的国家意识始终将"国"与"家"紧紧联系在一起，我们将"国"称为国家或者家国。在我们的意识里，有国才有家，爱家应爱国，由此形成了中华民族特有的"家国情怀"。所以，我们五千年，爱国精神薪火相传，像烛之武退秦师、弦高犒师，像伟大的爱国主义诗人屈原，像在西伯利亚贝加尔湖牧羊十九年的苏武，像位卑未敢忘忧国的陆游，像精忠报国的岳飞，像留取丹心照汗青的文天祥，像苟利国家生死以的林则徐，等等，中华民族绵延五千年，始终雄立于世界东方，应该得益于绵延不绝的爱国主义精神。

当然，家国同构的思维方式，也可能给中国文化带来某些缺憾，如宗族观念与国家观念的冲突、法治精神的不完备等等，但总的来说，由家国同构而形成的家国情怀，使得中国古人"自我"不再是一具单纯的血肉形身，而是"一天人、合内外"之身；不仅是一己之私的"扫一屋"的"小我"之身，也是"天下兴亡匹夫有责"的"扫天下"的大我之身。

# 《孟子》论家与国

## 天下国家

孟子曰："人有恒言，皆曰'天下国家'。天下之本在国，国之本在家，家之本在身。"

············

孟子曰："不仁者可与言哉？安其危而利其菑①，乐其所以亡者。不仁而可与言，则何亡国败家之有？有孺子歌曰：'沧浪之水清兮，可以濯我缨；沧浪之水浊兮，可以濯我足。'孔子曰：'小子听之！清斯濯缨，浊斯濯足矣，自取之也。'夫人必自侮，然后人侮之；家必自毁，而后人毁之；国必自伐，而后人伐之。太甲曰：'天作孽，犹可违；自作孽，不可活。'此之谓也。"（《离娄上》）

【注释】①菑：通"灾"。

## 为民父母

曰："庖有肥肉，厩有肥马，民有饥色，野有饿莩，此率兽而食人也。兽相食，且①人恶之。为民父母，行政不免于率兽而食人。恶②在其为民父母也？仲尼曰：'始作俑③者，其无后乎！'为其象人④而用之也。如之何其使斯民饥而死也？"（《梁惠王上》）

【注释】①且：尚且，犹。②恶：何，哪里。③俑：木偶或土偶，古时作陪葬用。④象人：模拟人。

# 父子君臣，人之大伦

景子①曰："内则父子，外则君臣，人之大伦也。父子主恩，君臣主敬。丑见王之敬子也，未见所以敬王也。"（《公孙丑下》）

【注释】①景子：景丑，可能是齐国大夫，曾向孟子学习。下文的"丑"即景丑自称。

（选自《孟子》，山西人民出版社，1998年版）

# 弦高犒师

左丘明，本名丘明，因其先祖任楚国左史官，故在姓前添"左"字，世称"左丘明"。为鲁国太史，著有《春秋左氏传》。

三十三年①春，秦师过周北门……及滑②，郑商人弦高将市③于周，遇之。以乘韦先④，牛十二犒师，曰："寡君闻吾子将步师出于敝邑⑤，敢犒从者⑥，不腆⑦敝邑，为从者之淹⑧，居则具一日之积⑨，行则备一夕之卫。"且使遽⑩告于郑。郑穆公使视客馆，则束载、厉兵、秣马矣⑪。使皇武子辞焉⑫，曰："吾子淹久于敝邑⑬，唯是脯资饩牵竭矣⑭。为吾子之将行也，郑之有原圃，犹秦之有具囿也⑮。吾子取其麋鹿以闲敝邑，若何？"杞子奔齐，逢孙、扬孙奔宋⑯。孟明曰："郑有备矣，不可冀⑰也。攻之不克，围之不继，吾其还也。"灭滑而还。

【注释】①三十三年：鲁僖公三十三年，公元前627年。《春秋》一书按鲁国纪年。②滑：诸侯国名，在今河南偃师县。③市：做买卖。④以乘（shèng）韦先：先用四张熟牛皮犒劳。古人送礼分两次，先轻后重，这里先送四张牛皮，再送十二头牛。乘：古时一车四马称乘，后以"乘"代指数词"四"。韦：熟牛皮。⑤敝邑：我的家乡。敝：谦称。⑥敢犒从者：斗胆犒劳您的部下。从者：部下。此为敬辞，不直接称呼对方，而言对方部下，表示恭敬。⑦腆（tiǎn）：美好，丰厚。"不腆"为谦词。⑧淹：淹留，停留。⑨积：粮草等物质。⑩遽（jù）：立即。⑪束载、厉兵、秣（mò）马：捆扎装载、磨砺兵器、喂饱战马，指对方做好了偷袭的准备。⑫使皇武子辞焉：郑穆公派皇武子去送行（实为逐客）。皇武子：郑国大夫。⑬吾子：您，第二人称敬称。淹：停留。⑭唯是脯资饩牵竭矣：敝邑的干肉、粮食、牲口都竭尽了。脯：干肉。资：粮食。饩（xì）：活牲口，此指鲜肉。牵：牲畜。⑮原圃：春秋时郑国狩猎之地。具囿：春秋时秦国狩猎之地。⑯杞子、逢（páng）孙、扬孙：均为秦军大将。孟明，秦军偷袭郑国的主帅。⑰冀（jì）：希望。

（选自《春秋左传集解》，上海人民出版社，1977年版）

本文写郑国商人弦高发现秦国将要偷袭自己的祖国，便假冒郑国使者去假装犒劳秦军，实际暗示对方我方早有准备；同时派人回国禀告，以使本国做好应战准备。弦高的爱国、机智、巧妙的言辞，都值得我们认真学习。

传统的精髓

# 《论语》论家与国

或谓孔子曰："子奚①不为政？"子曰："《书》云：'孝乎惟孝，友于兄弟，施于有政。'是亦为政，奚其为为政②？"（《为政》）

【注释】①奚：何，什么，怎样。②奚其为为政：要怎样才能算是为政呢。

子曰："出则事公卿，入则事父兄，丧事不敢不勉，不为酒困，何有于我哉？"（《子罕》）

齐景公问政于孔子，孔子对曰："君君①，臣臣，父父，子子。"公曰："善哉！信如君不君、臣不臣、父不父、子不子，虽有粟，吾得而食诸？"（《颜渊》）

【注释】①君君：君要像个君；第一个"君"是名词，第二个"君"是动词。后面"臣臣"等用法相同。

子贡问曰："何如斯可谓之士矣？"子曰："行己有耻，使于四方不辱君命，可谓士矣。"曰："敢问其次。"曰："宗族称孝焉，乡党称弟焉。"曰："敢问其次。"曰："言必信，行必果，硁硁然①小人哉！抑亦可以为次矣。"曰："今之从政者何如？"子曰："噫！斗筲②之人，何足算也！"（《子路》）

【注释】①硁（jìng）硁：耿直，这里指偏执固执。②斗筲（dǒu shāo）：小容量的竹器，比喻气量狭小，才学浅陋。

（选自《论语译注》，中华书局，1980年版）

    孔子一生重视伦理,重视自我修养,重视家庭的治理,但他是从治国必须修身齐家的角度来考虑修身治家的,他将家和国视作同类,治国先治家,将治家的方法、伦理迁移到治国。所以,从"主"来说,身不正,则家不正,家不正,则国不正;从"臣民"来说,其为人也孝悌,而好犯上者,鲜矣。他倡导"孝",由孝推而广之,便是"忠",在家言孝,在国言忠。所以他提出"君君臣臣父父子子"。在孔子看来,家国是同构的。

# 《孝经》选读

《孝经》，中国古代儒家的伦理著作，儒家十三经之一。传说为孔子作，一般认为是曾子所作。现在流行的版本是唐玄宗李隆基注，宋代邢昺疏。

## 士章第五

资于事父以事母，而爱同①；资于事父以事君，而敬同。故母取其爱，而君取其敬，兼之者父也。故以孝事君则忠，以敬事长则顺。忠顺不失，以事其上，然后能保其禄位，而守其祭祀②。盖士之孝也。《诗》云："夙兴夜寐，无忝尔所生③。"

【注释】①资于事父以事母，而爱同：用孝顺父亲之道来孝顺母亲，孝敬之心相同。资：操持。②守其祭祀：守其宗庙。③夙兴夜寐，无忝（tiǎn）尔所生：早起晚睡，不辱没生育你的父母。语自《诗经·小雅·小宛》。忝：辱，愧。

## 广至德章第十三

子曰："君子之教以孝也，非家至而日见之也。教以孝，所以敬天下之为人父者也。教以悌，所以敬天下之为人兄者也。教以臣，所以敬天下之为人君者也。《诗》云：'恺悌君子，民之父母①。'非至德，其孰能顺民如此其大者乎！"

【注释】①恺悌君子，民之父母：君子和乐平易，好比百姓父母。语出《诗经·大雅·泂酌》，原文为："岂弟君子，民之父母。"岂弟，即恺悌，和乐平易。

# 广扬名章第十四

子曰：君子之事亲孝，故忠可移于君。事兄悌，故顺可移于长。居家理①，故治可移于官。是以行成于内，而名立于后世矣。

【注释】①理：治理得很好。

（选自《礼记·孝经》，中华书局，2007年版）

【原典导读】

《孝经》是中国古代的伦理著作，作者不详。相传为孔子所作，但实际成书在秦汉之际。不过，虽非孔子所作，却也能体现孔子的思想。如果我们认真读读《论语》，你会发现，孔子将孝与忠放到了同等重要的位置，甚至更重视孝，《论语》一书，出现"孝"字19次，出现"忠"字18次，其中"忠"字18次还包括"忠告"，没有"孝"字的使用那么纯粹。与《论语》一样，《孝经》论孝，目的也在忠。所以，《孝经》说，"夫孝，始于事亲，中于事君，终于立身""教民亲爱，莫善于孝"。孝的目的是教化。

传统的精髓

# 颜氏家训

颜之推

颜之推（531—约595以后），北周为御史上士。隋朝开皇中，被召为学士。所著《颜氏家训》，为我国家庭教育发展史的重要著作。

## 序致篇

夫圣贤之书，教人诚孝，慎言检迹，立身扬名，亦已备矣。魏、晋已来，所著诸子，理重事复，递相模效，犹屋下架屋，床上施床耳。吾今所以复为此者，非敢轨物范世①也，业以整齐门内②，提撕③子孙。夫同言而信，信其所亲；同命而行，行其所服。禁童子之暴谑，则师友之诚，不如傅婢④之指挥；止凡人之斗阋⑤，则尧、舜之道，不如寡妻之诲谕。吾望此书为汝曹之所信，犹贤于傅婢寡妻耳。

吾家风教，素为整密。昔在龆龀⑥，便蒙诱诲；每从两兄，晓夕温清。规行矩步，安辞定色，锵锵翼翼⑦，若朝严君焉。赐以优言，问所好尚，励短引长，莫不恳笃。年始九岁，便丁荼蓼⑧，家涂离散，百口索然。慈兄鞠养，苦辛备至；有仁无威，导示不切。虽读礼传，微爱属文，颇为凡人之所陶染，肆欲轻言，不修边幅。年十八九，少知砥砺，习若自然，卒难洗荡。二十已后，大过稀焉；每常心共口敌，性与情竞⑨，夜觉晓非，今悔昨失，自怜无教，以至于斯。追思平昔之指，铭肌镂骨，非徒古书之诫，经目过耳也。故留此二十篇，以为汝曹后车耳⑩。

【注释】①轨物范世：替人提出为人处世的规矩、规范。②整齐门内：整顿家风。③提撕：提携。④傅婢：侍婢。⑤斗阋（xì）：争斗。⑥龆龀（tiáo chèn）：小孩垂髫换齿之时，此指童年。⑦锵锵翼翼：恭敬小心的样子。⑧丁：丁忧，指父亲去世。荼蓼：比喻艰难困苦。⑨心共口敌，性与情竞：指口是心非，自相矛盾。⑩后车：借鉴，相当于"前车之鉴"。

第十章
家国情怀

137

# 治家篇

　　夫风化者，自上而行于下者也，自先而施于后者也。是以父不慈则子不孝，兄不友则弟不恭，夫不义则妇不顺矣。父慈而子逆，兄友而弟傲，夫义而妇陵①，则天之凶民，乃刑戮之所摄，非训导之所移也。

　　笞怒废于家，则竖子②之过立见；刑罚不中，则民无所措手足。治家之宽猛，亦犹国焉。

　　孔子曰："奢则不孙，俭则固；与其不孙也，宁固。"又云："如有周公之才之美，使骄且吝，其余不足观也已。"然则可俭而不可吝已。俭者，省约为礼之谓也；吝者，穷急不恤之谓也。今有施则奢，俭则吝；如能施而不奢，俭而不吝，可矣。

　　生民之本，要当稼穑而食，桑麻以衣。蔬果之畜，园场之所产；鸡豚③之善，塒④圈之所生。爰⑤及栋宇器械，樵苏脂烛⑥，莫非种殖之物也。至能守其业者，闭门而为生之具以足，但家无盐井耳。今北土风俗，率能躬俭节用，以赡衣食；江南奢侈，多不逮焉。

　　梁孝元世⑦，有中书舍人，治家失度，而过严刻，妻妾遂共货⑧刺客，伺醉而杀之。

　　世间名士，但务宽仁；至于饮食馈馕，僮仆减损，施惠然诺，妻子节量⑨，狎侮宾客，侵耗乡党：此亦为家之巨蠹⑩矣。

　　齐吏部侍郎房文烈，未尝嗔怒，经霖雨绝粮，遣婢籴米⑪，因尔逃窜，三四许日，方复擒之。房徐曰："举家无食，汝何处来？"竟无捶挞。尝寄人宅，奴婢彻屋为薪略尽⑫，闻之颦蹙，卒无一言。

　　裴子野有疏亲故属饥寒不能自济者，皆收养之；家素清贫，时逢水旱，二石米为薄粥，仅得遍焉，躬自同之，常无厌色。邺下⑬有一领军，贪积已甚，家童八百，誓满一千；朝夕每人肴膳，以十五钱为率⑭，遇有客旅，更无以兼⑮。后坐事伏法，籍其家产⑯，麻鞋一屋，弊衣数库，其余财宝，不可胜言。南阳有人，为生奥博⑰，性殊俭吝，冬至后女婿谒之，乃设一铜瓯酒，数脔⑱獐肉；婿恨其单率⑲，一举尽之。主人愕然，俛仰⑳命益，如此者再；退而责其女曰："某郎好酒，故汝常贫。"及其死后，诸子争财，兄遂杀弟。

　　妇主中馈㉑，惟事酒食衣服之礼耳，国不可使预政，家不可使干蛊㉒；

如有聪明才智，识达古今，正当辅佐君子，助其不足，必无牝鸡晨鸣[23]，以致祸也。

江东妇女，略无交游，其婚姻之家，或十数年间，未相识者，惟以信命赠遗，致殷勤焉。邺下风俗，专以妇持门户，争讼曲直，造请逢迎，车乘填街衢，绮罗盈府寺，代子求官，为夫诉屈。此乃恒、代之遗风[24]乎？南间贫素，皆事外饰，车乘衣服，必贵整齐；家人妻子，不免饥寒。河北人事，多由内政，绮罗金翠，不可废阙，羸马悴[25]奴，仅充而已；倡和之礼，或尔汝之[26]。

河北妇人，织纴组紃[27]之事，黼黻[28]锦绣罗绮之工，大优于江东也。

太公[29]曰："养女太多，一费也。"陈蕃曰："盗不过[30]五女之门。"女之为累，亦以深矣。然天生烝民，先人传体，其如之何？世人多不举[31]女，贼行骨肉，岂当如此，而望福于天乎？吾有疏亲，家饶妓媵[32]，诞育将及，便遣阍竖[33]守之。体有不安，窥窗倚户，若生女者，辄持将去；母随号泣，使人不忍闻也。

妇人之性，率宠子婿而虐儿妇。宠婿，则兄弟之怨生焉；虐妇，则姊妹之谗行焉。然则女之行留[34]，皆得罪于其家者，母实为之。至有谚云："落索阿姑餐[35]。"此其相报也。家之常弊，可不诫哉！

婚姻素对，靖侯成规[36]。近世嫁娶，遂有卖女纳财，买妇输绢，比量父祖，计较锱铢，责多还少，市井无异。或猥婿在门，或傲妇擅室，贪荣求利，反招羞耻，可不慎欤！

借人典籍，皆须爱护，先有缺坏，就为补治，此亦士大夫百行之一也。济阳江禄，读书未竟，虽有急速，必待卷束[37]整齐，然后得起，故无损败，人不厌其求假[38]焉。或有狼藉几案，分散部帙，多为童幼婢妾之所点[39]污，风雨虫鼠之所毁伤，实为累德。吾每读圣人之书，未尝不肃敬对之；其故纸有五经词义，及贤达姓名，不敢秽用[40]也。

吾家巫觋祷请，绝于言议；符书章醮亦无祈焉[41]，并汝曹所见也。勿为妖妄之费。

**【注释】**①夫义而妇陵：丈夫仁义而妻子却强悍欺凌。②竖子：小子，未成年人。③豚（tún）：猪。④埘（shí）：鸡窝。⑤爰：至于，还有。⑥樵苏脂烛：柴草蜡烛。苏：柴草。⑦梁孝元：梁孝元皇帝萧绎，庙号梁世祖，在位时间552年—554年。⑧货：买通。⑨饮食馕馈，僮仆减损，施惠然诺，妻子节量：待客馈送的饮食被僮仆给减少，允诺资助的东西被妻子给克扣。饟：同"饷"，馈赠。⑩蠹（dù）：祸害。⑪霖雨绝粮，遣婢籴（dí）米：连续几天降雨，家中断粮，派一名婢女买米。籴：买进粮食。⑫尝寄人宅，奴婢彻屋为薪略尽：曾经把房子借给别人居住，奴婢们拆房子当柴烧，差不多要拆光了。⑬邺下：古地名，也称邺城，今河南省安阳市一带。⑭率：标准。⑮兼：加倍。⑯籍其家产：登记没收其家产。⑰奥博：积累多。⑱臠（luán）：切成块的肉。⑲单率：简慢。⑳俛仰：周旋应付。㉑中馈：指妇女在家中主持饮食等事。㉒干蛊（gǔ）：办事，主事。㉓牝鸡晨鸣：母鸡报晓。旧时比喻妇女窃权乱政。㉔恒、代之遗风：北魏鲜卑族旧俗。恒、代：恒州、代郡，指北魏迁都洛阳之后的朔州黄河以东和恒州地区。㉕悴（cuì）：衰弱。㉖倡和：夫唱妇随。尔汝：用你我相称，指夫妻间互相轻贱。㉗织纴（rèn）组纫（xún）：指织布之类的女红。织纴：织作布帛之事。组纫：丝绳带。㉘黼黻（fǔ fú）：绣有华美花纹的礼服。㉙太公：姜太公。㉚过：到，光顾。㉛举：生育、抚养。㉜吾有疏亲，家饶妓媵（yìng）：我有一个远亲，家中多有姬妾。饶，多；妓媵，姬妾。㉝阍竖：门童。㉞行留：行，女儿出嫁；留，儿子娶媳妇。㉟落索：冷落萧索。阿姑：婆婆。㊱婚姻素对，靖侯成规：男女婚配要选择清寒人家，这是先祖靖侯立下的规矩。靖侯：颜之推九世祖颜含。㊲卷束：古时书籍是抄写在绢帛上，然后卷成一卷收藏，称之为书卷。㊳假：借。㊴点：即"玷"。㊵秽用：将书卷用于不雅的用途，如糊窗、如厕等。㊶巫觋（xí）祷请、符书章醮（jiào）：都指迷信之类事情。巫觋：男女巫的合称。符书：道士用来驱鬼召神的符箓。章醮：道教的一种祈祷形式。

（选自《颜氏家训》，中华书局，2007年版）

# 古诗中的家国情怀

## 病起书怀

### 陆　游

陆游（1125—1210），浙江人，南宋文学家、史学家、诗人。

病骨支离纱帽宽，孤臣万里客江干①。
位卑未敢忘忧国，事定犹须待阖棺。
天地神灵扶庙社，京华父老望和銮②。
出师一表通今古，夜半挑灯更细看。

【注释】①江干：江边，这里指成都的江边。②和銮（luán）：古代车上的铃铛，这里指皇帝的銮驾。

（选自《剑南诗稿校注》，上海古籍出版社，2005年版）

## 赴戍登程口占示家人①（其二）

### 林则徐

林则徐（1785—1850），福建人，清朝政治家、思想家和诗人，民族英雄。

力微任重久神疲，再竭衰庸②定不支。
苟利国家生死以③，岂因祸福避趋之？
谪居正是君恩厚，养拙刚于戍卒宜④。
戏与山妻谈故事，试吟断送老头皮⑤。

【注释】①赴戍登程：赴边疆登程。口占：口述。②衰庸：衰弱无能。③苟利国家生死以：是"苟利国家生死以之"的省略，语出《左传·昭公四年》："子产曰：何害？苟利社稷，死生以之。"意思是如果有利于国家，生死都不计较，即拼命对待。④养拙刚于戍卒宜：退隐藏拙，当一名戍卒刚好适宜。这句诗谦恭中含有愤激不平。⑤"戏与""试吟"句，作者自注：宋真宗闻隐者杨朴能诗，召对问："此来有人作诗送卿否？"对曰：臣妻有一首，云"更休落魄耽杯酒，且莫猖狂爱咏诗。今日捉将官里去，这回断送老头皮"。上大笑，放还山。东坡赴诏狱，妻子送出门皆哭。坡顾谓曰："子独不能如杨处士妻作一首诗送我乎？"妻子失笑，坡乃出。作者用此典，以示旷达胸襟。

（选自《元明清诗鉴赏辞典》，上海辞书出版社，1994年版）

第十一章

# 修齐治平

　　修齐治平，即修身、齐家、治国、平
天下，是古代知识分子的人生理想。语
出《大学》："古之欲明明德于天下者，
先治其国。欲治其国者，先齐其家。欲齐
其家者，先修其身。"

高岑嵯峨曲洞盘树中茅舍俯清流宴晚起无些事清受江南一段秋甲戌陈连强画

⊙ 陈连强绘

### 《大学》首倡修齐治平

中国文化向来重视"修己"，中国古代影响最大的思想家孔子，实际上主要是一个伦理学家、道德学家，他将修身放在了首位，他一辈子最担心的是"德之不修，学之不讲，闻义不能徙，不善不能改"（《论语·述而》），他曾说"己欲立而立人，己欲达而达人"（《论语·雍也》），就是说你要让别人怎么样，你自己先要做到。所以他说："其身正，不令而行；其身不正，虽令不从。"（《论语·子张》）"苟正其身矣，于从政乎何有？不能正其身，如正人何？"（《论语·子路》）就是说，不能正己，何以正人？他的弟子有子转述他的思想，说："其为人也孝弟，而好犯上者，鲜矣；不好犯上而好作乱者，未之有也。"在孔子看来，能处理好家庭关系，就能处理好社会关系，处理好政治问题。

当然，孔子没有明确提出"修身齐家治国平天下"，到后来的《大学》才明确"修齐治平"。《大学》作者不详，相传为曾子所作，实为秦汉年间儒者所作。《大学》全文仅一千五百多字，主要讨论教育理论，论述儒家修身治国平天下的思想。文中第一次提出儒家修身治国的"三纲八目"，三纲即"明明德、亲民、止于至善"，八目指"修身、齐家、治国、平天下、诚意、正心、致知、格物"；其中"三纲"是目标，"八目"是具体条目即内容。

《大学》中有一段非常有名的话："古之欲明明德于天下者，先治其国。欲治其国者，先齐其家。欲齐其家者，先修其身。欲修其身者，先正其心。欲正其心者，先诚其意。欲诚其意者，先致其知；致知在格物。物格而后知至，知至而后意诚，意诚而后心正，心正而后身修，身修而后家齐，家齐而后国治，国治而后天下平。"

《大学》作者将人生目标设为三个层次，由小到大，第一层次是"齐家"，即治理好家庭、领地；第二层次是"治国"，这里讲的"国"是诸侯国；第三层次，也是知识分子的终极追求，是"明明德于天下"，即所谓"平天下"。而这三个层次的人生目标，都必须以"修身"，即自我修养为前提，缺此一切都是空中楼阁。为了打好这修身的基础，《大学》提出了修身的四项要求，也即八目的另外四目"诚意、正心、致知、格物"。（关于"诚意、正心、致知、格物"请阅读《格物致知》一章）

## 中国知识分子基本的人生追求

儒家的"修齐治平"，体现了中国文化"家国同构"的思想方式。中国传统文化是以家庭关系和功能作为模型，将其推广到国家天下。所以，平天下先要治国，治国先要治家，治家先要修身，修身是齐家治国平天下的前提。在这里，家庭伦理和政治伦理可以以道德精神一以贯之——在家为孝，在国为忠，忠臣先是孝子，孝子应作忠臣。理解儒家的"修齐治平"还要注意，儒家思想一直以天下为己任，他们将齐家治国平天下作为修己的目的。在这一点上，体现了儒家与道家文化的重要区别：儒道两家，都重视自我修炼，但道家的自我修炼目的在自我，是为提升自我的生命质量，以至于求长生不老。而儒家的修身，目的在社会，在齐家治国平天下，所谓"克己复礼，天下归仁"；所谓己欲达而达人；所谓"君子笃于亲，则民兴于仁"；正己是为正人。所以，道家的修身是"出世"，是纯粹的"修己"；儒家的修身是"入世"，是"修己以安人"。

儒家的"修齐治平"，对中国文化影响深远，成为中国知识分子基本的人生追求。

中国古代特别重视个人的道德修养和家风。有很多的家训、家书、诫子书，都在谆谆告诫后世子孙，"欲明明德于天下者，先治其国。欲治其国者，先齐其家。欲齐其家者，先修其身"。如大家熟悉的诸葛亮的《诫子书》就说：夫君子之行，静以修身，俭以养德。非澹泊无以明志，非宁静无以致远。

而齐家治国平天下的典型代表可首推曾国藩。

曾国藩一生严于律己，他一生喜欢记日记，在日记中有许多自我反省。例如，他30岁以前，有时与朋友交游，玩得忘乎所以，往往在日记中深深自责，反思自己的浮躁。例如有一次，他早起读完《易经》，便去拜访朋友，然后又去参加朋友儿子的婚礼，参加完婚礼，刚想回家读书，又记起朋友的生日，便又去朋友家庆生，直到晚上才回家。当天，他在日记中这样写道："明知尽可不去，而心一散漫，便有世俗周旋的意思，又有姑且随流的意思。总是立志不坚，不能斩断葛根，截然由义，故一引便放逸了。"他年轻时因为心气高傲，说话直率，经常与人冲突，有时甚至说脏话，过后又深深自责。有一次他在日记中这样反省："小珊前与予有隙，细思皆我之不是。苟我素以忠信待人，何至人不见信？苟我素能礼人以敬，何至人有慢言？且即令人有不是，何至肆口谩骂，忿戾不顾，几于忘身及亲若此！此事余有三大过：平日不信不敬，相恃太深，一也；此时一语不合，忿恨无礼，二也；龃龉之后，人反平易，我反悍然不近人情，三也。恶言不出于口，忿言不反于身，此之不知，遑论其他？"有时看到漂亮异性，难免多瞅几眼，但他也为此而觉得自己失礼，甚至批评自己"直不是人，耻心丧尽，更问其他"。

至于曾国藩的"齐家"，他留存下来的三百多封家书，就是他齐家的例证。比如他教育儿子曾纪泽继承祖父的"齐家"之法，"第一起早，第二打扫洁净，第三诚修祭祀，第四善待亲族邻里。凡亲族邻里来家，无不恭敬款接，有急必周济之，有讼必排解之，有喜必庆贺之，有疾必问，有丧必吊。"由此形成了曾国藩齐家的"八宝"："早、扫、考、宝、书、蔬、鱼猪"，即早（起）、扫（屋）、考（孝敬）、宝（善待亲友）、（读）书、（种）蔬、（养）鱼、（养）猪。他既教子，也教育自己的兄弟。

他官至两江总督、直隶总督、武英殿大学士，与李鸿章、左宗棠、张之洞并称"晚清四大名臣"。他保住了大清江山，整肃政风、学习西方文化，使晚清出现了"同治中兴"；其学问文章兼收并蓄，博大精深，学问上是近代儒家宗师，文章上是清代桐城派的大家。对曾国藩，梁启超先生曾有如下评价："曾文正者，岂惟近代，盖有史以来不一二睹之大人也已；岂惟我国，抑全世界不一二睹之大人也已。"毛泽东也对曾国藩赞赏不已，说："愚于近人，独服曾文正，观其收拾洪杨一役，完满无缺。使以今人易其位，其能如彼之完满乎？"

曾国藩可以称为古代"修齐治平"的第一完人，从他身上，我们可以领略到中国文化修齐治平的精髓与魅力。

# 大学（节选）

大学之道，在明明德，在亲民，在止于至善①。知止②而后有定，定而后能静，静而后能安，安而后能虑，虑而后能得。物有本末，事有终始。知所先后，则近道矣。

古之欲明明德于天下者，先治其国。欲治其国者，先齐其家③。欲齐其家者，先修其身。欲修其身者，先正其心。欲正其心者，先诚其意。欲诚其意者，先致其知；致知在格物④。

物格而后知至，知至而后意诚，意诚而后心正，心正而后身修，身修而后家齐，家齐而后国治，国治而后天下平。

自天子以至于庶人，壹是皆以修身为本⑤。

其本乱而末⑥治者，否矣。其所厚者薄，而其所薄者厚⑦，未之有也！

…………

所谓诚其意者，毋⑧自欺也。如恶恶臭，如好好色，此之谓自谦⑨。故君子必慎其独⑩也。小人闲居为不善，无所不至，见君子而后厌然，掩其不善，而著其善⑪。

人之视己，如见其肺肝然⑫，则何益矣。此谓诚于中，形于外，故君子必慎其独也。

曾子曰："十目所视，十手所指，其严乎！"富润屋，德润身，心广体胖，故君子必诚其意。

所谓修身在正其心者，身有所忿懥⑬，则不得其正；有所恐惧，则不得其正；有所好乐，则不得其正；有所忧患，则不得其正。心不在焉，视而不见，听而不闻，食而不知其味。此谓修身在正其心。

所谓齐其家在修其身者，人之其所亲爱而辟⑭焉，之其所贱恶而辟焉，之其所畏敬而辟焉，之其所哀矜而辟焉，之其所敖惰⑮而辟焉。故好而知其恶，恶而知其美者，天下鲜矣！故谚有之曰："人莫知其子之恶，莫知其苗之硕⑯。"此谓身不修，不可以齐其家。

所谓治国必先齐其家者，其家不可教而能教人者，无之。故君子不出家而成教于国。孝者，所以事君也；悌者，所以事长也；慈者，所以使众也。《康诰》曰："如保赤子⑰。"心诚求之，虽不中不远矣。未有学养子而后嫁⑱者也。一家仁，一国兴仁；一家让，一国兴让；一人贪戾，一国作乱：其机如此⑲。此谓一言偾⑳事，一人定国。尧、舜帅天下以仁，而民从之。桀、纣帅天下以暴，而民从之。其所令反其所好㉑，而民不从。是故君子有诸己而后求诸人，无诸己而后非诸人。所藏乎身不恕，而能喻诸人者㉒，未之有也。故治国在齐其家。

《诗》云："桃之夭夭，其叶蓁蓁。之子于归，宜其家人。"㉓宜其家人，而后可以教国人。

《诗》云："宜兄宜弟。"宜兄宜弟，而后可以教国人㉔。

《诗》云："其仪不忒，正是四国。"㉕其为父子兄弟足法，而后民法之也。此谓治国在齐其家。

所谓平天下在治其国者，上老老而民兴孝，上长长而民兴悌，上恤孤而民不倍㉖，是以君子有絜矩之道㉗也。

所恶于上，毋以使下；所恶于下，毋以事上；所恶于前，毋以先后；所恶于后，毋以从前；所恶于右，毋以交于左；所恶于左，毋以交于右；此之谓絜矩之道。

《诗》云："乐只君子，民之父母。"民之所好好之，民之所恶恶之，此之谓民之父母。

∙∙∙∙∙∙∙∙∙∙∙∙

**【注释】**①大学之道：大学的宗旨，大学的最终目的。大学：古代儿童八岁上小学，主要学习文化课和基本的礼节。十五岁后可进入大学，开始学习伦理、政治、哲学等"穷理正心，修己治人"的学问。明明德：弘扬高尚品德。第一个"明"是动词，彰显、发扬之意；第二个"明"是形容词，含有高尚、光辉的意思。亲民：一说是"新民"，使人弃旧图新，弃恶扬善。引导、教化人民之意。止于：处在。②知止：明确目标所在。③齐其家：使自己家庭或家族的事务井井有条，关系和谐，家业繁荣。④致其知：让自己得到知识和智慧。格物：研究、认识世间万物。⑤庶人：普通百姓。壹：全。⑥末：与"本"相对，末节之意。⑦厚者薄：该厚待的却怠慢。薄者厚：该怠慢的反倒厚待。⑧毋：不要。⑨恶（wù）恶（è）臭（xiù）：讨厌不好的气味。好（hào）

好(hǎo)色：喜爱美貌的女子。谦：通"慊"，心满意足的样子。⑩慎其独：在独处时要慎重。⑪闲居：单独在家中，独处。厌然：遮遮掩掩、躲避之意。掩：隐藏。著：彰显。⑫人之视己，如见其肺肝然：别人看你看得清清楚楚。⑬忿懥(zhì)：愤怒之意。⑭辟：通"僻"，偏颇的意思。⑮敖：骄傲，傲慢。惰：懈怠。⑯莫知其苗之硕：没有人知道自己的禾苗的壮硕。⑰如保赤子：指作为国君保护百姓要像保护自己的婴儿一样。⑱学养子而后嫁：学会养育子女，然后才出嫁。⑲贪戾：贪婪暴戾。机：机关，这里指关键。⑳偾(fèn)：败坏之意。㉑其所令反其所好：他的命令与他的所好相反。㉒所藏乎身不恕：心中没有恕道；喻：明白，教导。㉓桃之夭夭，其叶蓁蓁。之子于归，宜其家人：《诗经·周南·桃夭》中句，意为翠绿繁茂的桃树啊，叶子长得繁密。这个姑娘嫁过门啊，定使夫妻和乐共白头。于归：女子出嫁。㉔宜兄宜弟：《诗经·小雅·蓼萧》中句，尊敬兄长、爱护兄弟之意。㉕其仪不忒，正是四国：《诗经·曹风·鸤鸠》中句。仪：仪容。忒(tuī)：差错。正：匡正，教正。四国：四方各国。㉖倍：通"背"，背离、背叛之意。㉗絜(xié)矩之道：指规范言行的原则。絜：度量之意。矩：画矩形所用的尺子，规则、法度之意。

（选自《白话四书》，岳麓书社，1989年版）

**【原典导读】**

《大学》全文仅一千五百多字，主要讨论教育理论，论述儒家修身治国平天下的思想。文中第一次提出的儒家修身治国的"三纲八目"，三纲即"明明德、亲民、止于至善"，八目指"修身、齐家、治国、平天下、诚意、正心、致知、格物"；其中"三纲"是目标，"八目"是具体条目即内容。三纲八目，对中国文化影响巨大，尤其"八目"。理解八目，注意这么几点：一是中国文化"家国同构"的思想方式，中国文化是以家的关系功能和伦理为范型，推行于国又推行于天下的模拟文化，所以，平天下先要治国，治国先要治家，治家先要修身，修身是齐家治国平天下的前提。家庭伦理和政治伦理可以以道德精神一以贯之——在家为孝，在国为忠，忠臣先是孝子，孝子应作忠臣。二是儒家思想一直以天下为己任，强调修己是治人的前提，治国齐家平天下是修己的目的。

全文从开头至"未之有也"这两百来字，是引述孔子的话，是全文的总纲（也可以称为"经"），后面共有十章，被称为"传（zhuàn）"，即对经的解释阐述。因此阅读本文要认真研读前面的总纲。这里节选的文字，是总纲和"传"的一部分。

# 《论语》论修身齐家治国

曾子曰:"吾日三省吾身:为人谋而不忠乎?与朋友交而不信乎?传不习乎?"(《学而》)

子曰:"德之不修,学之不讲,闻义不能徙,不善不能改,是吾忧也。"(《述而》)

子曰:"见贤思齐焉,见不贤而内自省也。"(《里仁》)

颜渊问仁,子曰:"克己复礼为仁。一日克己复礼,天下归仁焉。为仁由己,而由人乎哉?"颜渊曰:"请问其目?"子曰:"非礼勿视,非礼勿听,非礼勿言,非礼勿动。"颜渊曰:"回虽不敏,请事斯语矣。"(《颜渊》)

子曰:"人而不仁,如礼何?人而不仁,如乐何?"(《八佾》)

子贡曰:"如有博施于民而能济众,何如?可谓仁乎?"子曰:"何事于仁,必也圣乎!尧、舜其犹病诸!夫仁者,己欲立而立人,己欲达而达人。能近取譬,可谓仁之方也已。"(《雍也》)

子曰:"恭而无礼则劳;慎而无礼则葸①;勇而无礼则乱;直而无礼则绞②。君子笃于亲,则民兴于仁;故旧不遗,则民不偷③。"(《泰伯》)

**【注释】**①葸(xǐ):胆怯,畏惧。②绞:尖刻。③偷:淡薄。

季康子问政于孔子,孔子对曰:"政者,正也。子帅以正,孰敢不正?"(《颜渊》)

子曰:"其身正,不令而行;其身不正,虽令不从。"(《子张》)

子曰:"苟正其身矣,于从政乎何有?不能正其身,如正人何?"(《子路》)

子谓子产:"有君子之道四焉:其行己也恭,其事上也敬,其养民也惠,其使民也义。"(《公冶长》)

(选自《论语译注》,中华书局,1980年版)

【原典导读】

　　孔子没有明确提出"修身齐家治国平天下",但《论语》涵盖了"修齐治平"的基本内容。孔子重视"修身"是不用多说的,孔子的学说,主要就是伦理修身学说。这里节选的前三条,主要是谈个人的修身。但是要注意的是,孔子的修身与道家的自我修炼是不相同的,道家的自我修炼目的在自我,是为提升自我的生命质量,以至于求长生不老。孔子的修身,目的在社会,所谓"克己复礼,天下归仁";所谓己欲达而达人;所谓"君子笃于亲,则民兴于仁";正己是为正人。孔子的修身,目的在治国平天下。所以,道家的修身是"修己",儒家的修身是"安人"。后来《大学》提出的"修齐治平"是孔子思想的合理诠释。

# 中庸（节选）

　　子曰："好学近乎知①。力行近乎仁。知耻近乎勇。知斯三者，则知所以修身。知所以修身，则知所以治人。知所以治人，则知所以治天下国家矣。凡为天下国家有九经②，曰：修身也、尊贤也、亲亲也、敬大臣也、体群臣也、子③庶民也、来④百工也、柔远人也、怀诸侯也⑤。修身，则道立。尊贤，则不惑⑥。亲亲，则诸父昆弟⑦不怨。敬大臣，则不眩。体群臣，则士之报礼重。子庶民，则百姓劝⑧。来百工，则财用足。柔远人，则四方归之。怀诸侯，则天下畏之。"

（选自《白话四书》，岳麓书社，1989年版）

　　**【注释】**①知：通"智"。②经：这里指永恒不变的原则。③子：意动用法，以……为子女，爱护的意思。④来：使动用法，招徕。⑤柔、怀：都是安抚的意思。⑥惑：迷惑，迷乱。后文的"眩"亦同此意。⑦昆弟：兄弟。⑧劝：勉力，努力。

# 曾国藩家书·致诸弟·宜兄弟和睦 又实行勤俭二字

曾国藩(1811—1872)，中国近代著名政治家、战略家、文学家，湘军的创立者和统帅。

澄侯、季洪、沅甫①老弟左右：

十六日接澄弟初二日信，十八日接澄弟初五日信，敬悉一切。三河败挫②之信，初五日因家中尚无确耗③，且县城之内，毫无所闻，亦极奇矣。九弟于廿二日在湖口发信，至今未再接信，实深悬系④，幸接希庵⑤信，言九弟至汉口后有书与渠⑥，且专人至桐城三河访寻下落。余始知沅甫弟安抵汉口，而久无来信，则不解何故？岂余日别有过失，沅弟心不以为然耶？当初闻三河凶报，手足急难之际，即有微失，亦当将皖中各事，详细示我。

今年四月，刘昌储在我家请乩⑦。乩初到，即判曰："赋得偃武修文，得闲字。"

字谜败字，余方讶败字不知何指，乩判曰："为九江言之也，不可喜也。"余又讶九江初克，气机正盛，不知何所为而云然？乩又判曰："为天下，即为曾宅言之。"由今观之，三河之挫，六弟之变，正与不可喜也四字相应，岂非数⑧皆前定耶？然祸福由天主之，善恶由人主之，由天主者，无可如何，只得听之。由人主者，尽得一分算一分，撑得一日算一日。吾兄弟断不可不洗心涤虑，以求力挽家运。

第一贵兄弟和睦。去年兄弟不知，以至今冬三河之变，嗣后兄弟当以去年为戒，凡吾有过失，澄沅洪三弟各进箴规⑨之言，余必力为惩改。三弟有过，亦当互相箴规而惩改之。

第二贵体孝道。推祖父母之爱，以爱叔父，推父母之爱，以爱温弟之妻妾儿女，及兰惠⑩二家。又父母坟域，必须改葬，请沅弟作主，澄弟不必过执。

第三要实行勤俭二字。内间妯娌，不可多讲铺张。后辈诸儿，须走路，不可坐轿骑马。诸女莫太懒，宜学烧茶煮饭；书蔬鱼猪，一家之生气，少睡多做，一人之生气。勤者，生动之气，俭者，收敛之气，有此二字，家运断无不兴之理。余去年在家，未将此二字切实做工夫，至今愧憾，是以谆谆言之。

咸丰八年十一月廿三日。

（选自《全本曾国藩家书》，中央编译出版社，2005年版）

【注释】①澄侯、季洪、沅甫：澄侯，曾国藩大弟弟曾国潢，字澄侯。季洪，曾国藩四弟曾国葆，字季洪。沅甫，曾国藩三弟曾国荃，字沅甫。②三河败挫：指1858年太平军与湘军在安徽三河镇（今属肥西县）激战，湘军大败。③耗：音信，消息。④悬系：挂念。⑤希庵：湘军将领李续宾，号希庵，湖南涟源人，在三河之战中战败阵亡。⑥渠：方言指"他"。⑦乩（jī）：又叫"扶乩"，古代民间的占卜方法，是一种迷信活动。扶乩中，有人扮演被神明附身的角色，写出一些字迹，以传达神明的想法。⑧数：定数，命运。⑨箴规：规劝。⑩兰惠：指曾国藩之姐曾国兰和妹妹曾国惠。

# 第十二章
# 孝悌忠信

　　孝悌忠信：指人应具备的孝顺父母、尊敬兄长、忠于君主、取信于友的道德标准。语出明·周楫《西湖二集·祖统制显灵救驾》："凡遇人，只劝人以'孝悌忠信'四字。"

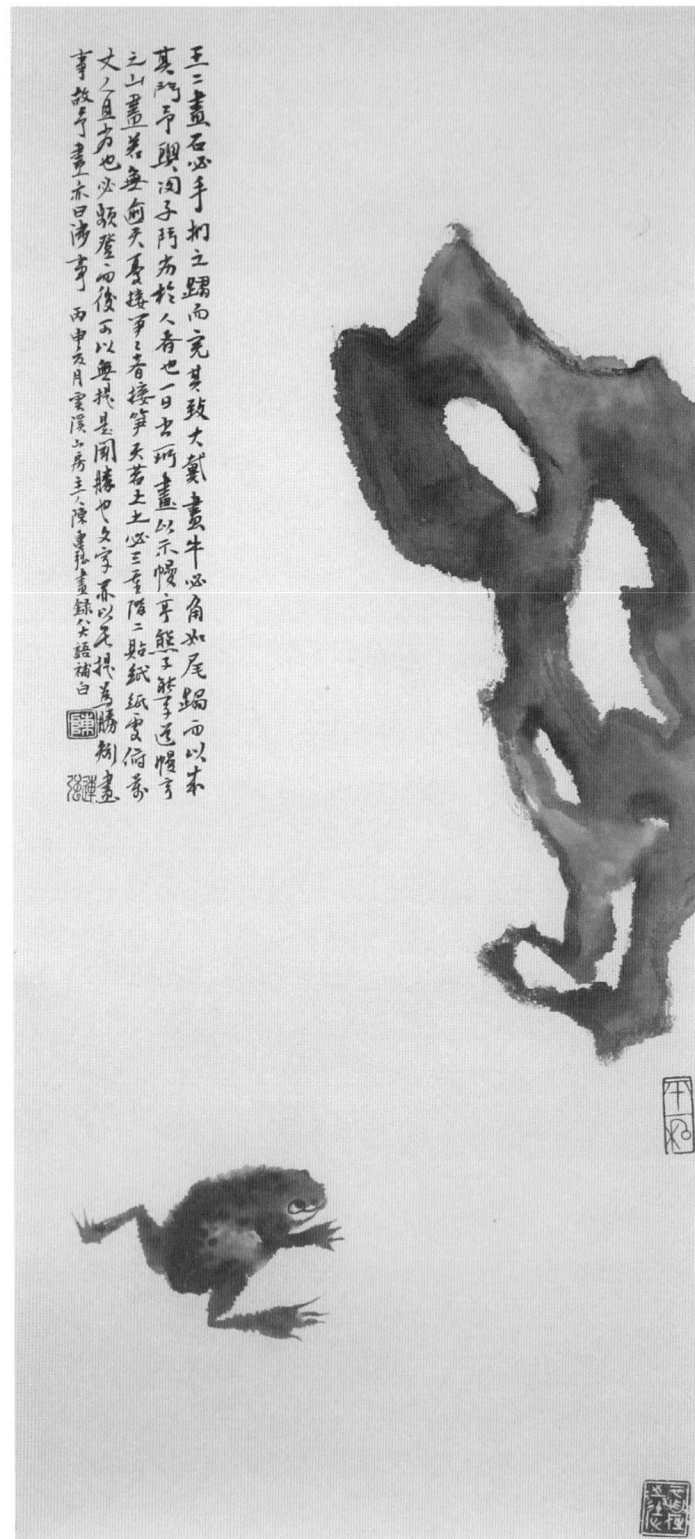

王三畫石必手扣之蹲而完其致大戴畫牛必角似尾蹄而以末其筠亭與閬子所為於人奇也一日古所畫必宗慎享熊王熊李遠慎享三山盡若無俞天喜接筝之音接筝天若土土坚三室隨二貼紙紙實俯奇大久直内方也必頰喹而後可以無杖是聞糖物又字泰以民枝為膀刿盡事故守畫未日涛亭丙申又月雪溪六房主人陳連強畫錄父語補白

陈连强绘

孝悌忠信，尤其是孝和忠，是中华传统文化最显著的特色，也是传统文化中最遭诟病的观念。列举孝悌忠信的故事不难，对孝悌忠信概念字面意思的理解也不难；难点在于怎么理解其精神实质，弄明白它为什么会招来如此多的诟病，它到底有没有价值，有什么样的价值。

### 中国文化的发展路径与忠孝文化

在《家国天下》一章，我们曾经提到，中国文化是一种特别重视家的文化，而这种"家的文化"在中国历史上有其特别的政治功能，因为，中国文化的发展路径是以家的关系功能和伦理为范型，推行于国又推行于天的路径。著名历史学家侯外庐先生曾指出，我们的祖先在告别氏族组织而成立国家的时候，走的是一条"维新"的路线，我们并没有消灭血缘氏族关系，而是将其带入国家的范畴，以家的精神来组织国，从而形成了"家庭—家族—国家"一体化的组织结构。所以，我们的"国"叫做"国家"。《周易大传》上就说，"有万物，然后有男女。有男女，然后有夫妇。有夫妇然后有父子，有父子，然后有君臣。有君臣，然后有上下。"在中国人眼中，父母与君王、兄姐与上级、妻室与同僚、弟妹与下级、子女与百姓，一一对应。在我们这里，家庭伦理和政治伦理可以以道德精神一以贯之——在家为孝，在国为忠，忠臣先是孝子，孝子应作忠臣。《孟子公孙丑》中引景丑的话说"内则父子，外则君臣，人之大伦也。父子主恩，君臣主敬"，"孝悌忠信"就是这种"由家而国"的思维路径形成的具体的伦理规范。德国哲学大师黑格尔就曾指出，"中国终古不变的宪法的'精神'是'家庭的精神'"。中国的"家庭的基础也是'宪法'的基础"。"中国纯粹建筑在这一种道德家庭的关系的结合上，国家的特性便是客观的'家庭孝敬'。"

### 孔子的孝悌忠信观

而真正使"孝悌忠信"成为人们的日常伦理规范的，无疑是孔子。在《论语》中有非常多的论述，但都是散处于各篇章。《论语》全文，"仁"字出现109次，"孝"字出现19次，"忠"字出现18次，"悌"字出现5次，

"信"字出现38次。"孝"字与"忠"字出现频率相当，"信"字的出现频率很高，其中"信"当"确实"之类的副词2次，表"相信"11次，其余25次，主要是表"诚实不欺""信任"。其实，"相信"的含义本身也包含有诚实不欺和信任的意思。而"诚实不欺"和"信任"里面，就有许多"忠"的成分。所以，"信"和"忠"可以互相参看。

孔子除了是伦理学家之外，他还应该是一位政治学家，因为，他的理论思想的本质，不在个体生命的质量的提升，而在于个体在社会中的价值显现。儒家后来有"修身齐家治国平天下"的人生规划，修身的目的，不在自身的境界的提升，而在治国平天下。孔子伦理思想体系的核心是"仁"，但"仁"是一个抽象的概念，是一种精神，作为一种精神，他必须有具体的外在的伦理规范，这种伦理规范，就是忠恕，就是"孝悌忠信"。"孝悌忠信"是孔子思想核心"仁"的必然表现，也是"行政"的必然要求。

"孝悌忠信"是仁的根本。有子说"孝弟也者，其为仁之本与！"也是政治的根本："其为人也孝弟，而好犯上者，鲜矣；不好犯上而好作乱者，未之有也。"孔门认为"孝乎惟孝，友于兄弟"就是为政，当齐景公问政，孔子提出"君君臣臣父父子子"，孝悌忠信就是政治。当子贡问怎么为政，孔子将"信"摆在第一位，所谓"民无信不立"。孝悌忠信，"孝"是核心，"忠"是目的。孔门倡导"孝悌忠信"，是从仁的基本思想出发，更是从政治的需要出发。正因为这样，孔子将实践"孝悌忠信"当做学生学业修习的核心："贤贤易色；事父母，能竭其力；事君，能致其身；与朋友交，言而有信。虽曰未学，吾必谓之学矣。"其他远是其次："弟子入则孝，出则弟，谨而信，泛爱众，而亲仁，行有余力，则以学文。"所以，孔子的孝悌忠信，与其说是其伦理思想，不如说是其政治思想。

《论语》还对"孝悌忠信"提出了具体规范、要求。对于"孝"，似乎有这么几条原则：一是以"礼"为基本原则，事之以礼，葬之以礼，祭之以礼。二是"敬"重于"养"，养是动物的要求，敬才是人的规范。三是要做到有敬爱和悦的脸色。四是子为父隐。前三点似乎没有大的问题，第四点可能引来诟病，尤其是在法治社会的今天，在倡导大义灭亲的今天，遇到了尴尬。关于"悌、信、忠"具体规范说的不是太多，在孝悌忠信中，孝是首要的，孝做到了，其他就不是太难。

后来《孝经》将孔子的这一思想加以了具体阐发。《孝经》假托孔子与曾子的对话，相传为孔子所作，但曾子所作的可能性更大。不过《孝经》的主要内容是基本符合孔子孝的观念的。全书以孝为修身治国之本，倡导孝的目的，不在家，而在国，"夫孝，始于事亲，中于事君，终于立身"，你要在社会立足，孝是关键。孝，几乎是整个社会伦理体系的一个生发点，"以孝事君则忠，以敬事长则顺。忠顺不失，以事其上，然后能保其禄位，而守其祭祀"。统治者倡导孝的目的，在"化民"，用今天的话来说，就是精神文明建设："先之以敬让，而民不争；导之以礼乐，而民和睦；示之以好恶，而民知禁。""教民亲爱，莫善于孝。教民礼顺，莫善于悌。移风易俗，莫善于乐。安上治民，莫善于礼。礼者，敬而已矣。故敬其父，则子悦；敬其兄，则弟悦；敬其君，则臣悦；敬一人，而千万人悦。""教以孝，所以敬天下之为人父者也。教以悌，所以敬天下之为人兄者也。教以臣，所以敬天下之为人君者也。"这些都是孔子思想的具体解释而已。

此后，"孝"几乎成了历朝历代治国的核心理念。

## 历朝历代的以孝治国

"孝"作为中国历史上治国的核心理念，始于汉朝。"以孝治天下"是汉代统治的典型政治特征。最著名的是汉文帝，首先是他躬行孝道，汉文帝侍奉母亲的"亲尝汤药"是著名的"二十四孝"之一。他甚至为了成全孝道而废止酷刑。"缇萦救父"的故事，就是讲的这件事。当时有个正直的读书人叫淳于意，不愿与腐败的官僚为伍而辞官行医，但一次治病时得罪了权贵，权贵告他误诊害死人命。按当时的法律，淳于意当判"肉刑"，即要或脸上刺字，或割去鼻子，或砍去一只脚。这时淳于意的小女儿淳于缇萦到长安，托人写了一封奏章解救父亲。奏章中说淳于缇萦情愿给官府没收为奴婢，替父亲赎罪，以让父亲有改过自新的机会。奏章写得情真意切，十分动人。汉文帝被勇敢的小姑娘的孝道所感动，召集大臣发布命令，废除了残忍的肉刑。为了强化行孝的行政手段，汉朝设置专门的"孝悌常员"掌管孝行事务，褒奖行孝悌者，严惩"不孝罪"者，宣传杰出孝子，并开设"察举孝廉"制度选拔官吏；颁布"养老诏"；设《孝经》博士、《孝经》师推广孝道。而且，从汉朝的第二个皇帝开始，汉朝皇帝谥号大多都有"孝"字：孝惠皇帝刘盈、孝文皇帝刘恒、孝景皇帝刘启、孝武皇帝刘彻、孝昭皇帝刘弗陵、孝宣皇帝刘询、孝元皇帝刘奭、孝成皇帝刘骜、孝哀皇帝刘欣、孝平皇帝刘衍。

此后，"孝"成为历代统治者重要的治国理念。

晋朝，李密在他的《陈情表》中就说："伏惟圣朝，以孝治天下。"

唐代实际上也是以孝治国。唐玄宗曾两次注疏《孝经》，目前流行的《孝经》的主要版本，就是唐玄宗注疏本。唐代科举考试，《孝经》是必考科目。而且唐朝对"孝"进行了繁多的法律规范，《唐律》中涉及"孝"的内容就多达58条。

宋代更是将以孝治国推到了极致。除了皇帝"躬亲孝行"之外，宋代理学家对孝进行了多种多样阐释，尤其到朱熹，提出"存天理，灭人欲"的思想，将人的自然属性的"孝"牢牢地桎梏于封建礼教之中，明确提出"忠孝合一"。

在明代，"孝子皇帝"朱元璋通过以身作则，躬行孝道；明成祖制有十卷之多的《孝顺事实》，将孝置于百善之首。清代世祖顺治、圣祖康熙、世宗雍正都曾亲自注解《孝经》。

简单的历史回顾可以看出，"孝"在中国的理论与政治生活中，具有多么重要的位置，历朝历代，如此推行孝道，固然有敦厚纲常伦理，美化社会风气的伦常目的，更有"由孝而忠"，维护自身统治的目的。


### 还原忠孝文化的本来面目

忠孝文化为什么会带来许多诟病呢？主要原因在于腐儒们将孝悌忠信推到极致之后，形成的一种愚忠愚孝的观念，比如什么"君要臣死，臣不得不死，父要子亡，子不得不亡"，什么"割股疗亲"，由此带来的哥们义气，等等，这是"孝悌忠信"带来的副产品。

但是必须明白，"愚忠愚孝"不是中华文化"孝悌忠信"的本质，原始的中国文化或者说真正的中国文化本身就反对"愚忠愚孝"，中国思想史源头的思想家对此有许多的论述。即使孔子，也是反对愚忠愚孝的。翻遍《论语》，也找不到类似于"君要臣死，臣不得不死；父要子亡，子不得不亡"的论述。孔子的"君君，臣臣，父父，子子"，常常成为人们批判的对象，其实这句话人们只看到了"臣臣、子子"，却忽略其"君君、父父"，君君、父父，就是说你"君要像个君"，"父要像个父"。"君君"在前，"臣

传统的精髓

162

臣"在后;"父父"在前,"子子"在后:"君君""父父"这才是作为臣与子"忠孝"的前提。所以,他强调"君使臣以礼,臣事君以忠","以道事君,不可则止"。事君以忠的前提是君使臣以礼。事君的原则是"道",不合道义的忠君,不是他提倡的。《孔子家语·三恕第九》记载,子贡曾问孔子:"子从父命,孝乎?臣从君命,贞(忠贞)乎?"孔子却说:"子从父命,奚讵为孝?臣从君命,奚讵为贞?夫能审其所从,之谓孝、之谓贞矣。"审其所从,就是要看他"从"和"忠"的什么,合不合道义。《孔子家语》中还记载过一个"曾子挨打"的故事:曾子犯了小过,其父曾皙一怒之下用棍棒将曾子打昏了。曾子醒后问父亲:"刚才我犯了过错,您老教训我,没伤着您吧?"说完后回房弹琴而歌,以表示他挨打后身体没有不适。事后孔子批评道:挨父亲的暴打,打死也不躲避,如果真的被打死,不是陷父亲于不义吗?这是最大的不孝。

晏子是孔子同时代比孔子略早的人,晏子明显反对"谀忠",反对谄媚之类的伪忠。他从梁丘据事事顺从景公,分析出其目的只在"专宠",因此梁丘据的所谓忠,目的是为了自己,而不是真正的为了君王。他在《景公问忠臣之事君何若晏子对以不与君陷于难第十九》中大胆提出"有难不死,出亡不送"的主张,真正的忠,就是要"纳善于君","不能与君陷于难","不掩君过"。

后来孟子、荀子发挥并发展了这一思想,齐宣王曾问孟子:"臣弑其君可乎?"孟子断然回答:"贼仁者谓之贼,贼义者谓之残,残贼之人,谓之一夫。闻诛一夫纣矣,未闻弑君也。"在孟子看来,君不像君,杀之何妨!《荀子·子道》篇中,提出了一个问题,忠孝二字涉及一个"从"的问题,从忠孝观念说,臣与子对君与父,是应该顺从的,但是许多时候,君不像君,父不像父,那么该怎么办?荀子就提出了一条顺从的基本原则,那就是道与义:"从道不从君,从义不从父,人之大行也",从理论上彻底否定了置正义与法制于不顾的愚忠与愚孝,也正是这句话,让许多文人士子在"忠孝"观念的压力之下,仍能保持独立的品格与精神,让忠孝不再是一种教条。

因此,今天,我们千万不能因为腐儒们的愚忠愚孝而否定了传统文化中"孝悌忠信"这一传统美德,而应充分挖掘其文化价值,以正义和法制为基点,让孝悌忠信的传统重放光芒。

# 《论语》论"孝悌忠信"

一

有子曰："其为人也孝弟，而好犯上者，鲜矣；不好犯上而好作乱者，未之有也。君子务本，本立而道生。孝弟也者，其为仁之本与！"（《学而》）

子曰："弟子入则孝，出则弟，谨而信，泛爱众，而亲仁，行有余力，则以学文。"（《学而》）

子夏曰："贤贤易色①；事父母，能竭其力；事君，能致②其身；与朋友交，言而有信。虽曰未学，吾必谓之学矣。"（《学而》）
【注释】①贤贤易色：看重贤德，不重容貌。②致：贡献，献出。

曾子曰："慎终追远①，民德归厚矣。"（《学而》）
【注释】①终：父母之丧事。远：对远祖的祭祀。

有子曰："信近于义，言可复也①。恭近于礼，远耻辱也。因不失其亲，亦可宗也②。"（《学而》）
【注释】①信近于义，言可复也：许下的诺言合乎正义，诺言就可遵循实践。②因：依靠。宗：尊重，推崇。

季康子问："使民敬、忠以劝①，如之何？"子曰："临之以庄，则敬；孝慈，则忠；举善而教不能，则劝。"（《为政》）
【注释】①劝：勤勉。

或谓孔子曰："子奚不为政？"子曰："《书》云：'孝乎惟孝，友于兄弟，施于有政。'是亦为政，奚其为为政？"（《为政》）

子曰："人而无信，不知其可也。大车无輗，小车无軏①，其何以行之哉？"（《为政》）

【注释】①輗（ní）：古代大车车辕前端与车衡相衔接的部分。軏（yuè）：古代车上置于辕前端与车横木衔接处的销钉。

子曰："参乎！吾道一以贯之。"曾子曰："唯。"子出，门人问曰："何谓也？"曾子曰："夫子之道，忠恕而已矣。"（《里仁》）

子贡问政，子曰："足食，足兵，民信之矣。"子贡曰："必不得已而去，于斯三者何先？"曰："去兵。"子贡曰："必不得已而去，于斯二者何先？"曰："去食。自古皆有死，民无信不立。"（《颜渊》）

齐景公问政于孔子，孔子对曰："君君，臣臣，父父，子子。"公曰："善哉！信如君不君、臣不臣、父不父、子不子，虽有粟，吾得而食诸？"（《颜渊》）

【注释】见《家国情怀》章。

子张问政，子曰："居之无倦，行之以忠。"（《颜渊》）

子曰："君子耻其言而过其行。"（《宪问》）

子张问行，子曰："言忠信，行笃敬，虽蛮貊①之邦行矣；言不忠信，行不笃敬，虽州里行乎哉？立则见其参于前②也；在舆则见其倚于衡也③，夫然后行。"子张书诸绅④。（《卫灵公》）

【注释】①蛮貊（mò）：南方和北方少数民族。②立则见其参于前：站立时仿佛看见"忠信笃敬"四字立在前面。③舆：车。衡：车上扶手的横木。④绅：腰间的宽带子。

子曰:"君子义以为质①,礼以行之,孙以出之②,信以成之。君子哉!"(《卫灵公》)

【注释】①义以为质:以义来修养品质。②孙以出之:以谦逊的态度讲话。孙:通"逊"。

# 二

曾子曰:"吾日三省吾身:为人谋而不忠乎?与朋友交而不信乎?传不习乎?"(《学而》)

子曰:"父在,观其志;父没,观其行;三年无改于父之道,可谓孝矣。"(《学而》)

孟懿子问孝,子曰:"无违。"樊迟御,子告之曰:"孟孙问孝于我,我对曰'无违'。"樊迟曰:"何谓也?"子曰:"生,事之以礼;死,葬之以礼,祭之以礼。"(《为政》)

孟武伯问孝,子曰:"父母唯其疾之忧。"(《为政》)

子游问孝,子曰:"今之孝者,是谓能养。至于犬马皆能有养;不敬,何以别乎?"(《为政》)

子夏问孝。子曰:"色难①。有事,弟子服其劳;有酒食,先生馔②,曾是以为孝乎③?"(《为政》)

【注释】①色难:对父母保持敬爱和悦的脸色态度最难。②馔(zhuàn):饮食,吃。③曾是以为孝乎:仅仅这样就算孝了吗?

定公问:"君使臣,臣事君,如之何?"孔子对曰:"君使臣以礼,臣事君以忠。"(《八佾》)

子曰："事父母，几谏①，见志不从，又敬不违，劳而不怨②。"(《里仁》)

【注释】①几(jī)谏：趁机委婉劝谏。②劳而不怨：担忧而不怨恨。劳：担忧。

子曰："父母在，不远游，游必有方①。"(《里仁》)

【注释】①方：方向，去向。

子曰："父母之年，不可不知也，一则以喜，一则以惧①。"(《里仁》)

【注释】①一则以喜，一则以惧：因父母高寿而高兴，因父母年纪大而担忧。

子曰："主忠信。毋友不如己者，过，则勿惮改。"(《子罕》)

叶公语孔子曰："吾党有直躬者，其父攘①羊，而子证之。"孔子曰："吾党之直者异于是。父为子隐，子为父隐，直在其中矣。"(《子路》)

【注释】①攘(rǎng)：偷。

樊迟问仁，子曰："居处恭，执事敬，与人忠。虽之夷狄，不可弃也。"(《子路》)

宰我问："三年之丧，期已久矣！君子三年不为礼，礼必坏；三年不为乐，乐必崩。旧谷既没，新谷既升，钻燧改火，期可已矣①。"子曰："食夫稻，衣夫锦，于女安乎？"曰："安！""女安则为之！夫君子之居丧，食旨不甘②，闻乐不乐，居处不安，故不为也。今女安，则为之！"宰我出，子曰："予③之不仁也！子生三年，然后免于父母之怀④。夫三年之丧，天下之通丧也，予也有三年之爱于其父母乎⑤！"(《阳货》)

【注释】①钻燧改火，期可已矣：打火用的燧木经过一个轮回，(守丧)一年就可以了。②食旨不甘：守孝的人吃美味不会感到甘甜。旨：美味。③予：指宰我。宰我，名予，字子我，亦称"宰我"。④子生三年，然后免于父母之怀：儿女生下来，三年才能脱离父母怀抱。⑤予也有三年之爱于其父母乎:宰我从父母那里得到三年之爱没有?

子夏曰:"君子信而后劳其民①,未信,则以为厉②己也;信而后谏,未信,则以为谤己也。"(《子张》)

【注释】①信而后劳其民:得到信任后再去动员百姓。②厉:折磨。

(选自《论语译注》,中华书局,1980年版)

【原典导读】

孝悌忠信是孔子思想核心"仁"的必然表现,在孔子看来它们也是"行政"的必然要求,所以,孝悌忠信,自然是《论语》中非常重要的道德规范,在《论语》中有非常多的论述,但都是散处于各篇章。

本章主要从两个方面节选了《论语》关于"孝悌忠信"的论述。第一方面是孝悌忠信在孔子思想体系中的重要位置、价值以及孔子倡导孝悌忠信的主要目的。第二方面是孝悌忠信的具体规范、要求。

传统的精髓

# 《孝经》选读

## 《孝经》序（节选）

朕①闻上古其风朴略，虽因心之孝已萌，而资敬之礼犹简，及乎仁义既有，亲誉益著。圣人知孝之可以教人也，故因严以教敬，因亲以教爱。于是以顺移忠之道昭矣，立身扬名之义彰矣。子曰："吾志在《春秋》，行在《孝经》。"是知孝者，德之本欤？

【注释】①朕：皇帝自称。本序是唐玄宗李隆基所作。

## 开宗明义章第一（节选）

仲尼居，曾子侍。子曰："先王有至德要道，以顺天下，民用和睦，上下无怨。汝知之乎？"曾子避席曰："参不敏，何足以知之？"子曰："夫孝，德之本也，教之所由生也。复坐①，吾语汝。"

"身体发肤，受之父母，不敢毁伤，孝之始也。立身行道，扬名于后世，以显父母，孝之终也。夫孝，始于事亲，中于事君，终于立身。《大雅》云：'无念尔祖，聿修厥德。'②"

【注释】①复坐：你回原位坐下。②无念尔祖，聿（yù）修厥德：语出《诗经·大雅》，意思是你能不追念你祖父文王的德行？如要追念你祖父文王的德行，你就得先修持你自己的德行。聿：文言句首助词，无意义。厥：其，你的。

## 天子章第二

子曰:"爱亲者,不敢恶于人;敬亲者,不敢慢于人。爱敬尽于事亲,而德教加于百姓,刑<sup>①</sup>于四海。盖天子之孝也。《甫刑》<sup>②</sup>云:'一人有庆,兆民赖之。'"

【注释】①刑:通"型",范式,榜样。②《甫刑》:即《尚书·吕刑》,周穆王时有关刑罚的文告。

## 三才章第七

曾子曰:"甚哉,孝之大也!"

子曰:"夫孝,天之经也,地之义也,民之行<sup>①</sup>也。天地之经,而民是则之<sup>②</sup>。则天之明<sup>③</sup>,因地之利,以顺天下。是以其教不肃而成,其政不严而治。先王见教之可以化民也,是故先之以博爱,而民莫遗其亲,陈之于德义,而民兴行。先之以敬让,而民不争;导之以礼乐,而民和睦;示之以好恶,而民知禁。《诗》云:'赫赫师尹,民具尔瞻<sup>④</sup>。'"

【注释】①行:指首要品行。②则之:以之为法则而遵循它。③则天之明:效法上天的法则。④赫赫师尹,民具尔瞻:语出《诗经·小雅·节南山》,意思是"显赫的尹太师啊,百姓都仰望你"。

## 广要道章第十二

子曰:"教民亲爱,莫善于孝。教民礼顺,莫善于悌。移风易俗,莫善于乐。安上治民,莫善于礼。礼者,敬而已矣。故敬其父,则子悦;敬其兄,则弟悦;敬其君,则臣悦;敬一人,而千万人悦。所敬者寡,而悦者众,此之谓要道也。"

# 广扬名章第十四

子曰："君子之事亲孝，故忠可移于君。事兄悌，故顺可移于长。居家理，故治可移于官。是以行成于内，而名立于后世矣。"

（选自《孝经·礼记》，上海三联书店，2013年版）

**【原典导读】**

《孝经》假托孔子与曾子的对话，相传为孔子所作，肯定应该不是孔子所作，但其主要内容是基本符合孔子的孝的观念的。全书以孝为修身治国之本，倡导孝的目的，不在家，而在国，"夫孝，始于事亲，中于事君，终于立身"，你要在社会立足，孝是关键。孝，几乎是整个社会伦理体系的一个生发点，"以孝事君则忠，以敬事长则顺。忠顺不失，以事其上，然后能保其禄位，而守其祭祀"。统治者倡导孝的目的，在"化民"，用今天的话来说，就是精神文明建设："先之以敬让，而民不争；导之以礼乐，而民和睦；示之以好恶，而民知禁。""教民亲爱，莫善于孝。教民礼顺，莫善于悌。移风易俗，莫善于乐。安上治民，莫善于礼。礼者，敬而已矣。故敬其父，则子悦；敬其兄，则弟悦；敬其君，则臣悦；敬一人，而千万人悦。""教以孝，所以敬天下之为人父者也。教以悌，所以敬天下之为人兄者也。教以臣，所以敬天下之为人君者也。"这些都是孔子思想的具体解释而已。如果说《孝经》对孔子的孝的理论有所发展的话，倒是应该关注《士章第五》，其中说："资于事父以事母而爱同；资于事父以事君而敬同。故母取其爱，而君取其敬，兼之者父也。"这里，对于母、对于君、对于父的态度作了比较具体的辨析，事母以爱，事君以敬，事父则敬爱兼具。这种分析让人想起弗洛姆对父爱与母爱的分析。

# 晏子论忠

晏子（？—前500），名婴，字平仲。春秋时期著名政治家、思想家、外交家。

## 景公欲厚葬梁丘据晏子谏第二十二 ①

梁丘据死，景公召晏子而告之，曰："据②忠且爱我，我欲丰厚其葬，高大其垄③。"晏子曰："敢问据之忠与爱于君者，可得闻乎？"公曰："吾有喜于玩好，有司未能我具也④，则据以其所有共我，是以知其忠也；每有风雨，暮夜求必存⑤，吾是以知其爱也。"晏子曰："婴对，则为罪，不对，则无以事君，敢不对乎！婴闻之，臣专其君⑥，谓之不忠；子专其父，谓之不孝；妻专其夫，谓之嫉妒。事君之道，导亲于父兄，有礼于群臣，有惠于百姓，有信于诸侯，谓之忠；为子之道，以钟爱其兄弟，施行于诸父，慈惠于众子，诚信于朋友，谓之孝；为妻之道，使其众妾皆得欢忻于其夫，谓之不嫉。今四封⑦之民，皆君之臣也，而维⑧据尽力以爱君，何爱者之少邪？四封之货，皆君之有也，而维据也以其私财忠于君，何忠者之寡邪？据之防塞⑨群臣，壅蔽⑩君，无乃甚乎？"公曰："善哉！微子⑪，寡人不知据之至于是也。"遂罢为垄之役，废厚葬之命，令有司据法而责⑫，群臣陈过而谏。故官无废法，臣无隐忠，而百姓大说。（《晏子春秋·内篇谏（下）》）

**【注释】**①景公（？—前490）：姜姓，吕氏，名杵臼，春秋时期齐国君主。梁丘据：姜尚后裔，春秋时期齐国大夫，深受齐景公赏识，后受封地于山东梁丘，以封地为姓，为梁丘姓始祖。②据，即梁丘据。③垄：坟墓。④有司未能我具：有关官吏未能为我备办。具：具备，备办。⑤存：恤问，劳问。⑥专其君：专宠于君。⑦四封：四境。⑧维：通"唯"。⑨防塞：阻塞。⑩壅蔽：隔绝蒙蔽。⑪微子：要不是您。⑫据法而责：根据法令进行责罚。

# 景公问忠臣之事君何若晏子对以不与君陷于难第十九

景公问于晏子曰："忠臣之事君也，何若？"晏子对曰："有难不死，出亡不送[1]。"公不说[2]，曰："君裂地而封之，疏爵而贵之[3]，君有难不死，出亡不送，可谓忠乎？"对曰："言而见[4]用，终身无难，臣奚死焉[5]；谋而见从，终身不亡，臣奚送焉。若言不见用，有难而死之，是妄死[6]也；谋而不从，出亡而送之，是诈伪也。故忠臣也者，能纳善于君，不能与君陷于难。"（《晏子春秋·内篇问（上）》）

**【注释】**①有难不死，出亡不送：君王有难，忠臣不为之而死；君王出逃，忠臣不跟随出逃。②说：通"悦"。③疏爵而贵之：分给他爵位而使之尊贵。疏：分。④见：被。⑤臣奚死焉：臣子何必要为他死呢？⑥妄死：白白送死。

（选自《晏子春秋》，中华书局，2011年版）

**【原典导读】**

晏子是孔子同时代而略早的人，但晏子的"忠"的思想明显高于孔子，似乎后来的孟子对忠的思考倒是有点接近于晏子。晏子反对"谀忠"，反对诮媚之类的伪忠。他从梁丘据事事顺从景公，分析出其目的只在"专宠"，因此梁丘据的所谓忠，目的是为了自己，而不是真正地为了君王。那么什么叫做真正为了君王呢？是投其所好吗？梁丘据就是这样，无疑这不是晏子所说的忠，为君王，不是为了君王个人，而是为了君王的事业、君王的权位、君王的江山，所以，他在《景公问忠臣之事君何若晏子对以不与君陷于难第十九》中大胆提出"有难不死，出亡不送"的主张，真正的忠，就是要"纳善于君""不能与君陷于难""不掩君过"。

# 荀子·子道（节选）

⊙ 荀子　武更年绘

荀子（约前313—前238），名况，战国末期赵国人。著名思想家、文学家、政治家，时人尊称"荀卿"。

　　入孝出弟①，人之小行也。上顺下笃②，人之中行也；从道不从君，从义不从父，人之大行也。若夫志以礼安，言以类使③，则儒道毕矣。虽舜不能加毫末于是矣④。孝子所不从命有三：从命则亲危，不从命则亲安，孝子不从命乃衷⑤；从命则亲辱，不从命则亲荣，孝子不从命乃义；从命则禽兽，不从命则脩饰⑥，孝子不从命乃敬。故可以从而不从，是不子也；未可以从而从，是不衷也；明于从不从之义，而能致恭敬、忠信、端悫⑦以慎行之，则可谓大孝矣。传曰："从道不从君，从义不从父。"此之谓也。故劳苦、彫萃⑧而能无失其敬，灾祸患难而能无失其义，则不幸不顺见恶⑨而能无失其爱，非仁人莫能行。诗曰："孝子不匮。"此之谓也。

　　鲁哀公问于孔子曰："子从父命，孝乎？臣从君命，贞⑩乎？"三问，孔子不对。孔子趋出，以语子贡曰："乡者⑪，君问丘也，曰：'子从父命，孝乎？臣从君命，贞乎？'三问而丘不对，赐以为何如？"子贡曰："子从父命，孝矣。臣从君命，贞矣，夫子有奚对焉？"孔子曰："小人哉！赐不识也！昔万乘之国，有争臣⑫四人，则封疆不削；千乘之国，有争臣三人，则社稷不危；百乘之家⑬，有争臣二人，则宗庙不毁。父有争子，不行无礼；士有争友，不为不义。故子从父，奚子孝？臣从君，奚臣贞？审其所以从之之谓孝、之谓贞也⑭。"

　　子路问于孔子曰："有人于此，夙兴夜寐，耕耘树艺⑮，手足胼胝⑯，以养其亲，然而无孝之名，何也？"孔子曰："意者身不敬与？辞不逊与？色不顺与？古之人有言曰：'衣与缪与不女聊⑰。'今夙兴夜寐，耕耘树艺，手足胼胝，以养其亲，无此三者，则何为而无孝之名也？意者所友非仁人邪？"孔子曰："由志之，吾语女⑱。虽有国士之力，不能自举其身。非无力也，势不可也。故入而行不脩，身之罪也；出而名不章<sup>⑲</sup>，友之过也。故君子入则笃行，出则友贤，何为而无孝之名也！"

【注释】①弟：通"悌"。②笃：忠实、诚恳。③志以礼安，言以类使：用礼义约束意志，用礼义指导言行。④舜不能加毫末于是：舜也不会比此高出丝毫。⑤衷：通"忠"。⑥脩饰：同"修治"，符合礼义的意思。⑦端悫（què）：正直诚恳。⑧彫萃：凋零憔悴。"彫"：同"雕"。⑨见恶：被厌恶。⑩贞：忠贞。⑪乡者：刚才。乡：通"向"。⑫争臣：敢于进谏的臣子。争：通"诤"。⑬家：大夫统治的政治区域，或卿大夫的采地食邑，即"齐家治国平天下"的"家"的意思。⑭审其所以从之之谓孝、之谓贞也：明白其听从的理由，才能说他们是否孝和忠。⑮树艺：种植。艺：播种。⑯胼胝（pián zhī）：起老茧。⑰衣与缪与不女聊：给我穿衣服，为我做准备，但态度不恭顺，我不能依赖你。缪：绸缪，做准备。聊：依靠。⑱语女：告诉你。女：通"汝"。⑲章：通"彰"，彰显。

（选自《荀子简注》，上海人民出版社，1974年版）

【原典导读】

荀子的忠孝观明显比孔子进了一步，似乎是继承晏子并发展了晏子的思想，他特别提出了"从道不从君，从义不从父，人之大行也"。忠孝二字自然涉及一个"从"的问题，从忠孝观念说，臣与子对君与父，是应该顺从的，但是许多时候，君不像君，父不像父，那么该怎么办？所以，荀子就提出了一条顺从的基本原则，那就是道与义。这个观念是大胆的，它从理论上否定了愚忠与愚孝，也正是这句话，让许多文人士子在"忠孝"观念的压力之下，保持独立的品格与精神，让忠孝不再是一种教条。所以，后面他还说，看一个人是不是忠、是不是孝，要"审其所以从之之谓孝、之谓贞也"。用荀子的观念去评价《晏子春秋》中的梁丘据，也会得出与晏子相同的结论。

# 《孟子》论忠孝

## 事亲为大

孟子曰："事，孰为大？事亲为大；守，孰为大？守身为大。不失其身而能事其亲者，吾闻之矣；失其身而能事其亲者，吾未之闻也。孰不为事？事亲，事之本也。孰不为守？守身，守之本也。曾子养曾皙①，必有酒肉；将彻②，必请所与③；问有余，必曰'有'。曾皙死，曾元④养曾子，必有酒肉；将彻，不请所与；问有余，曰'亡矣'将以复进也⑤。此所谓养口体者也。若曾子，则可谓养志也。事亲若曾子者，可也。"（《离娄上》）

【注释】①曾皙：曾子之父。②彻：通"撤"，撤除。③与：通"予"，给予。④曾元：曾子之子。⑤将以复进也：要留下预备以后再进用。

## 舜不告而娶

孟子曰："不孝有三，无后为大①。舜不告而娶，为无后也，君子以为犹告也②。"（《离娄上》）

【注释】①不孝有三，无后为大：不孝的表现有多种，其中，没有自己的后代子嗣而使先人的宗庙陵墓无人祭祀打扫，是最大的不孝。②舜不告而娶：舜没有禀告自己的父母而娶妻，是因为考虑到自己已经成年而还没有子嗣，是为了延续后代。所以，君子认为他虽然没有禀告父母，实际上相当于已经禀告了。

## 仁之实，事亲是也

孟子曰："仁之实，事亲是也；义之实，从兄是也。智之实，知斯二者弗去是也；礼之实，节文①斯二者是也；乐之实，乐斯二者，乐则生矣；生则恶可已②也，恶可已，则不知足之蹈之手之舞之。"（《离娄上》）

【注释】①节文：调节与修饰。②恶可已：无法停止。

# 不得乎亲，不可以为人

孟子曰："天下大悦而将归己。视天下悦而归己犹草芥也，惟舜为然。不得乎亲，不可以为人；不顺乎亲，不可以为子。舜尽事亲之道而瞽瞍厎豫①，瞽瞍厎豫而天下化，瞽瞍厎豫而天下之为父子者定，此之谓大孝。"（《离娄上》）

**【注释】**①瞽瞍（gǔ sǒu）：舜的父亲，目盲，性顽劣，屡次欲杀舜。厎（zhǐ）豫：获得快乐。厎：致。豫：愉悦。

# 五不孝

孟子曰："世俗所谓不孝者五：惰其四支①，不顾父母之养，一不孝也；博弈好饮酒，不顾父母之养，二不孝也；好货财，私妻子，不顾父母之养，三不孝也；从②耳目之欲，以为父母戮③，四不孝也；好勇斗很④，以危父母，五不孝也。"（《离娄下》）

**【注释】**①四支：犹"四肢"。②从：通"纵"。③戮：犹"辱"。④很：通"狠"。

# 孩提之童，无不知爱其亲者

孟子曰："人之所不学而能者，其良能也；所不虑而知者，其良知也①。孩提之童，无不知爱其亲者；及其长也，无不知敬其兄也。亲亲，仁也；敬长，义也。无他，达之天下也。"（《尽心上》）

**【注释】**①良：本真。良能、良知：不学而能的品性与智慧。

# 君子有三乐

孟子曰："君子有三乐，而王天下不与存焉。父母俱存，兄弟无故，一乐也。仰不愧于天，俯不怍于人，二乐也。得天下英才而教育之，三乐也。君子有三乐，而王天下不与存焉。"（《尽心上》）

（选自《孟子》，陕西人民出版社，1998年版）

第十三章
# 自强不息

　　自强不息：自己奋发图强，永不
懈怠。语出《周易·象传》："天行
健，君子以自强不息。"

⊙ 微言大义　邹华桢书

### 神话故事隐含的民族精神

中国古代有三个著名的神话故事，一个叫做"夸父逐日"。根据《山海经·海外北经》记载："夸父与日逐走，入日；渴，欲得饮，饮于河、渭；河、渭不足，北饮大泽。未至，道渴而死。弃其杖，化为邓林。"说的是，黄帝时代，一个夸父族的首领，想要把太阳摘下，便开始追逐太阳。他口渴了想饮水，喝干了黄河、渭水还不够，就准备往北边的大湖去喝水，结果，半路上就被渴死了。他丢下的手杖化作了邓林，他的身躯化作了夸父山。

另一个神话叫"精卫填海"，也出自《山海经》：

"又北二百里，曰发鸠之山，其上多柘（zhè）木。有鸟焉，其状如乌，文首、白喙（huì，鸟嘴）、赤足，名曰精卫，其鸣自詨（xiāo，叫呼）。是炎帝之少女名曰女娃，女娃游于东海，溺而不返，故为精卫。常衔西山之木石，以堙（yīn，堵塞）于东海。漳水出焉，东流注于河。"

是说精卫本是炎帝神农氏的小女儿，本名叫女娃，一日女娃到东海游玩，被淹死了，死后其不平的精灵化作了一种神鸟，叫做精卫，这种鸟花脑袋，白嘴壳，红爪子，它常常从山上衔来石头和草木，投入东海，发誓要将这淹死她的东海填满填平，口里不停地发出"精卫、精卫"的悲鸣。后来著名诗人陶渊明还写过一首诗赞扬精卫："精卫衔微木，将以填沧海。刑天舞干戚，猛志固常在。同物既无虑，化去不复悔。徒设在昔心，良辰讵可待。"（《读山海经（其十）》）这首诗中还含有另一个神话，就是一个叫刑天的，与天帝争胜，结果被天帝斩首，葬在常羊山，但刑天为复断首之仇，便"以乳为目，以脐为口"，整天挥舞斧盾，誓与天帝血战到底。陶渊明这首诗的意思是，精卫含着小小的木块，也要填平沧海。刑天挥舞斧盾，刚毅的斗志永在。同样是生灵不存余哀，化成异物也不悔改。若无这样坚毅意志，美好的时光怎会到来？

除了这三个神话，还有大家很熟悉的"愚公移山"。这些著名的神话故事隐含着一种民族精神，这就是"自强不息"的精神。

## 儒家的自强不息传统

第一次提出"自强不息"这个词，是《周易大传》的《象传》，《象传》在阐释《周易》第一卦"乾卦"的时候，明确提出"天行健，君子以自强不息"的口号。在八卦中，乾卦代表着"龙"，代表天，代表刚健、奋发。整个乾卦就是以龙的形象来象征一种自强不息的精神。乾卦六爻的爻辞，生动地刻画了刚健有为、自强不息的龙的生命过程：初九"潜龙勿用"，描写龙出于幼小的弱势时，虽在潜伏之期，却正积蓄力量，蓄势待发。九二"见龙在田"，龙已逐渐长大，浮出水面，开始崭露头角，就如朝日初升，蒸蒸日上。九三"君子终日乾乾，夕惕若厉"，龙在成长过程中，虽然开始强大却始终谨慎小心，如履薄冰，自强不息。九四"或跃在渊"，象征着龙的生命轨迹的曲折，同样在小心谨慎。九五"飞龙在天"，象征着龙的生命的全盛期，如日中天，大有作为，大放异彩。而上九之"亢龙有悔"，则象征着龙在生命的全盛期，必须警惕物极必反，千万别忘乎所以，仍不能忘记奋发有为。从初九到上九，就是龙逐渐成长、时刻警惕、奋发进取的过程。所以龙的精神，就是自强不息的精神，就是中华民族的精神。

当然《周易大传》并不是这一思想的源头，这一思想的源头，据北大著名哲学家张岱年先生研究，可能源于孔子。

的确，孔子可以说是中国知识分子自强不息的代表。如果认真读读《论语》，想想孔子的遭遇和态度行为，一个活脱脱的刚健有为的孔子就会跃入你的脑海。孔子处在春秋末期，其时，"礼崩乐坏"，王室衰微，诸侯称霸，社会动荡。而孔子却以恢复"周礼"为己任，一生为此周游列国，奔走呼号。但是，总是碰壁，甚至陷入绝境，所谓"累累若丧家之犬"。北京大学李零教授有一本写孔子的书，书名就叫《丧家狗》。但，孔子是伟大的，千难万险没有磨灭他的意志，他不像老庄的知其不可而不为，而是"知其不可而为之"。他一生学而不厌，诲人不倦，发愤忘食，乐以忘忧，不知老之将至，孜孜以求，不惧艰险，奋然前行。即使他和弟子们被围困，断粮绝水，却依然讲诵《诗》《礼》，弦歌不绝。孔子希望能够在无道之时力挽狂澜，他深知，正是天下无道，才需要自己；他也明确地知道，"道之不行，已知之矣"，但是，天下事知其不可而为之！这就是孔子的担当精神！这就是孔子"天行健，君子以自强不息"的伟大精神！

后来的孟子，继承了孔子刚健有为的思想品质，孟子之文，如滔滔江水，奔泻而下，具有一往无前的气势。孟子一生，讲究培养自己的"浩然之气"。《孟子·公孙丑上》记载，一次，有人问他，"敢问夫子恶乎长？"请问先生您最擅长的是什么？孟子回答道："我知言，我善养吾浩然之气。"那么什么是浩然之气呢？孟子这样解释："其为气也，至大至刚，以直养而无害，则塞于天地之间。其为气也，配义与道；无是，馁也。"所谓浩然志气，就是天地间的正气，就是刚健有为之气，就是自强不息之气。孟子一直在鼓励人们勇往直前，他说，生于忧患，死于安乐。你听他的气魄：富贵不能淫，贫贱不能移，威武不能屈，此之谓大丈夫。你看他舍我其谁的精神：如欲平治天下，当今之世，舍我其谁也？

### 自强不息——中华民族不竭的精神动力

正是这种自强不息的精神，鼓舞中华民族的优秀儿女，不怕磨砺，虽千难万险，也勇往直前。司马迁在他的《报任安书》中有一段很有名的话："古者富贵而名摩灭，不可胜记，唯倜傥非常之人称焉。盖文王拘而演《周易》；仲尼厄而作《春秋》；屈原放逐，乃赋《离骚》；左丘失明，厥有《国语》；孙子膑脚，《兵法》修列；不韦迁蜀，世传《吕览》；韩非囚秦，《说难》《孤愤》；《诗》三百篇，大抵圣贤发愤之所为作也。"文王、孔子、屈原、左丘、孙膑、韩非，等等，人生都遭遇磨难，但他们不屈不挠，最终成就大业。而司马迁也正是在先哲自强不息精神的鼓舞下，尽管身遭大刑，受尽屈辱，却能忍辱负重，读万卷书，行万里路，考察风俗，采集传说，用十多年的时间，终成"究天人之际、通古今之变、成一家之言"的伟大史学著作。

如明末清初的史学家谈迁，专心于明代史事，他深感诸家编年史书的伪劣肤浅，不足为信，为存信史，于是精研经史子集，广搜博览，查阅各种资料，遍访旧吏遗民，遍考各种书籍，搜罗档案方志，终于完成史学著作《国榷》。但不幸的是，书成不久，却为小偷所盗。谈迁深受打击，痛苦万分，但最终他从痛苦中挣脱而出，五十多岁的他，重整旗鼓，重编《国榷》，终成皇皇巨著，新的《国榷》共104卷，428万多字，便是其自强不息的结果。

像戊戌六君子之一的谭嗣同，戊戌变法失败之后，他本可以逃过一劫，但他却认为："各国变法，无不从流血而成。今中国未闻有因变法而流血者，此国之所以不昌也。有之，请自嗣同始！"他要用自己的鲜血来唤醒国民，最终留下"我自横刀向天笑，去留肝胆两昆仑"的豪迈诗句，英勇就义。他从另一个角度，用自己的鲜血对自强不息的民族精神做了精彩的诠释。

请反复吟哦下面的句子：

天行健，君子以自强不息。（《周易·乾·象》）

不怨天，不尤人。（《论语·宪问》）

士不可以不弘毅，任重而道远。仁以为己任，不亦重乎？死而后已，不亦远乎？（《论语·泰伯》）

路漫漫其修远兮，吾将上下而求索。（《离骚》）

# 《周易》乾卦卦爻辞及《彖传》《象传》选读

☰ 乾下乾上

乾①：元亨，利贞②。

初九③：潜龙，勿用。

九二：见④龙在田，利见大人。

九三：君子终日乾乾，夕惕若厉，无咎⑤。

九四：或跃在渊，无咎。

九五：飞龙在天，利见大人。

上九：亢⑥龙，有悔。

用九⑦：见群龙无首，吉。

《彖》⑧曰：大哉乾元，万物资始，乃统天。云行雨施，品物流形。大明终始，六位时成。时乘六龙以御天。乾道变化，各正性命。保合大和，乃利贞。首出庶物，万国咸宁。

《象》⑨曰：天行健，君子以自强不息。

【注释】①乾：卦名。《周易》以卦为单位，全书共六十四卦。②元亨、利贞是两个贞兆辞。元亨：犹言"大吉大利"；利贞：有利于占卜。③初九：爻名。易卦的爻，以"九"标示阳爻，以"六"标示阴爻。又以初、二、三、四、五、上标示从下至上各爻的顺序，乾卦全部是阳爻，所以六爻都称为"九"。④见：同"现"。⑤乾乾：自强不息，勤勉的样子；惕：警惕；厉：危险；无咎：无害。⑥亢：高亢，极，过分。⑦用九：乾卦特有的爻名。用九即为通九，犹言六爻皆九。属阳性，表示全阳爻将尽变为阴爻。⑧《彖(tuàn)》：《彖传》，后人对卦爻辞从多个角度进行的解说。⑨《象》：《象传》，主要是依据卦象、爻位解释卦爻辞的话。

（选自《周易译注》，中华书局，1991年版）

**【参考译文】**

乾卦：大吉大利，吉利的贞卜。

初九：潜藏的龙，无法施展。

九二：龙出现在大地上，有利于会见贵族王公。

九三：有才德的君子始终是白天勤奋努力，夜晚戒惧反省，虽然处境艰难，但终究没有灾难。

九四：龙有时现出水面，有时跳进深潭，没有灾难。

九五：龙飞腾在空中，有利于会见贵族王公。

上九：升腾到极限的龙会有灾祸之困。

《彖传》说：伟大呵，乾元！万物就是因为有了它才开始，故而本于天。云气流行，雨水布施，众物周流而各自成形，阳光运行于（乾卦）终始，六爻得时而形成，时乘（乾卦六爻）的六龙，以驾御天道。（本于天的）乾道在变化，（万物）各自正定其本性与命理，保全住太和之气，才能"利贞"。天开始生出万物，万国皆得安宁。

《象传》说：天道运行周而复始，永无止息，谁也不能阻挡，君子应效法天道，自立自强，不停地奋斗下去。

**【原典导读】**

《周易》的乾卦《象辞》，提出了中国文化的著名口号："天行健，君子以自强不息。"《象辞》怎么会由乾卦的卦爻辞得出这一结论呢？要想象一下龙的形象，龙是我们民族的图腾，是强者的象征，乾卦取龙的意象，并被置于周易六十四卦之首。乾卦的爻辞就是在描写龙的进取的过程：初九"潜龙勿用"，龙出于幼小的弱势时，还在潜伏之期，正在积蓄力量；到九二，见龙在田，龙已逐渐长大，浮出水面，开始崭露头角，就像八九点钟的太阳，蒸蒸日上。九三，君子终日乾乾，夕惕若厉，无咎。象征龙在成长过程中须始终谨慎小心，如履薄冰，自强不息。九四，或跃在渊，无咎。象征着龙的生命轨迹的曲折。九五之"飞龙在天，利见大人"，象征着龙的生命的全盛期，正是大有作为的时候。而上九之"亢龙有悔"，则象征着龙在生命的全盛期，必须警惕物极必反，忘乎所以。从初九到上九，就是龙逐渐成长、时刻警惕、奋发进取的过程。所以龙的精神，就是自强不息的精神，就是中华民族的精神。

# 《论语》与自强不息

子曰:"默而识之,学而不厌,诲人不倦,何有于我哉?"(《述而》)

叶公问孔子于子路,子路不对。子曰:"女奚不曰:其为人也,发愤忘食,乐以忘忧,不知老之将至云尔。"(《述而》)

子路宿于石门,晨门曰:"奚自?"子路曰:"自孔氏。"曰:"是知其不可而为之者与?"(《宪问》)

曾子曰:"可以托六尺之孤,可以寄百里之命,临大节而不可夺也。君子人与?君子人也。"(《泰伯》)

在陈绝粮,从者病,莫能兴①。子路愠②见曰:"君子亦有穷③乎?"子曰:"君子固穷,小人穷斯滥矣④。"(《卫灵公》)

【注释】①兴:起,此指坐起来。②愠(yùn):怒,怨恨。③穷:处于困境。④君子固穷,小人穷斯滥矣:君子安守穷困,小人穷困便会胡作非为。

楚狂接舆①歌而过孔子曰:"凤兮凤兮,何德之衰②?往者不可谏,来者犹可追③。已而已而,今之从政者殆而④!"孔子下,欲与之言,趋而辟之,不得与之言。(《微子》)

【注释】①接舆:当时的隐士,此非真实姓名,而取"接孔子之舆"之意。②凤兮凤兮,何德之衰:古人认为,天下有道则凤凰出,天下无道凤凰隐去。此隐者以凤凰喻孔子,讽刺他天下无道却不隐去,是德行衰败的表现。③谏:挽回。犹可追:还来得及。④已而已而,今之从政者殆而:算了吧,算了吧!现在的当权者危险之极!

长沮、桀溺耦而耕①，孔子过之，使子路问津②焉。长沮曰："夫执舆③者为谁？"子路曰："为孔丘。"曰："是鲁孔丘与？"曰："是也。"曰："是知津矣。"问于桀溺，桀溺曰："子为谁？"曰："为仲由。"曰："是鲁孔丘之徒与？"对曰："然。"曰："滔滔者天下皆是也，而谁以易之④？且而⑤与其从辟人之士⑥也，岂若从辟世之士⑦？"耰而不辍⑧。子路行以告，夫子怃然曰："鸟兽不可与同群，吾非斯人之徒与而谁与⑨？天下有道，丘不与易也⑩。"（《微子》）

【注释】①耦而耕：古代的一种耕种方法。②津：渡口。③执舆：执辔，即驾车。此事本为子路做，因子路下车问津，临时由孔子执辔。④滔滔者天下皆是也，而谁以易之：像洪水一样的坏东西到处都是，你同谁去改革它呢？⑤而：你。⑥辟人之士：逃避坏人的人。辟：同"避"。⑦辟世之士：逃避整个社会的人。⑧耰（yōu）而不辍：翻个不停。耰：一种农活，指播种后翻土。⑨鸟兽不可与同群，吾非斯人之徒与而谁与：意思是人不可与鸟兽同群，不和人群打交道，和谁打交道呢。⑩天下有道，丘不与易也：如果天下太平，我就不会与你们一起来改革了。

子路从而后①，遇丈人②，以杖荷蓧③。子路问曰："子见夫子乎？"丈人曰："四体不勤，五谷不分④，孰⑤为夫子？"植其杖而芸⑥。子路拱而立。止子路宿，杀鸡为黍⑦而食⑧之。见⑨其二子焉。明日，子路行，以告。子曰："隐者也。"使子路反⑩见之。至，则行矣。子路曰："不仕无义⑪。长幼之节，不可废也；君臣之义，如之何其废之？欲洁其身，而乱大伦。君子之仕也，行其义也。道之不行，已知之矣⑫。"（《微子》）

【注释】①从而后：跟着却落在后面了。②丈人：对老年人的敬称。③蓧（diào）：古代除草用具，一说是竹器。④四体：四肢。勤：劳动。五谷：稻、黍、豆、麦、菽等五种粮食作物。分：辨别。⑤孰：谁。⑥植：插在地上。芸：古同"耘"，除草。⑦为黍（shǔ）：煮黄米饭。黍：黄米，比小米略大，产量少，在普通人家算比较珍贵的主食。⑧食（sì）：给他吃。⑨见：使之拜见。⑩反：同"返"。⑪不仕无义：不做官不符合道义。⑫道之不行，已知之矣：我的主张行不通，这我早就知道了。

（选自《论语译注》，中华书局，1980年版）

在中国历史上，孔子是一个自强不息者的典型。孔子所处时代，在春秋末期，正是所谓"礼崩乐坏"的动乱时代，诸侯称霸，战乱频仍，社会动荡，王室衰微，社会正处于奴隶社会向封建社会的过渡时期。而孔子一生立定"克己复礼"的人生目标，一辈子为恢复周礼而周游列国，奔走呼号。但是，时代使然，他的奔走到处碰壁，很不招人待见，甚至被围困，真是"累累若丧家之犬"。孔子的伟大之处，就在于他的"知其不可而为之"。他一生抱定宗旨，学而不厌，诲人不倦，发愤忘食，乐以忘忧，不知老之将至，孜孜以求，即使前路艰险，也要奋然前行。比如这里所选《卫灵公》中的片段，就是写他和弟子们被困于陈、蔡的郊野。当时孔子行动没有自由，粮食也吃光了，有弟子病得厉害，甚至都起不来了。但这些动摇不了他的决心，《史记》在这个片段里还写道，被困中的孔子却依然讲诵《诗》《礼》，弦歌不绝。楚狂接舆实在是孔子的知音，他以"凤凰"喻孔子，更看到了孔子与凤凰的不同，凤凰只出现于有道之世，而孔子却在这无道之时试图力挽狂澜，孔子的形象实际已经超越了凤凰的形象。他明确知道，"天下有道，丘不与易也"，正是天下无道，才需要自己；他也明确地知道，"道之不行，已知之矣"，但是，天下事知其不可而为之！这就是孔子的担当精神！这就是孔子"天行健，君子以自强不息"的伟大精神！

# 《孟子》与刚健有为

## 当今之世，舍我其谁也

孟子去齐。充虞路问曰："夫子若有不豫①色然。前日虞闻诸夫子曰：'君子不怨天，不尤人②。'"

曰："彼一时，此一时也。五百年必有王者兴，其间必有名世者③。由周以来，七百有余岁矣。以其数则过矣，以其时考之则可矣。夫天，未欲平治天下也；如欲平治天下，当今之世，舍我其谁也？吾何为不豫哉？"（《公孙丑下》）

【注释】①豫：愉快。②不怨天，不尤人：这是引孔子的话，见《论语·宪问》。尤：责怪，埋怨。③名世者：有名望而辅佐君王的人。

## 天将降大任于是人也

舜发于畎亩之中①，傅说举于版筑之间②，胶鬲举于鱼盐之中③，管夷吾举于士④，孙叔敖⑤举于海，百里奚举于市⑥。故天将降大任于是人也，必先苦其心志，劳其筋骨，饿其体肤，空乏其身，行拂乱其所为，所以动心忍⑦性，曾益⑧其所不能。人恒⑨过，然后能改；困于心，衡于虑⑩，而后作⑪；征于色⑫，发于声，而后喻⑬。入则无法家拂士⑭，出则无敌国外患者⑮，国恒亡。然后知生于忧患，而死于安乐也。（《告子下》）

【注释】①舜：传说中父系氏族社会后期汉族部落联盟首领。发：被起用。畎（quǎn）亩：田亩，此处意为耕田。畎：田间水渠。②傅说（fù yuè）：殷商时期著名贤臣，本为殷商时囚犯，在傅岩筑城，武丁求贤臣，梦得圣人，醒来后画图找人，找到傅说，举以为相，国家大治，形成了历史上有名的"武丁中兴"的辉煌盛世。版筑：古代筑墙方式，筑墙时在两块夹板中间放土，然后夯实。③胶鬲（gé）：商纣王大臣、贤人。鱼盐：此处意为在海边捕鱼晒盐。④管夷吾：管仲，春秋时著名政治家。士：狱官。⑤孙叔敖（áo）：春秋时为楚国令尹（宰相）。⑥百里奚（xī）：秦穆公时贤臣，著名的政治家、思想家。市：市井。⑦忍：形容词的使动用法，使……坚韧。⑧曾益：增加。曾：通"增"。⑨恒：常常，总是。⑩衡于虑：思虑堵塞。衡：通"横"，梗塞。⑪作：奋起，指有所作为。⑫征于色：面色上有征验，意为表现在脸色上。⑬喻：晓，明白。⑭入：在国内。法家：有法度的世臣。拂（bì）士：辅佐君主的贤士。拂：通"弼"，辅佐。⑮出：在国外。敌国：实力相当、足以抗衡的国家。

（选自《孟子》，山西人民出版社，1998年版）

**【原典导读】**

读孟子之文，明显感觉到一种滔滔江水奔腾而下一往无前的气势。孟子一生，讲究培养自己的"浩然之气"，这种浩然之气，实际就是自强不息的精神。孟子留给我们的以下名言，一直在鼓励人们勇往直前：生于忧患，死于安乐。如欲平治天下，当今之世，舍我其谁也？吾何为不豫哉？富贵不能淫，贫贱不能移，威武不能屈，此之谓大丈夫。

# 报任安书<sup>①</sup>（节选）

司马迁

司马迁（约前145或前135—？），西汉史学家、文学家，所著《史记》为我国第一部纪传体通史。后世尊称其为太史公。

古者富贵而名摩灭，不可胜记，唯倜傥<sup>②</sup>非常之人称焉。盖文王拘而演《周易》<sup>③</sup>；仲尼厄而作《春秋》<sup>④</sup>；屈原放逐，乃赋《离骚》<sup>⑤</sup>；左丘失明，厥有《国语》<sup>⑥</sup>；孙子膑脚，《兵法》修列<sup>⑦</sup>；不韦迁蜀，世传《吕览》<sup>⑧</sup>；韩非囚秦，《说难》《孤愤》<sup>⑨</sup>；《诗》三百篇<sup>⑩</sup>，大抵圣贤发愤之所为作也。此人皆意有所郁结，不得通其道，故述往事、思来者。乃如左丘无目，孙子断足，终不可用，退而论书策，以舒其愤，思垂空文以自见。

仆窃不逊，近自托于无能之辞，网罗天下放失<sup>⑪</sup>旧闻，略考其行事，综其终始，稽其成败兴坏之纪，上计轩辕，下至于兹，为十表，本纪十二，书八章，世家三十，列传七十<sup>⑫</sup>，凡百三十篇。亦欲以究天人之际，通古今之变，成一家之言。草创未就，会遭此祸，惜其不成，是以就极刑而无愠<sup>⑬</sup>色。仆诚以著此书，藏之名山，传之其人，通邑大都，则仆偿前辱之责，虽万被戮，岂有悔哉！然此可为智者道，难为俗人言也！

【注释】①《报任安书》也叫《报任少卿书》，是司马迁写给其友人任安的一封回信。信中，作者以激愤心情，申述了自己的不幸和痛苦。②倜傥（tì tǎng）：豪迈不受拘束。③传说周文王被商纣王拘禁于羑（yǒu）里，将八卦推演为六十四卦，成为《周易》的骨干。④孔丘字仲尼，他周游列国宣传儒道，到处受阻，尤其在陈、蔡地受到围攻，以致绝粮，便返回鲁国作《春秋》一书。⑤屈原曾两次被楚王放逐，幽愤而作《离骚》。⑥左丘即春秋时鲁国史官左丘明，他晚年因眼疾辞官还乡专心撰写史书。相传史书《国语》亦为左丘明撰。厥：其，语气词。⑦孙子：春秋战国著名军事家孙膑。膑（bìn）：古代一种剔掉膝盖骨的酷刑。孙膑曾与庞涓一起从鬼谷子习兵法。庞涓因为嫉妒，设法割去了孙膑的膝盖骨。孙膑有《孙膑兵法》传世。⑧不韦：吕不韦，战国末年大商人，秦初为相国。曾命门客著《吕氏春秋》（一名《吕览》）。⑨韩非：战国后期韩国公子，曾从荀卿学，入秦被李斯所谗，下狱死。著有《韩非子》，《说难》《孤愤》是其中的两篇。⑩《诗》三百篇：传世的《诗经》共有三百零五篇，此举其整数。⑪失：通"佚（yì）"。⑫表、本纪、书、世家、列传，是史记的五种体裁。⑬愠（yùn）：怒。

（选自《中国历代散文选》，北京出版社，1980年版）

自强不息　第十三章

第十四章
# 厚德载物

厚德载物：好的品德像大地一样能容养万物，也指道德高尚者能承担重大任务。语出《周易·坤·象》："地势坤，君子以厚德载物。"

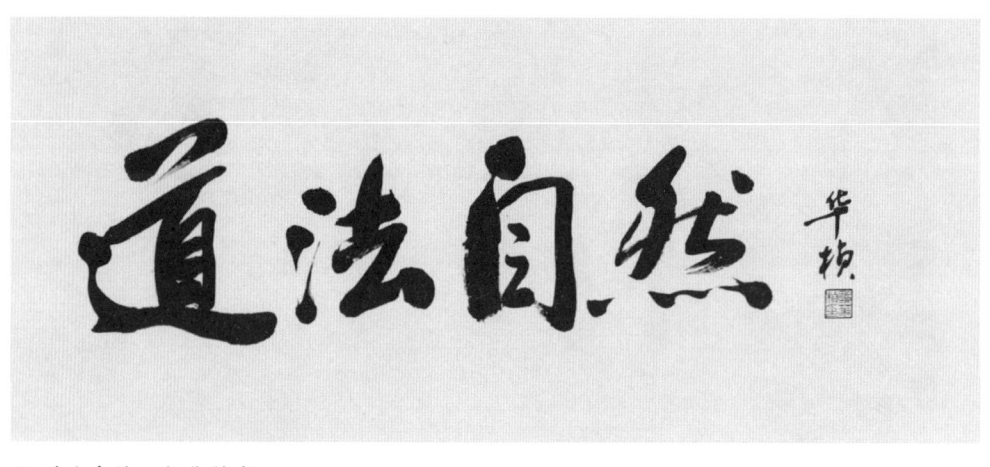

⊙ 道法自然　邹华桢书

### 重德的西周

中华民族，被称为礼仪之邦，是一个道德哲学十分发达的民族。

据专家考证，"德"这个字在商代甲骨文和西周初期的铜器铭文中就出现了。郭沫若先生对"德"字是这样解释的："德字照字面上看来是从心，意思是把心思放端正，便是《大学》上所说的'欲修其身者先正其心'。"可以说，我们的民族从西周开始就十分重视品德了。我国现成的第一部古典文集和历史文献《尚书》，其中有一篇命令，据说是周成王（周朝的第二任君主）的叔叔康叔到封地去之前，周公旦代替周成王向康叔宣读的命令，叫《康诰》，一开头就有这样的话："惟乃丕显考文王，克明德慎罚；不敢侮鳏寡，庸庸，祗祗，威威，显民，用肇造我区夏。"意思是，希望你光大你逝去的父亲文王的功德，能够彰显仁德，慎用刑罚；不能欺侮孤老、寡母，在人民面前要表现得平易、恭敬、谦虚，来创造我小小华夏。随后这篇文告还说："宏于天，若德，裕乃身不废在王命！"意思是希望康叔"像天空那么博大宽容，以德服人，那么你康叔就算没有辜负我对你的期望"。可见西周的统治者一开始就将"德"放在了治国的第一位，且要求慎用刑法。也许，我们今天会觉得，西周始祖将德治摆在了法治之上，不符合当今的世界潮流，但是，我们从文告中完全可以读出，西周始祖们是将对百姓的仁慈摆在首位，慎用刑罚，表现的是仁慈，讲究德治，表现的也是仁慈，西周统治者治国的基本思想是"民为邦本""敬天畏民"。就是那个演绎八卦的周文王，他将老百姓看做国家的基础，他奉行德治，提倡"怀保小民"，实行裕民政治，有节制地征收租税，甚至商人往来不收关税，自身生活勤俭，穿普通人衣服，还到田间劳动。辅佐文王的周公在总结商朝灭亡的教训时提出："皇天无亲，惟德是辅；民心无常，惟惠之怀"（《尚书·蔡仲之命》）。他们认为"得人者兴，失人者崩"（《诗经》）。所以，周代统治者实行的德政在当时应该是十分伟大的。

### 礼崩乐坏的东周

历史到了东周之后，似乎统治者的德行赶不上西周了，在《左传》中我们能够看到不少违背德行的案例。但是一方面，贵族们的德行开始松弛，另一方面，清醒的政治家们，始终明白德行的价值。所以，他们总是从"德"的角度给当权者进言。这里介绍四个故事，这些故事都体现了《左传》的德治思想。

第一个故事"周郑交质"，是讲周王和郑国之间因为互不信任，于是交换人质，但即使交换了人质，后来仍然关系紧张，以致交恶，当时的君子就指出，国与国之间，应该坦诚相见，以忠信立国。

第二个故事"臧哀伯谏纳郜鼎"，是讲当时宋国太宰杀了国君，害怕诸侯讨伐，就大肆贿赂诸国，并将宋国在消灭郜（gào）时从郜国掠夺来的大鼎贿赂给鲁国。而鲁国却将这个来路不正的大鼎安放在太庙。这时，鲁国大夫臧哀伯有一长篇的进言，他在进言中举了大量的例子，说明为国者要做好表率，行为要符合礼制，尤其可贵的是，他提出了"国家之败，由官邪也"的论断，认为官德决定了国家的成败。

第三个故事，讲鲁国国君鲁庄公在其父亲鲁桓公的庙柱子上涂红漆，在桓公庙的椽子（屋上的挂瓦条）上雕花，一个叫御孙的大夫认为不妥，他进言道："俭，德之共也；侈，恶之大也。"强调节俭是道德的根本，后来"成由勤俭败由奢"之说，恐即源于此。

第四个故事，是鲁襄公时代，晋国由范宣子执政，当时各国诸侯朝见晋国贡品很重，许多人为此感到忧虑，当时的著名政治家子产带信给范宣子，指出他执掌晋国，四邻诸侯听不到他的美好德行，只知道索要财物。他指出"德，国家之基也""有德则乐，乐则能久"。是第一次提出了德是立国之本。

### 高举道德大旗的儒家

春秋时期，的确是一个礼崩乐坏的时期，西周高举的道德大旗，好像已经没有那么鲜艳了。这时，孔子出场了，孔子一生以恢复周礼为己任，他的政治理想是夏、商、周三代"圣王"之治，尤其是周文王和周公。他对周文王的文治武功推崇备至，总是不厌其烦地叙说其丰功伟绩。在《论语·泰伯》中说："周之德，其可谓至德也已矣。"孔子称周文王为"三代之英"，还感慨道："郁郁乎文哉，吾从周！"（《论语·八佾》）孔子要继承周文王和周公，他要继承他们的什么呢？一个是"周礼"，一个是周之"德"。在我们今天看来，孔子主要是一个伦理学家，其哲学主要是一种

传统的精髓

伦理哲学，这恐怕与他深受文王和周公的影响以及他将"从周"作为其人生理想有莫大的关系。

在他的道德理论中，可能主要是两点：其一是做人"以德为先"。他强调君子怀德，见贤思齐；他担忧"德之不修""不善不能改"。作为教育家的孔子，他的教育课程，主要是修德，所谓"子以四教，文、行、忠、信"，在四大类课程里，三大课程是进修德业，且在"德行、言语、政事、文学"中，德行排第一位，知识和文化则是忝陪末座："弟子入则孝，出则弟，谨而信，泛爱众，而亲仁，行有余力，则以学文。"他的道德理论的第二点是"为政以德"，这是《论语》中论述最多的，因为孔子学习周文王，目的在恢复周礼和周时代的德政，所以很自然，"为政以德"便成了其道德理论的目标和核心。《论语》论个人修养，主要不在于个人的功德完满，而在于治国平天下。而要治国平天下，关键在德，他说："政者，正也。""正"，就是德。"德"的原始意义，就是"心正"。孔子的"为政以德"，包含两个方面，一方面是正人先正己，为政者要做好表率，警惕自己的一言一行："其身正，不令而行；其身不正，虽令不从。""君子之过也，如日月之食焉。过也人皆见之，更也人皆仰之。"在他看来，从政者作为公众人物，其一举一动都在公众的视线中，不可不慎。为政以德的另一方面，就是对百姓的教化，所谓"道之以德，齐之以礼，有耻且格"。不过在为政以德的"表率"与"教化"这两者中，孔子尤其重视前者，对从政者提出了很高的道德要求。

到《周易大传》，就正式提出了"地势坤，君子以厚德载物"的口号。《周易大传》的作者相传为孔子，或许不是孔子，而是战国时候的学者。但是"厚德载物"思想的确是周朝的德治思想，符合孔子的伦理思想。厚德载物的意思是，好的品德像大地一样能容养万物，道德高尚者能承担重大任务。而《尚书·康诰》中的"宏于天，若德，裕乃身不废在王命"的意思就是要求"德行像天空那么博大宽容，以德服人"，厚德如地以广载万物，宏德如天以容纳万有，可见这思想的一脉相承。

到后来的《大学》则提出"大学之道，在明明德，在亲民，在止于至善"，这是《大学》中提出的儒家"三纲八目"中的"三纲"，是儒家的纲领。明明德、亲民、止于至善，明德与至善是"德"，与之相关者是"民"。西周统治者正是将"德"与"民"，紧紧联系在一起。也正是这一思路，使孔子十分重视"为政以德";也正是这一思路,《大学》提出,"欲治其国者,先齐其家。欲齐其家者,先修其身。欲修其身者,先正其心。"为政以德,修德为先,而修德的核心在"正"。因为"德",就是"心正"。

"厚德载物"作为一种民族精神,对中国文化影响巨大,几千年来,"修身、正己、立德"一直是中国人为人、处事、处世、为官、理政的根本,出发点和落脚点。国人崇尚"仁""德""善",强调德才兼备。儒家有所谓"三不朽","太上立德,其次立功,其次立言","立德"不仅不朽,而且至高无上。

# 《周易》坤卦卦辞及《象传》选读

**☷** 坤上坤下

坤，元亨，利牝马①之贞。君子有攸往，先迷后得主。利西南得朋，东北丧朋。安贞，吉。

《象》曰：地势坤，君子以厚德载物。

**【注释】**①牝（pìn）马：母马。

（选自《周易译注》，中华书局，1991年版）

**【参考译文】**

坤卦：大吉大利。占问雌马得到吉兆。君子前去旅行，先迷失路途，后来找到主人，吉利。西南行获得财物，东北行丧失财物。占问定居，得到吉兆。

《象辞》说：大地的形势平铺舒展，顺承天道。君子观此卦象，取法于地，以深厚的德行来容纳万物，承担重大的责任。

**【原典导读】**

坤卦是《周易》六十四卦的第二卦。第一卦乾卦主要体现"君子以自强不息"的民族精神，坤卦则主要是另一种民族精神，即"君子以厚德载物"。《周易》的思维方式，是一种象征的思维方式，所谓"仰则观象于天，俯则观法于地"。坤卦就是取大地为意象，乾卦在六十四卦中，代表天，代表男性，代表父亲，代表刚健进取；坤卦则代表大地，代表女性，代表母亲，代表柔顺和坚忍。所以，在《周易》思维中，大地以其坚忍不拔，承载万物，可使万物归隐，以其像母亲般的柔顺，任劳任怨，从而取得了"厚德载物"的德性，成为品德的最高象征。

# 《论语》论"德行"

子曰:"弟子入则孝,出则弟,谨而信,泛爱众,而亲仁,行有余力,则以学文。"(《学而》)

子夏曰:"贤贤易色;事父母,能竭其力;事君,能致其身;与朋友交,言而有信。虽曰未学,吾必谓之学矣。"(《学而》)

**【注释】**见《孝悌忠信》章。

子曰:"君子怀德,小人怀土;君子怀刑,小人怀惠。①"(《里仁》)

**【注释】**①怀刑:关心法度。怀惠:关心恩惠。

子曰:"见贤思齐焉,见不贤而内自省也。"(《里仁》)

子曰:"德不孤,必有邻。"(《里仁》)

子曰:"吾未见好德如好色者也。"(《子罕》)

子以四教:文,行,忠,信。(《述而》)

德行:颜渊,闵子骞,冉伯牛,仲弓。言语:宰我,子贡。政事:冉有,季路。文学:子游,子夏。(《先进》)

子曰:"有德者必有言,有言者不必有德。仁者必有勇,勇者不必有仁。"(《宪问》)

子张曰:"执德不弘①,信道不笃,焉能为有?焉能为亡②?"(《子张》)

**【注释】**①弘：强。②焉能为有？焉能为亡？：怎么说有，怎么说无，意即有没有他无所谓。

子曰："为政以德，譬如北辰，居其所而众星共<sup>①</sup>之。"（《为政》）

**【注释】**①共：通"拱"。

子曰：道<sup>①</sup>之以政，齐<sup>②</sup>之以德，民免<sup>③</sup>而无耻。道之以德，齐之以礼，有耻且格<sup>④</sup>。（《为政》）

**【注释】**①道：引导。②齐：整顿。③免：免罪、免刑。④格：规范、规矩，此处做动词用，守规矩。

季康子问："使民敬、忠以劝，如之何？"子曰："临之以庄，则敬；孝慈，则忠；举善而教不能，则劝。"（《为政》）

季康子问政于孔子曰："如杀无道以就有道，何如？"孔子对曰："子为政，焉用杀？子欲善而民善矣。君子之德风，小人之德草，草上之风必偃<sup>①</sup>。"（《颜渊》）

**【注释】**①偃（yǎn）：倒。

子路问政，子曰："先之，劳之。"请益，曰："无倦。"（《子路》）

子曰："其身正，不令而行；其身不正，虽令不从。"（《子路》）

子曰："苟正其身矣，于从政乎何有？不能正其身，如正人何？"（《子路》）

子贡曰："君子之过也，如日月之食焉。过也人皆见之，更也人皆仰之。"（《子张》）

子张问于孔子曰："何如斯可以从政矣？"子曰："尊五美，屏<sup>①</sup>四恶，斯可以从政矣。"子张曰："何谓五美？"子曰："君子惠而不费，劳而不怨，欲而不贪，泰而不骄，威而不猛。"子张曰："何谓惠而不费？"子曰：
"因民之所利而利之，斯不亦惠而不费乎？择可劳而劳之，又谁怨？欲仁
而得仁，又焉贪？君子无众寡，无小大，无敢慢，斯不亦泰而不骄乎？君
子正其衣冠，尊其瞻视，俨然人望而畏之，斯不亦威而不猛乎？"子张曰：
"何谓四恶？"子曰："不教而杀谓之虐；不戒视成谓之暴；慢令致期②谓
之贼；犹之与人也，出纳之吝谓之有司③。"（《尧曰》）

【注释】①屏：屏除。②慢令致期：先怠慢然后限定期限。③犹之与人
也，出纳之吝谓之有司：好像给东西给别人，出手吝啬叫做小器。

孔子曰："不知命，无以为君子也；不知礼，无以立也；不知言，无以
知人也。"（《尧曰》）

（选自《论语译注》，中华书局，1980年版）

## 【原典导读】

孔子是一个伦理学家，其哲学主要是一种伦理哲学，因此他十分重视
"修德"。这里所选论语，主要涉及两个方面：

其一是做人"以德为先"。所以，他强调君子怀德，小人怀土，"见贤
思齐焉，见不贤而内自省也。"他的最大担忧是，"德之不修，学之不讲，
闻义不能徙，不善不能改，是吾忧也。"在他的教育课程里面，主要是修
德的课程，所谓"子以四教，文、行、忠、信"，在四大类课程里，三类是进
修德业；而且其课程的排序是，德行、言语、政事、文学，德行排第一位，
知识和文化则是忝陪末座："弟子入则孝，出则弟，谨而信，泛爱众，而亲
仁，行有余力，则以学文。"

其二是"为政以德"，这是论语中论述最多的。《论语》论个人修养，
主要不在于个人的功德完满，而在于治国平天下。而要治国平天下，关键
在德：当季康子向他问政，他的回答是："政者，正也。""正"，就是德。
当子张问政时，他的回答是："尊五美，屏四恶，斯可以从政矣。"他认为
从政的主要内容就一个字"德"。他的为政以德，包含两个方面，一方面是
正人先正己，为政者要做好表率："其身正，不令而行；其身不正，虽令不
从。""苟正其身矣，于从政乎何有？不能正其身，如正人何？"在他看来，

传统的精髓

"临之以庄，则敬；孝慈，则忠；举善而教不能，则劝。" 就是说，当为政者庄重，则百姓就会敬重；当为政者孝顺慈爱，则百姓就会忠诚；为政者选贤任能，教化百姓，则百姓就会勤勉。所以为政者要时刻警惕，注意自己的一言一行，哪怕是很小很小的细节，因为，"君子之过也，如日月之食焉。过也人皆见之，更也人皆仰之"，也就是说从政者作为公众人物，你的一举一动都在公众的视线中。为政以德的另一方面，就是对百姓的教化，所谓"道之以德，齐之以礼，有耻且格"。不过在为政以德的"表率"与"教化"这两者中，孔子尤其重视前者，对为政者提出了很高的要求。

关于孔子的伦理观念还可参见本书《修齐治平》章中的相关内容。

# 汉景帝官服诏

班　固

传统的精髓

班固（32—92），字孟坚，东汉著名史学家、文学家，著《汉书》。

夫吏者，民之师也。车驾、衣服宜称①。吏六百石②以上，皆长吏③也。亡度④者，或不吏服出入闾里，与民亡异。令长吏二千石车朱两轓⑤；千石至六百石朱左轓。车骑从者不称其官衣服、下吏出入闾巷亡吏体者，二千石上其官属⑥，三辅举不如法令者，皆上丞相御史请之⑦。

【注释】①宜称：应该相称，此指应与官位相称。②六百石（dàn）：指官员俸禄，一年六百石粮食；下文二千石，说法相同。石：古代计量单位，一石等于十斗。③长吏：高级官员。④亡度：无度，不遵法度。亡：通"无"。⑤轓（fān）：车的障蔽。⑥上其官属：上报主管部门。⑦三辅举不如法令者，皆上丞相御史请之：三辅要查举不遵守吏体的，均由丞相与御史提出处理意见。三辅：官名，此指主管爵位的中尉及左右内史。

（选自《汉书》，中华书局，2000年版）

# 《贞观政要》<sup>①</sup>论德政

## 务知百姓利害、政教得失

贞观初，太宗谓萧瑀<sup>②</sup>曰："朕少好弓矢，自谓能尽其妙。近得良弓十数，以示弓工。乃曰：'皆非良材也。'朕问其故，工曰：'木心不正，则脉理皆邪，弓虽刚劲而遣箭不直，非良弓也。'朕始悟焉。朕以弧矢定四方，用弓多矣，而犹不得其理。况朕有天下之日浅，得为理之意，固未及于弓，弓犹失之，而况于理乎？"自是诏京官<sup>③</sup>五品以上，更宿中书内省<sup>④</sup>，每召见，皆赐坐与语，询访外事，务知百姓利害、政教得失焉。（卷一《论政体》）

【注释】①《贞观政要》：作者为唐代史学家吴兢（669或670—749）。全书主要分类记载了唐太宗在在位的二十三年中，与魏徵、房玄龄等大臣关于执政的谈话。②萧瑀（575—648）：萧皇后的弟弟。③京官：京都的官。④更宿中书内省：在中书省轮值。中书内省：官署名。唐制，中书内省在禁中。

## 恒自抑折

贞观十九年，太宗谓侍臣曰："朕观古来帝王，骄矜而取败者，不可胜数。不能远述古昔，至如晋武平吴<sup>①</sup>、隋文伐陈<sup>②</sup>已后，心逾骄奢，自矜诸己，臣下不复敢言，政道因兹弛紊<sup>③</sup>。朕自平定突厥、破高丽已后，兼并铁勒，席卷沙漠，以为州县，夷狄远服，声教益广，朕恐怀骄矜，恒自抑折<sup>④</sup>，日旰而食<sup>⑤</sup>，坐以待晨。每思臣下有谠<sup>⑥</sup>言直谏，可以施于政教者，当拭目以师友待之。如此，庶几于时康道泰尔<sup>⑦</sup>。"（卷一《论政体》）

【注释】①晋武平吴：279年，晋武帝司马炎伐吴，重新统一全国。②隋文伐陈：589年，隋文帝攻占建康，俘获陈后主，灭陈。③因兹弛紊：因此松弛混乱。④恒：经常。抑折：控制约束。⑤日旰（gàn）而食：公事繁忙延迟吃饭。旰：天色晚。⑥谠（dǎng）：正直的言论。⑦庶几于时康道泰尔：国泰民安的日子就快接近了。庶几：差不多，接近。

# 求　谏

　　贞观十七年，太宗问谏议大夫褚遂良曰："昔舜造漆器，禹雕其俎[①]，当时谏者十有余人。食器之间，何须苦谏？"遂良对曰："雕琢害农事，纂组[②]伤女工。首创奢淫，危亡之渐[③]。漆器不已，必金为之；金器不已，必玉为之。所以诤臣必谏其渐，及其满盈，无所复谏。"太宗曰："卿言是矣。朕所为事，若有不当，或在其渐，或已将终，皆宜进谏。比[④]见前史，或有人臣谏事，遂答云'业已为之'，或道'业已许之'，竟不为停改。此则危亡之祸，可反手而待也。"（卷二《论求谏》）

　　【注释】①俎（zǔ）：割肉的砧板，此指祭器。②纂（zuǎn）组：刺绣。③渐：开端。④比：近来。

（选自《贞观政要》，上海古籍出版社，1978年版）

传统的精髓

第十五章
# 浩然之气

浩然之气：浩大刚正的精神。语
出《孟子·公孙丑上》："我知言，
我善养吾浩然之气。"

⊙ 精煌　秦秋寒印

### 崖山精神与《正气歌》

公元1279年,元军浩浩荡荡抵达广东新会的崖山,形成了对南宋的三面包围之势,南宋军民奋起抗战,于是,就在这一年的农历二月初六,一场规模巨大、战局惨烈的海战在新会的崖门海域展开,双方共投入四十多万兵力,二千多艘战船,战斗十分惨烈。尽管南宋军民同仇敌忾,但最终无力回天。战斗中,当时的左丞相陆秀夫眼见大势已去,无法突围,便背着八岁的小皇帝赵昺(bǐng)跳海身亡,随行的十几万将士、文臣、宫女、太监也都相继跳海殉国。战后的第二天,即二月初七早晨,大海上浮尸十万,惨绝人寰。这场海战,史称"崖山之战"。

在此之前,南宋右丞相文天祥于1277年率军进兵江西,收复州县多处,终因寡不敌众,不久败退广东,坚持抵抗。1278年夏,文天祥率军退往广东潮阳县。同年12月,元军大举来攻,文天祥在向海丰撤退途中兵败被俘。

文天祥被俘之后,元兵先是派当年与其一起同为南宋朝廷宰相、后来降元的留梦炎来劝降,文天祥怒火中烧,疾言斥责留梦炎:"你,身为大宋重臣而卖宋,可是卖国?身为衢州百姓而卖衢州,可是卖祖?身为汉人而卖汉节,可是卖身?……"元人一计不成,又找来被元兵俘虏的南宋的小皇帝赵㬎来劝降,元人的诡计是,你文天祥不是"忠君"吗,我就让你的主子来劝降。可是文天祥仍然不为所动,参见皇帝后,他放声大哭,然后一句"圣驾请回",打破了元人的如意算盘。不管敌人怎样威逼利诱,许以高位,文天祥誓死不降,元兵便将其押往大都(今北京),将其囚禁在土牢里,一囚就是三年,公元1283年1月9日文天祥慷慨就义。就义前,就在那狭小、阴暗、潮湿的土牢里,文天祥写出了撼人心魄的传世名篇《正气歌》:

"天地有正气,杂然赋流形。下则为河岳,上则为日星。于人曰浩然,沛乎塞苍冥……"

崖山海战十万军民蹈海殉国,忠诚惨烈,震铄古今,史称"崖山精神"。文天祥兵败被俘,誓死不降,赋诗"人生自古谁无死,留取丹心照汗青",并高吟着"天地有正气,杂然赋流形。下则为河岳,上则为日星。于人

曰浩然,沛乎塞苍冥……"而英勇就义。这就是春秋大义,这就是浩然正
气,这也是中华民族绵延数千年而不绝的民族精神!

## 生命之气与伦理之气

"浩然之气"一词,源于孟子。据《孟子·公孙丑上》记载,当时有个
人问孟子最擅长什么,孟子说:"我善养吾浩然之气。"他说,浩然之气,
"至大至刚,以直养而无害,则塞于天地之间。其为气也,配义与道;无
是,馁也。"就是说,浩然之气,最宏大最刚强,有正义相随,充塞于天地
之间。当这种天地间的正气充满内心时,人就具有了一种正直无私、勇往
直前的精神,即充满了他说的"浩然之气"。

"气"本来是一个哲学概念,是中国传统哲学的重要命题和核心概
念之一。古人将"气"理解为天地初开时一种本源的物质与能量,气分阴
阳,天地间的阴阳二气幻化成了万事万物。有一个故事可以帮助我们理
解"气"这一传统的哲学概念。庄子的妻子去世了,庄子的朋友惠施来悼
念,结果发现庄子竟然叉开双腿坐在那里"鼓盆而歌"。惠子毫不客气地
开骂了,说,你庄子还是人吗?你看你老婆跟你生活这么长的时间,为你
生儿育女,一直到老,最后死了,你不哭也就罢了,竟然还鼓盆而歌,你是
不是太过分了!其实庄子也是人啊,何况还是个高级知识分子,是一个文
化名人,妻子死了怎么会不伤心呢,他一开始也很伤感,但是,庄子毕竟
是个哲学家,他由此感悟到了生命的本质,他说,人本来是没有生命的,
不仅没有生命,还是无形的,不仅无形,连"气"也没有,是恍惚之间有了
"气",由气再变为有些形状,然后才形成生命,现在死了,无非是"气"
散了,所谓"人之生,气之聚。聚则为生,散则为死",那么人的生老病死,
不就是"气"的循环变幻么?又何必那么伤心呢?他认为天地万物的一
切,不过都是阴阳二气合成的。庄子的这个思想,是来源于老子。老子《道
德经》说:"道生一,一生二,二生三,三生万物。"其中的"二"就是指的
阴阳二气。《易传》说,"太极生两仪,两仪生四象",这"两仪"也是指阴
阳二气。

孟子的"养气"说无疑是对中国传统哲学中的"气"这一思想的继承
与发扬,如果传统哲学中的"气",还是从生命构成的一般意义上的气,
孟子则将其在伦理道德方面推到了最高境界。

孟子不仅是“浩然之气”的倡导者，更是身体力行者。读孟子之文，你能感受那种雄辩滔滔、一泻千里的气势，正因为这种气势，他常常令“王顾左右而言他”。他的“舍生取义”，他的“富贵不能淫，贫贱不能移，威武不能屈”，他的“说大人则藐之”，他的“五百年必有王者兴……如欲平治天下，当今之世，舍我其谁也”，你都能看到孟子的“充实之谓美，充实而有光辉之谓大，大而化之之谓圣”，当然，也许他还没有达到“圣而不可知之之谓神”的境界，毕竟身处乱世，要润物无声，实在太难。



### 我们生活在巨大的“气场”之中

孟子浩然之气，影响巨大，文天祥的身上，崖山十万军民身上，左光斗和史可法的身上，“我自横刀向天笑，去留肝胆两昆仑”的谭嗣同身上，许许多多的民族英雄、千千万万抗日志士的身上，无不充溢着这种“浩然之气”。

也许是由于孟子推波助澜，使得“气”的概念影响到了我们生活的方方面面。“气”这个词，在汉语中出现频率很高。据北京语言学院编制的《现代汉语频率词典》统计，在4574个较常用的汉字中，“气”字作为名词，其使用频率排在第9位。“气”字的构词（与其他字结合构成新词）能力排在第8位，按名词的构词能力排则更在第3位，仅次于“心”字和“人”字。所以在我们的字典里，充满着各种各样的“气”，如湖南出版社出版的《新编汉语词典》，收录的以“气”为第一个字的词如“气氛、气概”有92个（商务印书馆《现代汉语词典》也是92个）；该词典收录以“气”字为词语的最后一个字如“士气、天气”有205个。比如与天有关的，如气温、气象、气压、天气、云气、雾气、暑气、寒气、紫气、瑞气、朔气、节气等；与地有关的如，山气、岚气、地气、谷气、海气、蜃气、瘴气等。而“气”字与人相关最多：我们看两组，第一组，气量、气度、气派、气概、气场、气性、气血、气壮、气势、气头、才气、力气、脾气、意气、志气、牛气、豪气、浩气、声气、生气、服气、英气、脾气、霸气、舒气、炼气；第二组嘘气、叹气、气粗、气促、气短、气绝、气闷、斗气、怒气、娇气、骄气、暮气、煞气，等等。这两组，第一组多是正气，第二组有些邪气。日常成语的“气”，多与人相关，也有这个特点，如气壮山河、气贯长虹、气象万千、气愤填膺、正气凛然、意气风发、忍气吞声、荡气回肠、天高气爽、心平气和、扬眉吐气、一鼓作气、颐指气使、沆瀣一气，简直举不胜举。

当然，"气"在中国文化中，应用最广、研究最深、影响最大的当属"中医"。一本《黄帝内经》全书162篇，其中以气命名的共19篇，论及气的有131篇。因为，"气"是中医药理论的核心概念之一。中医学借鉴传统的阴阳学说，认为，"气乃神之祖，精乃气之子。气者，精神之根蒂"（金代著名医学家李东垣语）；"人之生死，全赖于气。气聚则生，气壮则康，气衰则弱，气散则死"（清代王三尊《医权初编》）。在中医看来，健康和疾病都是源于"气"，人的五脏六腑四肢百骸，都内涵有"气"，有先天之元气、后天水谷之气，有脏腑之气、经络之气，有营气、卫气等。而气又分阴阳，分正邪。正气充溢，体健神清；邪气入内，疾病则生。治疗就是调气、理气、补气、固气、通气、益气、纳气、泄气等。所以明代大医张景岳说，"行医不识气，治病从何据？堪笑道中人，未到知音处"（《景岳全书·传忠录·论治》）。《黄帝内经》说："正气存内，邪不可干，一正驱百邪。"中医的治病就是养正气，去邪气。中医的养生，就是"养气"，就是所谓"培元固本"，这"元"，就是元气，即人体先天具有的正气。

也正是因为哲学与医学对于气的强调，在中国武术中竟然创造了一种全世界独一无二的武学，叫做气功。当今世界所说的中国功夫，实际上也多指气功，或以气功为主体的中国武学。

气也影响到美学和文艺。"气韵、神韵、风骨"是文学批评的重要概念，魏文帝曹丕说："文以气为主。气之清浊有体，不可力强而致"（曹丕《典论·论文》）；韩愈吸收孟子"知言养气"和曹丕"文以气为主"的思想，提出了著名的"气盛言宜"的观点："气，水也；言，浮物也。水大而物之浮者大小毕浮。气之与言犹是也，气盛则言之短长与声之高下者皆宜。"

# 《孟子》论浩然之气

## 我善养吾浩然之气

"敢问夫子恶乎长？<sup>①</sup>"

曰："我知言，我善养吾浩然<sup>②</sup>之气。"

"敢问何谓浩然之气？"

曰："难言也。其为气也，至大至刚，以直养而无害，则塞于天地之间。其为气也，配义与道；无是，馁<sup>③</sup>也。是集义所生者，非义袭<sup>④</sup>而取之也。行有不慊于心<sup>⑤</sup>，则馁矣。我故曰，告子未尝知义，以其外之也<sup>⑥</sup>。必有事焉而勿正<sup>⑦</sup>，心勿忘，勿助长也。无若宋人然：宋人有闵其苗之不长而揠之者<sup>⑧</sup>，芒芒然<sup>⑨</sup>归。谓其人<sup>⑩</sup>曰：'今日病<sup>⑪</sup>矣，予助苗长矣。'其子趋而往视之，苗则槁矣。天下之不助苗长者寡矣。以为无益而舍之者，不耘<sup>⑫</sup>苗者也；助之长者，揠苗者也。非徒无益，而又害之。"（《公孙丑上》）

【注释】①本文节选的是公孙丑与孟子的对话。这句话是公孙丑所问。恶乎长：擅长什么。恶乎：疑问代词，"什么"。②浩然：盛大。③馁（něi）：软弱，力量不足。④袭：偷袭，此指偶然的行为。⑤不慊（qiè）于心：心中有愧。慊：满足。⑥告子未尝知义，以其外之也：告子因为将义看做心外之物，所以说他不是真正懂得义。告子：春秋末期人，名不详，可能是墨子学生。⑦必有事焉而勿正：去做一件事一定不要中止。正：止。⑧闵：担心，忧愁。揠（yà）：拔。⑨芒芒然：疲倦的样子。⑩其人：指其家人。⑪病：疲倦，劳累。⑫耘：除草。

## 鱼我欲也

孟子曰："鱼，我所欲也；熊掌，亦我所欲也，二者不可得兼，舍鱼而取熊掌者也。生，亦我所欲也；义，亦我所欲也，二者不可得兼，舍生而取义者也。生亦我所欲，所欲有甚于生者，故不为苟①得也；死亦我所恶，所恶有甚于死者，故患有所不辟②也。如使人之所欲莫甚于生，则凡可以得生者，何不用也？使人之所恶莫甚于死者，则凡可以辟患者，何不为也？由是则生而有不用也，由是则可以辟患而有不为也。是故所欲有甚于生者，所恶有甚于死者，非独贤者有是心也，人皆有之，贤者能勿丧耳。"（《告子上》）

【注释】①苟：随便。②辟：通"避"。

## 充实之谓美

浩生不害①问曰："乐正子②，何人也？"孟子曰："善人也，信人也。""何为善？何为信？"

曰："可欲之谓善，有诸己③之谓信。充实之谓美，充实而有光辉之谓大，大而化之④之谓圣，圣而不可知之之谓神。乐正子，二之中，四之下也⑤。"（《尽心下》）

【注释】①浩生不害：人名，齐国人。②乐正子：即乐正克，战国时期鲁国人，孟子的弟子。乐（yuè）正：复姓。子：尊称。③有诸己：有自己的本性。④大而化之：大而且能融会贯通。⑤二之中，四之下也：只有其中的两项，在四种之下。

## 说大人则藐之

孟子曰："说①大人，则藐之，勿视其巍巍然。堂高数仞，榱题②数尺，我得志弗为也③；食前方丈，侍妾数百人，我得志弗为也；般乐④饮酒，驱骋⑤田猎，后车千乘，我得志弗为也。在彼者，皆我所不为也；在我者，皆古之制也，吾何畏彼哉？"（《尽心下》）

【注释】①说（shuì）：向……进言。②榱（cuī）题：也叫"出檐"，指屋檐的前端。③我得志弗为也：我如果得志，并不屑于这些。④般（pán）乐：即"盘乐"，娱乐。⑤驱骋：追逐，指打猎。

（选自《孟子》，山西人民出版社，1998年版）

**【原典导读】**

孟子的"养气"，首先强调的是"义与道"，孟子还有一个观点叫"仁者无敌"，他的义与道，就是仁，就是正能量。所以在本章所选的《尽心下》中他说："充实之谓美，充实而有光辉之谓大，大而化之之谓圣，圣而不可知之之谓神。"这里，可以看做孟子将浩然之气设定为四个层次，第一层次的特点是"充实"，其等级是"美"。第二层次的特点是"有光辉"，等级是"大"，宏大，伟大。这是说内在的正能量要表现出来，用你的光辉照亮别人。第三层次的特点是"大而化之"，等级是"圣"，是说你的内在的正能量，你的浩然之气，要普照众人，教化大众，这里强调的是"化"的范围。第四层次的特点是"圣而不可知"，等级是最高等级的"神"，孟子强调的是一种"润物细无声"的教化，这里强调的是"化"的方式。

其二，他强调"气"是长期休养的结果，不是偶然间的心血来潮，所以这"气"要"养"。

其三，气，不是心外之物，而是基于人的本性，或曰天性，在他看来人性本善，这种善，是秉受于天地间的正气，是一种天性，本章所选的《尽心下》就在申述这一点。

其四，"勿忘，勿助长也"，一方面保持内心的纯真，另一方面不可揠苗助长。

本章所选的其他几节内容，如"舍生取义"，如"富贵不能淫，贫贱不能移，威武不能屈"，如说大人则藐之，可以视作孟子身上的"浩然之气"的具体表现。从他批评"公孙衍、张仪"，认为他们的"一怒而诸侯惧，安居而天下熄"，算不得大丈夫，算不得浩然之气，可以由此琢磨孟子"浩然之气"的内涵。

# 中医典籍论 "气"

## 黄帝内经·素问·举痛论（节选）

帝①曰：善。余知百病生于气②也。怒则气上，喜则气缓，悲则气消，恐则气下，寒则气收，炅③则气泄，惊则气乱，劳则气耗，思则气结，九气不同，何病之生④？

岐伯曰：怒则气逆，甚则呕血及飧泄⑤，故气上矣。喜则气和志达，荣卫通利，故气缓矣⑥。悲则心系急，肺布叶举⑦，而上焦⑧不通，荣卫不散，热气在中，故气消矣。恐则精却⑨，却则上焦闭，闭则气还，还则下焦⑩胀，故气下行矣。寒则腠理⑪闭，气不行，故气收矣。炅则腠理开，荣卫通，汗大泄，故气泄。惊则心无所倚，神无所归，虑无所定，故气乱矣。劳则喘息汗出，外内皆越⑫，故气耗矣。思则心有所存，神有所归，正气留而不行，故气结矣。

【注释】①帝：黄帝。②百病生于气：明代大医张景岳批注："气之在人，和则为正气，不和则为邪气。凡表里虚实，逆顺缓急，无不因气而至，故百病皆生于气。"③炅（jiǒng）：热。④何病之生：生何病。⑤飧（sūn）泄：大便泄泻清稀。⑥荣卫通利，故气缓矣：水谷之气所化的"营气与卫气"通畅，气徐缓而和顺为正常。荣：通"营"。⑦肺布叶举：肺部肿胀。⑧上焦：膈以上的胸部，包括心、肺两脏以及头面部。⑨却：退。⑩下焦：脐以下的腹部，包括小肠、大肠、肾和膀胱等。⑪腠（còu）理：皮肤、肌肉的纹理。⑫越：散发。

（选自《黄帝内经》，中华书局，2014年版）

# 脾胃论·省言箴 ①

## 李 杲

李杲（1180—1251），即李东垣，字明之，晚年自号东垣老人，中国医学史上"金元四大家"之一，是中医"脾胃学说"的创始人。

气乃神之祖，精乃气之子。气者，精神之根蒂也。大矣哉！积气以成精，积精以全神，必清必静，御之以道，可以为天人矣。有道者能之，予何人哉，切宜省言而已。

【注释】①箴（zhēn）：劝诫，此处作名词"箴言"。

（选自《脾胃论》，中国医药科技出版社，2011年版）

# 正气歌 ①

文天祥

文天祥（1236—1283），宋末政治家、文学家。

　　余囚北庭②，坐一土室。室广八尺，深可四寻③。单扉低小，白间短窄，污下而幽暗④。当此夏日，诸气萃然⑤：雨潦⑥四集，浮动床几，时则为水气；涂泥半朝，蒸沤历澜⑦，时则为土气；乍晴暴热，风道四塞，时则为日气；檐阴薪爨，助长炎虐⑧，时则为火气；仓腐寄顿，陈陈逼人，时则为米气⑨；骈肩杂遝，腥臊汗垢，时则为人气⑩；或圊溷⑪、或毁尸、或腐鼠，恶气杂出，时则为秽气。叠是数气，当之者鲜不为厉⑫。而予以孱弱，俯仰其间⑬，于兹二年矣，幸而无恙，是殆有养致然尔。然亦安知所养何哉⑭？孟子曰："吾善养吾浩然之气。"彼气有七⑮，吾气有一，以一敌七，吾何患焉！况浩然者，乃天地之正气也，作正气歌一首。

　　天地有正气，杂然赋流形⑯。下则为河岳，上则为日星。
　　于人曰浩然，沛乎塞苍冥⑰。皇路当清夷，含和吐明庭⑱。
　　时穷节乃见，一一垂丹青⑲。在齐太史简，在晋董狐笔⑳。
　　在秦张良椎，在汉苏武节㉑。为严将军头，为嵇侍中血㉒。
　　为张睢阳齿，为颜常山舌㉓。或为辽东帽，清操厉冰雪㉔。
　　或为出师表，鬼神泣壮烈。或为渡江楫，慷慨吞胡羯㉕。
　　或为击贼笏，逆竖头破裂㉖。是气所磅礴，凛烈万古存。
　　当其贯日月，生死安足论㉗。地维赖以立，天柱赖以尊㉘。
　　三纲实系命，道义为之根㉙。嗟予遘阳九，隶也实不力㉚。
　　楚囚缨其冠，传车送穷北㉛。鼎镬甘如饴，求之不可得㉜。
　　阴房阗鬼火，春院闭天黑㉝。牛骥同一皂，鸡栖凤凰食㉞。
　　一朝蒙雾露，分作沟中瘠㉟。如此再寒暑，百沴自辟易㊱。
　　嗟哉沮洳场，为我安乐国㊲。岂有他谬巧，阴阳不能贼㊳。
　　顾此耿耿在，仰视浮云白㊴。悠悠我心悲，苍天曷有极㊵。

哲人日已远，典刑在夙昔④。风檐展书读，古道照颜色②。

【注释】①文天祥于1278年被俘，写完此诗两年，诗人英勇就义。②北庭：指元朝首都大都（今北京）。③寻：八尺为一寻。④单扉：单扇门。白间：窗户。污下：低下。⑤萃然：聚集状。⑥雨潦：下雨形成的积水。⑦朝：通"潮"。蒸沤历澜：热气蒸，积水沤，杂乱不堪。澜：杂乱。⑧薪爨（cuàn）：烧柴做饭。炎虐：炎热肆虐。⑨仓腐寄顿：仓库里储存的米谷腐烂了。陈陈：陈年粮食相加。⑩骈肩杂遝（tà）：肩挨肩，拥挤杂乱。⑪圊溷（qīng hún）：厕所。⑫叠是数气：数气相加。鲜：少。厉：病。⑬孱（chán）弱：虚弱。俯仰：生活。⑭然亦安知所养何哉：然而又怎么知道所保养的内容是什么呢？⑮彼气有七：指狱中之水气、土气、日气、火气、米气、人气、秽气。⑯杂然赋流形：赋予各种事物以不同形态。纷繁：多样。⑰沛乎：旺盛的样子。苍冥：天地之间。⑱皇路：国运。清夷：清平。含和吐明庭：在圣明的朝廷得到和谐的发扬。⑲见：表现。丹青：画册，古代帝王常让画工将功臣的肖像和事迹画出来。⑳在齐太史简，在晋董狐笔：春秋时齐国大臣崔杼杀了齐君，太史将其罪行记在史册。崔杼将太史杀死，太史的弟弟前仆后继，崔杼无法，只得由他们去记录。春秋时晋灵公准备杀死大夫赵盾，赵盾闻讯出逃。后来赵盾同族的侄儿赵穿杀了晋灵公，赵盾回国后没惩罚赵穿。太史董狐认为赵盾在此事上有责任，便在史册上写上"赵盾弑其君"。㉑张良椎：张良本先秦韩国人，韩国被秦始皇灭掉后，他找到一个大力士，持一百二十斤的大椎，在博浪沙（今河南新乡）伏击出巡的秦始皇，未击中。苏武节：苏武，西汉大臣，汉武帝时奉命出使匈奴，被扣留。匈奴威逼利诱，将其流放北海（今贝加尔湖）牧羊。苏武留居匈奴十九年，历经艰辛，持节不屈。㉒严将军：三国时严颜为刘璋的将军，镇守巴郡，被张飞捉住。张飞要他投降，他回答说："我州但有断头将军，无降将军！"张飞见其威武不屈，将其释放。嵇侍中：嵇康之子，晋惠帝时任侍中，其时皇室内乱，嵇绍以己躯护住惠帝而被杀死，血溅惠帝衣。后有人要洗去惠帝衣上血，惠帝说："此嵇侍中血，勿去！"㉓张睢阳：唐朝的张巡。安禄山叛乱，张巡固守睢阳（今河南省商丘市），上阵督战，大声呼喊，咬碎牙齿，城破被俘，拒不投降。颜常山：唐朝的颜杲卿，任常山太守。安禄山叛乱时，他起兵讨伐，后城破被俘，当面大骂安禄山，被断舌而死。㉔辽东帽：东汉末年的管宁有高节，避乱居辽东，一再拒绝朝廷征召，他常戴黑色帽子，安贫讲学，名闻于世。历冰雪：

严肃清凛如冰雪。㉕渡江楫：东晋祖逖率兵北伐，击楫渡江，发誓北定中原，终于收复黄河以南失地。胡羯（jié）：指北方少数民族。㉖击贼笏：唐德宗时，朱泚谋反，段秀实以笏猛击朱泚。笏：古代大臣朝见皇帝所持手板。逆竖：乱臣贼子。㉗贯日月：直冲日月。㉘地维：古人认为地是方的，四角有四根支柱撑着。天柱：天有八山为柱。㉙三纲：封建等级制，即君为臣纲，父为子纲，夫为妻纲。㉚遘（gòu）：遭逢。阳九：指厄运。隶：地位低的官吏，此为作者谦称。㉛楚囚缨其冠：春秋时楚国的钟仪被晋国俘虏，但他仍戴着楚国帽子，表示不忘祖国。穷北：极远的北方。㉜鼎镬（huò）：大锅，指古代用鼎镬煮人的酷刑。饴：糖。㉝阒（qù）：幽暗、寂静。闭（bì）：关闭。㉞骥：良马。皂：马槽。㉟蒙：受。分作沟中瘠：料到自己一定成为沟中的枯骨。分：料，估量。瘠：死尸，腐肉。㊱再：两，此指两年。沴（lì）：恶气，灾害。辟易：退让，退避。㊲沮洳场：低下阴湿的地方。㊳谬巧：智谋，诈术。贼：害。㊴耿耿：忠心。仰视浮云白：将一切变化视若浮云。㊵曷：何，哪。极：尽头。㊶典刑：榜样，模范。夙昔：从前，过去。㊷风檐展书读，古道照颜色：在临风的廊檐下展开史册阅读，古代传统的美德闪耀在面前。

（选自《中国历代诗歌选》，人民文学出版社，1991年版）

# 答李翊书 ①

韩　愈

韩愈（768—824），河南人，唐代文学家，唐代"古文运动"的倡导者。

　　六月二十六日，愈白。李生足下：生之书辞甚高，而其问何下而恭也。能如是，谁不欲告生以其道？道德之归也有日矣，况其外之文乎②？抑愈所谓望孔子之门墙而不入于其宫者③，焉足以知是且非邪？虽然，不可不为生言之。

　　生所谓"立言"者，是也；生所为者与所期者，甚似而几④矣。抑不知生之志：蕲⑤胜于人而取于人邪？将蕲至于古之立言者邪？蕲胜于人而取于人，则固胜于人而可取于人矣！将蕲至于古之立言者，则无望其速成，无诱于势利，养其根而俟其实，加其膏而希其光⑥。根之茂者其实遂，膏之沃者其光晔⑦。仁义之人，其言蔼如⑧也。

　　抑又有难者。愈之所为，不自知其至犹未也；虽然，学之二十余年矣。始者，非三代两汉⑨之书不敢观，非圣人之志不敢存。处若忘，行若遗，俨乎其若思，茫乎其若迷⑩。当其取于心而注于手也，惟陈言之务去，戛戛乎其难哉⑪！其观于人，不知其非笑之为非笑也。如是者亦有年，犹不改。然后识古书之正伪，与虽正而不至焉者，昭昭然白黑分矣，而务去之，乃徐有得也。

　　当其取于心而注于手也，汨汨然⑫来矣。其观于人也，笑之则以为喜，誉之则以为忧，以其犹有人之说者存也。如是者亦有年，然后浩乎其沛然矣⑬。吾又惧其杂也，迎而距⑭之，平心而察之，其皆醇也，然后肆焉⑮。虽然，不可以不养也，行之乎仁义之途，游之乎诗书之源，无迷其途，无绝其源，终吾身而已矣。

　　气，水也；言，浮物也。水大而物之浮者大小毕浮。气之与言犹是也，气盛则言之短长与声之高下者皆宜。虽如是，其敢自谓几于成乎？虽几于成，其用于人也奚取焉⑯？虽然，待用于人者，其肖于器邪？用与舍属诸人⑰。

君子则不然。处心有道，行己有方⑱，用则施诸人，舍则传诸其徒⑲，垂诸文而为后世法。如是者，其亦足乐乎？其无足乐也？

　　有志乎古者希矣，志乎古必遗乎今⑳。吾诚乐而悲之。亟称其人，所以劝之㉑，非敢褒其可褒而贬其可贬也。问于愈者多矣，念生之言不志乎利，聊相为言之。愈白。

【注释】①李翊（yì）：唐代贞元十八年（802）进士。此前李翊曾向韩愈请教为文之事，这是韩愈的回信，写于李翊中进士的前一年。②道德之归也有日矣，况其外之文乎：成为有德之人已指日可待，何况文章只是道德的外在表现。③抑：可是。望孔子之门墙而不入其宫：只望见孔子的门墙，还没入门。这是韩愈自谦。④几：接近。⑤蕲（qí）：通"祈"，希望。⑥俟：等待。膏：油脂。⑦晔：明亮。⑧蔼如：和蔼的样子。⑨三代两汉：夏商周三代和西汉东汉。⑩处若忘，行若遗，俨乎其若思，茫乎其若迷：指作文时忘却外物，若有所思，茫茫然着迷。⑪惟陈言之务去：一定去掉陈旧的观点和言辞。戛（jiá）戛：用力的样子。⑫汩（gǔ）汩然：流水潺湲之声，此指文思泉涌。⑬浩乎其沛然：浩浩荡荡，充溢纵横。⑭距：通"拒"。⑮醇：醇厚、纯正。肆：恣意，放纵。⑯其用于人也奚取焉：为人所用时别人能得到什么？⑰其肖于器邪？用与舍属诸人：跟器具一样，用与不用只能随人所愿。⑱行己有方：行事有原则。⑲徒：弟子。⑳志乎古必遗乎今：有志于学古人立言必然会被今人遗弃。㉑亟（qì）称：屡次称赞。劝：勉励。

　　　　　　　　（选自《中国历代文论选》第二册，上海古籍出版社，1979年版）

## 第十六章
# 刚柔并济

刚柔并济：刚中带柔，柔中带刚，刚强的与柔和的互相调剂补充，恰到好处。语出汉·王粲《为刘荆州与袁尚书》："金木水火以刚柔相济，然后克得其和，能为民用。"

⊙ 秦秋寒印

**文化源头的阳刚之气**

中华文化源头有两部名著，一是《尚书》，二是《诗经》。这两部典籍里充满的是勤勉稳健、勇猛深沉的进取气息。

例如《尚书》。《尚书·盘庚》，共有上中下三篇，三篇记载的是迁都前后盘庚对贵戚近臣、庶民百姓所发布的谈话和命令，实际上是盘庚的三篇演讲辞。比如上篇，是对贵戚近臣的谈话，谈话中他严厉训斥贵戚们贪图安逸不愿迁徙的行为，批评了大臣们庸于职守的工作态度，提出了著名的革新主张："人惟求旧；器非求旧，惟新。"意思是：人要寻求旧的，器物不要寻求旧的，要革新。鼓励臣子和自己团结一心，同甘共苦，谨遵职守，努力工作。最后他语气更强硬地说："凡尔众，其惟致告：自今至于后日，各恭尔事，齐乃位，度乃口。罚及尔身，弗可悔！"意思是："你们众人，要思考我告诫的话：从今以后，各司其职，坚守岗位，闭上你们的口，不许乱说。否则，惩罚到你们，后悔都不可能！"整个谈话充满一种刚健的霸气！《尚书》全书都充斥着这种刚健之气。

再说《诗经》。《诗经》"雅""颂"两部分，表现的刚健之气非常明显和充分。比如《诗经·大雅·公刘》《诗经·大雅·生民》中描写的周部落诞生之初的艰苦创业，尤其《大雅·公刘》一诗，是周部族的创业史诗。公刘的曾祖父后稷是尧舜时期掌管农业之官，周朝始祖。公刘继承乃祖遗业，致力农耕，伐木取材，他为周王朝的建立奠定了坚实的基础。《诗经·大雅·公刘》记叙了公刘由北豳（bīn）迁豳（在今陕西旬邑和彬县一带）以后开疆创业的全过程，如迁徙前的准备：划分疆界，率民耕种，广储粮食，然后又挽弓带箭，浩浩荡荡向豳地进发。如到达豳地之后的各种举措：原野勘察，规划设计，推举首领，开疆拓土，训练军队，组织生产，发展农业，扩建京城。最后描写其物阜民丰的繁荣盛景。一个勤劳智慧、深谋远虑、自强不息、刚毅有为、开拓进取之部族首领的英雄形象跃然纸上。

**老子的辩证贵柔**

可是历史前行，让我们的文化又有了另一番风景。这时一个人物登场了，这个人就是道家的创始人老子（约前571—前471）。人们提到老子，都会想到其刚柔相济的思想。但是，读《老子》一书，你会发现，老子论阴柔远比论刚强多得多。他似乎有很强的贵阴柔的思想倾向。

老子思考问题的方法有两点，一是辩证思维，总善于从事物的双方思考问题。在老子的思想中，"道"是根本，是宇宙的本源，一切生于道，所谓"道生一，一生二，二生三，三生万物"。"一"是宇宙，是"道"。"二"指"道"的本身包含着对立的两方面，具体表现为阴气、阳气。而阳代表着天，代表着男性，代表着刚强之物；阴，代表地，代表女性，代表阴柔之物。"三"是由阴柔阳刚对立的两方面相互矛盾冲突所产生的万事万物。老子的刚柔相济的思维就从这里开始。他发现"万物负阴而抱阳，冲气以为和"（《老子·四十二章》）。万物背阴而向阳，正是阴阳刚柔的冲突与交融，才形成了世界的均衡和谐的状态。这应该是他关于阴柔与阳刚的基本思想。这是他的辩证思维，是他善于从事物的对立的双方思考问题的结果。

老子思维的另一特点就是逆向思维，他总是从人们习惯思维的反面入手，从而发现问题。例如，他发现万物负阴抱阳，但也正是万物的背阴向阳的特性，使得人们似乎有一种阳性的崇拜，他发现了这里的问题，所谓"强梁者不得其死，吾将以为教父"。他发现，"人之生也柔弱，其死也坚强。草木之生也柔脆，其死也枯槁。故坚强者死之徒，柔弱者生之徒。是以兵强则灭，木强则折。强大处下，柔弱处上。"阴柔之物的生存能力远远超过刚强之物，所以："天下之至柔，驰骋天下之至坚。"尤其他从水得到启示，"天下莫柔弱于水，而攻坚强者莫之能胜，以其无以易之。弱之胜强，柔之胜刚，天下莫不知，莫能行。"从这样的分析可以看出，老子的思想是一种贵阴、贵柔的思想。这是他的逆向思维的产物。

老子贵柔，但他的骨子里是刚的，他敢于逆向思维，敢于挑战大众的思维定势，这要有非凡的勇气，就像他自己说的："勇于敢则杀，勇于不敢则活。"有时，敢于"不"，也许更需要勇气。

### 孔子的外刚内柔

中国文化史上耸立着两大巨人，老子是一位，另一位几乎是与老子同时代的孔子（前551—前479）。孔子大约比老子小二十岁。孔子的形象与老子似乎有了较大的反差。如果老子是一个"知其不可而不为"的退守者的形象，那么你读《论语》，你会感受到一个"知其不可而为之"的不屈服于命运的勇于进取的老者的形象："吾十有五而志于学，三十而立，四十而不惑，五十而知天命，六十而耳顺，七十而从心所欲，不逾矩。"孔子一辈子，对学问孜孜以求，"默而识之，学而不厌，诲人不倦"；他不放过一切学习机会，"见贤思齐焉，见不贤而内自省也"；以至"发愤忘食，乐以忘忧，不知老之将至"；甚至"朝闻道，夕死可矣"。而他的性格更是刚毅不拔，他说："三军可夺帅也，匹夫不可夺志也。""岁寒，然后知松柏之后凋也。""知者不惑，仁者不忧，勇者不惧。""志士仁人无求生以害仁，有杀身以成仁。"孔子的"知其不可而为之"，他的自强不息，他的刚毅勇敢，令人赞叹。

但是，读《论语》，还原孔子形象，可千万不要忘了孔子的基本思想是"仁"。就是这么一个充满刚毅之气的勇者，他的基本思想竟然是以阴柔为主的"仁"，"仁"是孔子整个理论大厦的基石。那么"仁"是什么？读《论语》，你会发现，仁是孝悌忠信；仁，是"忠恕"而已；仁是"己所不欲勿施于人"；是"己欲立而立人，己欲达而达人"；仁是"爱人"；仁是"恭、宽、信、敏、惠"。人而不仁，会发生什么问题？会犯上作乱，"好勇疾贫，乱也。人而不仁，疾之已甚，乱也。"用孟子的话说，就是"恻隐之心""羞恶之心""辞让之心"和"是非之心"。到这里，你发现"仁"的特点了吗？原来，这仁，就是退让，就是宽恕，就是处于下位，就是不犯上作乱，就是不好勇斗狠，一句话，就是"厚德载物"！原来，孔子骨子里是阴柔的"仁心"。

中国文化的两大巨人，原来一个是外柔而内刚，一个是外刚而内柔。

### 《周易》刚柔思想的定型

文化似乎是在不断的反拨中前行的，中国文化的刚柔相济的前行的历史，就是如此。老子对于周文化，似乎是一种反拨，孔子对老子似乎是一种反拨。而《周易》则是对两者的调和。《周易》明显是综合了儒道黄老等诸家学说，最终形成了自己的系统，可以认为是对老子、孔子思想的吸收与整理的结果。

对于阴柔与阳刚的两极品格，《周易》的思想明显更为中和一些，可以说《周易》是继承周代积极进取的阳刚精神，继承老子的辩证思维的方式和阴柔阳刚思想，并吸收孔子的外刚内柔的精神与思想，将阴柔阳刚并济的思想发挥到了极致。从六十四卦的卦序来说，它以"乾卦"为首卦，继之以"坤卦"。将"乾""坤"两卦置于六十四卦之首，这就很有讲究。乾卦代表阳刚，坤卦代表阴柔。一刚一柔，两者并列，所以《象传》明确提出，乾卦是"天行健，君子以自强不息"，坤卦是"地势坤，君子以厚德载物"。不过，从排列顺序看，毕竟乾卦为首，坤卦居次，这就不同于老子的贵阴贵柔了，似乎更像孔子。《周易》其主要思想是儒家思想，同时又吸收了道家思想。可见，《周易》在阴柔阳刚思想方面，似乎有些纠偏的意思，稍微有点偏向于阳刚，但对阴柔同样非常重视。所以在贲卦里就提出了"贲，亨，柔来而文刚，故亨"，"刚柔交错""文明以止"。这里一方面是以柔来辅佐刚，另一方面强调刚柔交错，形成天文和人文。在《系辞传》中，对阴柔阳刚问题，就做了更为明确的阐释："刚柔相摩，八卦相荡"，"刚柔相推而生变化"。至此，刚柔并济的中华文化品格基本形成。

## 中国文化的刚柔并济特征

刚柔并济的文化理念，对中国文化影响巨大，体现在诸多方面。所谓"一张一弛，文武之道"，就是这种思想的最好的注脚。

中国文化的儒道互补，就是一种刚柔相济的体现，详情请参阅本书《儒道互补》一章。

如对士大夫的精神修为的影响，中国的读书人，一方面有一种阳刚进取的精神向往，具体体现为"为天地立心，为生民立命，为往圣继绝学，为万世开太平"（宋代张载语）和"太上有立德，其次有立功，其次有立言"（《左传》）的"三不朽"的开拓精神；具有"先天下之忧而忧，后天下之乐而乐""天下兴亡，匹夫有责"的高度责任感、使命感，具有"生当作人杰，死亦为鬼雄"的壮怀激情，具有"穷且益坚，不坠青云之志"的坚忍精神和"富贵不能淫，贫贱不能移，威武不能屈"的大丈夫气概。如司马迁《史记》中所举的"文王拘而演《周易》；仲尼厄而作《春秋》；屈原放逐，乃赋《离骚》；左丘失明，厥有《国语》；孙子膑脚，《兵法》修列；不韦迁蜀，世传《吕览》；韩非囚秦，《说难》《孤愤》"。包括司马迁本人受腐刑之辱，仍发愤作《史记》，都是这种精神的体现。另一方面，更有"有容乃大""清静无为""仁者无敌""大智若愚"的精神品格。中国文人讲究"达则兼济天下，穷则独善其身"，其实往往是达时阳刚为主，穷时偏重阴柔。

如中国美学，就有"阳刚之美"和"阴柔之美"两大范畴。阳刚包括雄浑、壮丽、豪放、劲健等风格；阴柔包括修洁、淡雅、高远、飘逸等风格。或如掣电流虹，喷薄而出，雄伟劲直；或如烟云舒卷，蕴藉出之，温秀深婉。青铜器皿、汉画像砖、宫殿建筑、豪放词、木兰辞、颜柳字、京剧秦腔，属阳刚之美；彩陶、宫廷舞蹈、婉约词、孔雀东南飞、行书、园林、越剧昆曲，属阴柔之美。不过，也许中国文学，阴柔的成分会多一点？如屈原建立的香草美人传统，"善鸟、香草，以配忠贞""灵修、美人，以譬于君"，明显是偏于阴柔的。古代诗人作为须眉男子却总喜欢模拟女子口吻写些闺怨弃妇诗词。在男权社会，男子却认同身体柔弱、多愁善感为美甚至直接"由男化女"。尤其文人阶层，阴柔的因素也许会更多一些，而民间则更偏阳刚一些。就像中国的四大古典名著《三国演义》《水浒传》《西游记》《红楼梦》，前三者基于民间创作，明显是波澜壮阔、大气磅礴，体现一种阳性美，尤其是前两部。而《红楼梦》作为纯粹的文人创作，其阴柔的审美倾向表现得非常明显。

如中国功夫是中国武术和中国气功的一种统称，从武术说，是偏重阳刚一些的，但加进气功之后，明显增加了阴柔的成分。所以，中国功夫讲究刚柔并济，内外兼修，既有刚健雄美的外形，更有典雅深邃的内涵。其中少林一派，偏重阳刚，武当一派，偏重阴柔。太极拳更被称为"虚实拳"，更是一种外柔内刚的典型代表。

如中国兵法，无疑强调"两军相争勇者胜"，但是更重视谋略、心理战，讲究虚实等，即所谓"柔武"。《逸周书》中说，"善政不攻，善攻不侵，善侵不伐，善伐不阵，善阵不战，善战不斗，善斗不败"，"善战不斗，故曰柔武"；《战国策》中说，"凡伐国之道，攻心为上，攻城为下；心胜为上，兵胜为下"。

中国文化，明显是刚柔兼济的，但刚为主？柔为主？还真难以说清。

# 诗经·大雅·公刘①

《诗经》,中国最早的一部诗歌总集,收集了西周初年至春秋中叶(前11世纪至前6世纪)的诗歌,共311篇,简称"诗三百",反映了周初至周晚期约五百年间的社会面貌。作者绝大部分不可考,相传为尹吉甫采集、孔子编订。

　　笃②公刘,匪居匪康③。乃场乃疆④,乃积乃仓⑤;乃裹糇粮⑥,于橐于囊⑦。思辑用光⑧,弓矢斯张⑨;干戈戚扬⑩,爰方启行⑪。

　　笃公刘,于胥斯原⑫。既庶既繁⑬,既顺乃宣⑭,而无永叹。陟则在巘⑮,复降在原。何以舟之⑯?维玉及瑶,鞞琫容刀⑰。

　　笃公刘,逝彼百泉⑱。瞻彼溥原⑲,乃陟南冈。乃觏于京⑳,京师之野㉑。于时处处㉒,于时庐旅㉓,于时言言,于时语语。

　　笃公刘,于京斯依。跄跄济济㉔,俾筵俾几㉕。既登乃依,乃造其曹㉖。执豕于牢㉗,酌之用匏㉘。食之饮之,君之宗之㉙。

　　笃公刘,既溥既长㉚。既景乃冈㉛,相其阴阳㉜,观其流泉。其军三单㉝,度其隰原㉞。彻田为粮㉟,度其夕阳㊱。豳居允荒㊲。

　　笃公刘,于豳斯馆㊳。涉渭为乱㊴,取厉取锻㊵,止基乃理㊶。爰众爰有㊷,夹其皇涧㊸。溯其过涧㊹。止旅乃密㊺,芮鞫之即㊻。

　　**【注释】**①公刘:古代周部族的杰出首领,姬姓,名刘,"公"为尊称。《公刘》为《诗经·大雅》中的一篇,记叙的是公刘艰难创业的经过。②笃:诚实忠厚。③匪居匪康:不贪图居处的安宁。匪:不。④场(yì):田界。场、疆,这里都作动词,即划分边界。⑤积:露天堆粮之处,后亦称"庚"。仓:仓库。此处"积""仓"都作动词。⑥糇(hóu)粮:干粮。⑦于橐(tuó)于囊(náng):指装入口袋。囊、橐:有底曰囊,无底曰橐。⑧思辑:谓和睦团结。思:发语辞。辑:聚集。用光:以为荣光。⑨斯:发语辞。张:准备,犹今语"张罗"。⑩干:盾牌。戚:斧,扬:大斧,亦名钺。⑪爰方启行(háng):于是开始前行。爰:于是。⑫胥:视察。斯原:这里的原野。⑬庶、繁:人口众多。⑭顺：谓民心归顺。宣：舒畅。⑮陟：攀登。巘（yǎn）：小山。⑯舟：通"周"，环绕、佩带。⑰鞞（bǐ）：刀鞘。琫（běng）：刀鞘口上的玉饰。容刀：佩刀。⑱逝：往。百泉：泉水多的地方；一说是地名，在今宁夏固原东南。⑲溥（pǔ）：广大。⑳觏（gòu）：察看。京：高丘。㉑京师：京邑，帝王所住的都城。㉒于时：于是。时：通"是"。处处：居住。㉓庐旅：此二字古通用，即"旅旅"，寄居之意。㉔跄跄：形容走路有节奏。济济：从容端庄整齐貌。㉕俾：使。筵：竹席。几：放在席子上的小桌。㉖造：通"告"。曹：众宾。㉗牢：猪圈。㉘酌之：指斟酒。匏：葫芦，此指剖成的瓢，古称匏爵。㉙君之：指当君主。宗之：指当族主。㉚既溥既长：指开拓的土地又广又长。㉛既景乃冈：观测日影上高冈。景：通"影"。㉜相：视察。阴阳：指山之南北。南曰阳，北曰阴。㉝三单（shàn）：谓分军为三，以一军服役，他军轮换。单：通"禅"，意为轮流值班。㉞度：测量。隰（xí）原：低平之地。㉟彻田：开垦荒地。㊱夕阳：山的西面。㊲豳（bīn）居允荒：豳这个地方确实广大。允：的确。㊳馆：动词，建馆舍。㊴渭：渭水，在陕西省境。乱：横流而渡。㊵厉：通"砺"，磨刀石。锻：打铁，此指打铁用的石锤。㊶止基乃理：打牢地基。止：既。基：地基。理：治理。㊷爰众爰有：于是人口众多且富有。㊸皇涧：豳地水名。㊹过涧：水名。㊺止旅乃密：指前来定居的人口日渐稠密。㊻芮（ruì）：水名。鞫（jū）：水外侧。

（选自《诗经今注》，上海古籍出版社，1984年版）

【原典导读】

公刘是舜帝时主管农业的后稷的曾孙，是古代周部族的杰出首领。公刘虽然处戎狄地区，但继承先祖后稷的事业，致力农耕，到处察看土地性能，伐木取材，以供应用。使得当时的人民外出有资财，定居有积蓄。周朝事业的兴起就从公刘开始，他为周王朝的建立奠定了坚实的基础，所以诗人创作不少诗歌赞颂他的伟业和功德。《诗经·豳风·七月》和《诗经·大雅·公刘》就讲述了这一段历史。尤其《大雅·公刘》一诗，是周部族的创业史诗。诗歌记叙了公刘由北豳迁豳（在今陕西旬邑和彬县一带）以后开疆创业的历史进程，塑造了公刘这一古代英雄形象。全诗六章。首章写迁徙前的准备，写其划分疆界，率民耕种，广储粮食，然后又挽弓带箭，浩浩荡荡向豳地进发。第二章、第三章写他到达豳地之后的各种举措：原野勘察，规划设计，如哪里种植，哪里建房，哪里养殖，哪里采石，一切准备就绪。第四章写其设宴庆功，推举首领。第五章，写开疆拓土，训练军队，组织生产，发展农业。最后一章，写其扩建京城，写物阜民丰的繁盛情景。全诗歌颂公刘勤劳智慧、深谋远虑、自强不息、开拓进取的精神，塑造了公刘刚毅自强的部族首领的英雄形象。

# 《老子》论刚柔

　　道生一，一生二，二生三，三生万物。万物负阴而抱阳，冲气以为和。人之所恶，唯孤、寡、不谷，而王公以为称。故物或损之而益，或益之而损。人之所教，我亦教之。强梁者不得其死，吾将以为教父。(《第四十二章》)

　　**【注释】**见《天人合一》章。

　　将欲歙之，必固张之；将欲弱之，必固强之；将欲废之，必固兴之；将欲取之，必固与之。是谓微明。柔弱胜刚强。鱼不可脱于渊，国之利器不可以示人。(《第三十六章》)

　　**【注释】**见《辩证思维》章。

　　天下之至柔，驰骋天下之至坚。无有入无间，吾是以知无为之有益。不言之教，无为之益，天下希及之。(《第四十三章》)

　　人之生也柔弱，其死也坚强。草木之生也柔脆，其死也枯槁。故坚强者死之徒，柔弱者生之徒。是以兵强则灭，木强则折。强大处下，柔弱处上。(《第七十六章》)

　　**【注释】**见《辩证思维》章。

　　天下莫柔弱于水，而攻坚强者莫之能胜，以其无以易之。弱之胜强，柔之胜刚，天下莫不知，莫能行。是以圣人云：“受国之垢，是谓社稷主；受国不祥，是为天下王。”正言若反。(《第七十八章》)

　　**【注释】**见《辩证思维》章。

（选自《老子·列子·庄子》，岳麓书社，1991年版）

当我们掌握了老子的辩证思维,对于他的刚柔相济的思想就比较好理解。在老子的思想中,"道"是根本,是宇宙的本源,一切生于道,所谓"道生一,一生二,二生三,三生万物"。"一"指宇宙,指"道"。"二"指"道"的本身包含着对立的两方面,具体表现为阴气、阳气。而阳代表着天,代表着男性,代表着刚强之物;阴,代表地,代表女性,代表阴柔之物。"三"是由阴柔阳刚对立的两方面相互矛盾冲突所产生的万事万物。老子关于"刚柔相济"的思维就从这里开始。他发现"万物负阴而抱阳,冲气以为和"。万物背阴而向阳,正是阴阳刚柔的冲突与交融,才形成了世界的均衡和谐的状态。但也正是万物的背阴向阳的特性,使得人们似乎有一种阳性的崇拜。老子思考问题的方法有两点,一是辩证思维,总善于从事物的双方思考问题,比如阴阳与刚柔;二是逆向思维,他总是从人们的习惯思维的反面入手,从而发现问题。如他发现万物负阴抱阳,人们崇拜阳刚,他发现了这里的问题,所谓"强梁者不得其死,吾将以为教父"。他发现,"人之生也柔弱,其死也坚强。草木之生也柔脆,其死也枯槁。故坚强者死之徒,柔弱者生之徒。是以兵强则灭,木强则折。强大处下,柔弱处上。"阴柔之物的生存能力远远超过刚强之物,所以:"天下之至柔,驰骋天下之至坚。"尤其他从水得到启示,"天下莫柔弱于水,而攻坚强者莫之能胜,以其无以易之。弱之胜强,柔之胜刚,天下莫不知,莫能行。"

从这样的分析可以看出,老子的思想是一种贵阴、贵柔的思想。这是他的逆向思维的产物。但是也要注意,老子贵柔,但他的骨子里是刚的,他敢于逆向思维,敢于挑战大众的思维定式,这要有非凡的勇气。

# 《周易》论刚柔

## 系辞<sup>①</sup> 上

　　天尊地卑，乾坤定矣。卑高以陈，贵贱位矣。动静有常，刚柔断矣。方以类聚，物以群分，吉凶生矣。在天成象，在地成形，变化见矣。是故刚柔相摩，八卦相荡，鼓之以雷霆，润之以风雨；日月运行，一寒一暑。乾道成男，坤道成女<sup>②</sup>。乾知大始，坤作成物……

　　圣人设卦观象，系辞<sup>③</sup>焉而明吉凶，刚柔相推而生变化。是故吉凶者，失得之象也；悔吝<sup>④</sup>者，忧虞<sup>⑤</sup>之象也；变化者，进退之象也；刚柔者，昼夜之象也。六爻之动，三极之道<sup>⑥</sup>也。是故君子所居而安者，《易》之序也；所乐而玩者，爻之辞也。是故君子居则观其象而玩其辞，动则观其变而玩其占，是以自天佑之，吉无不利。

　　【注释】①系辞：《周易·大传》之一种，主要用来解释卦爻辞的意义及卦象爻位，其思想对中国哲学产生了巨大影响。②乾道成男，坤道成女：乾代表阳性，坤代表阴性。③系辞：此"系辞"不同于标题中的系辞，意思是于卦爻之后连缀文辞以说明吉凶。④悔吝：八卦卦爻辞中断定吉凶的用语。悔：小不幸。吝：困难。⑤忧虞：忧虑。⑥三极之道：天道、地道、人道。

　　【参考译文】

　　天尊贵处于上，地卑下处于下，乾坤由此确定了。卑下高上已经陈列，贵贱之位确立了。天地动静有其常规，阳刚阴柔即可断定。万事以其类相聚，万物以其群相分，吉凶便产生了。在天形成日月风云之象，在地生成山川草木之形，变化就显现了，所以刚柔相互摩擦，八卦互相推移。以雷霆鼓动，以风雨滋润，日月运行，寒暑交替。乾道成就男性（事物），坤道成就女性（事物）。乾主导的阳气作为盛大的开始，坤主导的阴气配合着化成万物。

圣人设置八卦及六十四卦，观察卦象和爻象，将文辞连接在后边来明示吉凶，（阳）刚（阴）柔相互推移而产生变化。所以卦爻辞的吉凶，为失得之象；悔吝，为忧虞之象。变化，为进退之象；（阳）刚（阴）柔，为昼夜之象。六爻的变动，含有天道、地道、人道的变化。所以闲居而观察的，是卦的象；喜乐而玩习者，是卦爻的文辞。因此君子闲居时则观察卦象，而玩味其文辞；行动时则观察卦爻的变化，而玩味其占问。所以自有上天保佑，吉祥而无不利。

# 系辞下

八卦成列，象在其中矣；因而重之，爻在其中矣①；刚柔相推，变在其中矣；系辞焉而命②之，动在其中矣。吉凶悔吝者，生乎动者也；刚柔者，立本者也；变通者，趣时者也。吉凶者，贞胜者也；天地之道，贞观者也；日月之道，贞明者也；天下之动，贞夫一者也③……

【注释】①因而重之，爻在其中矣：八卦重叠构成六十四卦，爻辞就在六十四卦中。②命：告诉。③贞：正。贞胜：以正为胜。贞观：以正示人。贞明：以正得光明。贞夫一：正于一。

（选自《周易译注》，中华书局，2012年版）

【原典导读】

读《老子》，我们发现了他的贵柔、贵阴的思想倾向。到《周易》，就有了不同。《周易》的思想明显更为中和一些，可以说《周易》继承《老子》的辩证思维的方式和阴柔阳刚思想，并将阴柔阳刚并济的思想发挥到了极致。从六十四卦的卦序来说，它以乾卦为首卦，继之以坤卦。将乾坤两卦置于六十四卦之首，这就很有讲究。乾卦代表阳刚，坤卦代表阴柔。一刚一柔，两者并列，所以《象传》明确提出，乾卦"天行健，君子以自强不息"，坤卦是"地势坤，君子以厚德载物"。不过，从排列顺序看，毕竟乾卦为首，坤卦居次，这就不同于老子的贵阴贵柔了，《周易》其主要思想是儒家思想，同时又吸收了道家思想。可见，《周易》在阴柔阳刚思想方面，似乎有些纠偏的意思，稍微有点偏向于阳刚，但对阴柔同样非常重视。所以在贲卦里就提出了"贲，亨，柔来而文刚，故亨"，"刚柔交错，文明以止"。这里一方面是以柔来辅佐刚，另一方面强调刚柔交错，形成天文和人文。在《系辞传》中，对阴柔阳刚问题，就做了更为明确的阐释："刚柔相摩，八卦相荡"，"刚柔相推而生变化"。

# 《海愚诗钞》序<sup>①</sup>（节选）

姚　鼐

姚鼐（1732—1815），清代安徽桐城人，清代著名散文家，与方苞、刘大櫆并称为"桐城派三祖"。著有《惜抱轩全集》等，曾编选《古文辞类纂》。

　　吾尝以谓文章之原，本乎天地。天地之道，阴阳刚柔而已。苟有得乎阴阳刚柔之精，皆可以为文章之美。阴阳刚柔并行而不容偏废，有其一端而绝亡其一<sup>②</sup>，刚者至于偾强而拂戾<sup>③</sup>，柔者至于颓废而闇幽<sup>④</sup>，则必无与于文<sup>⑤</sup>者矣。然古君子称为文章之至，虽兼具二者之用，亦不能无所偏优于其间。其故何哉？天地之道，协合以为体，而时发奇出以为用者，理固然也。其在天地之用也，尚阳而下阴<sup>⑥</sup>，伸刚而绌柔<sup>⑦</sup>，故人得之亦然。文之雄伟而劲直者，必贵于温深<sup>⑧</sup>而徐婉。温深徐婉之才，不易得也。然其尤难得者，必在乎天下之雄才也。夫古今为诗人者多矣，为诗而善者亦多矣，而卓然足称为雄才者，千余年中数人焉耳。甚矣，其得之难也。

【注释】①《海愚诗钞》：朱子颖的诗集。朱子颖，字海愚。②"有其一端"句：指阴阳刚柔只有一个方面，而另一方面却完全没有。亡：无。③偾（fèn）强而拂戾（lì）：紧张激烈而违逆乖张。偾：紧张，兴奋。拂戾：违逆不顺。④闇幽：蔽塞昏暗。⑤无与于文：与好文章无关，意为不是好文章。⑥尚：推崇。下：贬低。⑦伸刚而绌柔：扬刚而抑柔。⑧温深：温和深厚。

（选自《中国历代文论选》第三册，上海古籍出版社，1980年版）

第十七章
# 返璞归真

返璞归真：指回归到一种朴素本真的原初状态。语出《战国策·齐策四·齐宣王见颜斶》："斶知足矣，归真返璞，则终身不辱也。"

秋涧鸣泉 丙申夏 惠经

⊙ 陈连强绘

### 隐士文化的本质

苏东坡写过这么一篇文章，叫做《方山子传》。写的是他的一个老朋友叫陈季常的。这个人年轻时行侠仗义，后来发奋攻书，想驰名当代。到了晚年却隐居在光州、黄州一带，不与世俗往来。住茅草屋，吃素食，家徒四壁，但全家人都怡然自得。他毁坏书生衣帽，戴上古代那种方方的高高的帽子，这种帽子古代叫做"方山冠"，人们不知道他的名字，见他戴着方山冠，便称他为方山子。

陈季常追求的就是一种返璞归真的生活。这种生活就是古代的隐士的生活。中国自古多隐士，隐士多文人。隐士是中国古代一种特有的文化现象，隐士文化使中国文化具有了一种特殊的审美意韵。

当然，中国古代的隐士有很多种：

先说两种假隐士，一种是机缘不遇，暂时隐忍，待价而沽者，如姜子牙、诸葛亮、明代的刘基等。归隐非目的，只为待时而动，最终要走出山林，进入世俗。另一种是求官不得，不如以归隐当做终南捷径，如唐朝的大诗人孟浩然，甚至李白也曾经隐居四川岷山和山东徂徕，以积累名气。

而真隐士，大致有四种情况：

或因政治黑暗，不愿与统治者合作而愤然归隐。如《论语》中提到的长沮、桀溺、楚狂接舆，就是这类人。

或因避乱远害，全身远祸。庄子可能就是这类隐士。据《庄子》记载，庄子钓于濮水，楚威王想请他来辅佐朝政，派两个使者带上许多珍珠玉帛来请他，庄子以龟为喻，问来的大臣：你看那供在庙堂上的神龟，虽然包着锦缎，供于神庙，他是宁愿死去留下骨头让人们珍藏呢，还是情愿活着在烂泥里摇尾巴呢？两个大臣说："当然情愿活着在烂泥里摇尾巴。"庄子说："请回吧！我要在烂泥里摇尾巴。"

或因经历坎坷，心灰意懒，不如回归田园，自由自在。如上引苏轼《方山子传》中的陈季常、春秋末期的范蠡、唐代大诗人白居易。

或因生性淡薄，不慕名利，爱好自然，追求自由。如历史上有名的隐士——"浔阳三隐"，即东晋陶渊明、周续之、刘遗民三位隐士。据南朝萧统《陶渊明传》记载："时周续之入庐山事释慧远，彭城刘遗民亦遁迹匡山，渊明又不应征命，谓之'浔阳三隐'。"因三人都住在庐山附近，亦称"庐山三隐"。

真正的隐士，不管什么原因，其基本的追求在于重新寻找新的人生价值，追求自身的修养境界，他们往往看轻名利，不求闻达，心如止水，身似枯木，又襟怀高旷，笑傲万物，娱情诗酒，崇尚自然，怡然自得。

这一点在陶渊明的身上体现得最为典型。例如他的《归园田居》。读此诗，不妨先将前八句和最后两句，合起来看，你会发现，其中有三个核心词语，一个是"误"，是诗人的后悔，是诗人觉得以前的一切都是错误。误在哪里呢？有这么一组词语：俗、尘网、羁鸟、池鱼、樊笼。这组词语指向一个点，即人性的扭曲。于是来了第二个核心词语"归"，归到哪里呢？这里有一组词语：丘山、旧林、故渊、自然。这些词，指向的不是一般的简单的自然，当特别注意"旧""故""自然"这三个词，它们指向的是"本来的"，是"原来的"，所以，这就有了第三个核心词语"性"，性本爱丘山。这个性，就是自然的本性，所以，陶渊明的"归"，不是一般的回归自然，而是"人性的复归"，是一种典型的返璞归真。这时，你再读中间描写田园的那十句诗："方宅十余亩，草屋八九间。榆柳荫后檐，桃李罗堂前。暧暧远人村，依依墟里烟。狗吠深巷中，鸡鸣桑树颠。户庭无尘杂，虚室有余闲。"很多人觉得这景象好美，其实，在陶渊明时代，这样的景太多了，太稀松平常了，算什么美景呢？即使在环境污染很严重的今天，在农村，这样的景也很一般吧？但是，陶渊明却觉得很美，他是那样的陶醉。他陶醉的不是景，陶醉的是他终于寻找到了自己的本真。他的另一首诗《饮酒》中提到"心远地自偏""此中有真意"，这"心远""真意"，就是返璞归真。如果说这两首诗还只能表明陶渊明个人的返璞归真的喜悦，那么，他的《桃花源记》则为隐士们、为文人们、为国人描写了一个理想的境界："土地平旷，屋舍俨然，有良田美池桑竹之属。阡陌交通，鸡犬相闻。其中往来种作，男女衣着，悉如外人。黄发垂髫，并怡然自乐。""问今是何世，乃不知有汉，无论魏晋。"这是一个什么境界？这不是一个灯红酒绿、富裕繁盛的境界，而是一个如老子当年向往的"小国寡民"的境界，老子向往的境界是："人复结绳而用之。甘其食，美其服，安其居，乐其俗，邻国相望，鸡犬之声相闻，民至老死不相往来。"老子、陶潜，他们向往的都是一种返璞归真的境界。

所以，隐士文化代表的文化追求，其本质，是在寻找人类的本心和本性，努力还原人类最本真、美好的东西，使之不至于被现实的、世俗的东西所异化。换言之，是在追求人性的复归。

### 道家返璞归真的根本目的

这种返璞归真的思想，无疑是源于道家，源于老庄。而老庄之提出返璞归真，也就是担心人类的本真会被世俗的外界诱惑所异化。老子认为，世间一切动乱的根源有三：一是因为外界事物给了人们太多的诱惑，所谓"五色令人目盲；五音令人耳聋；五味令人口爽；驰骋畋猎，令人心发狂；难得之货，令人行妨"。二是人们的贪欲之心，是欲望，使人们产生了贪婪之心、争斗之心，是欲望使人们不择手段为贼为盗。三是知识，是知识使人们有了争斗的能力与技巧。他说："大道废，有仁义；智慧出，有大伪。"就是说是"智慧"带来了欺诈、虚伪，"天下多忌讳，而民弥贫；人多利器，国家滋昏；人多伎巧，奇物滋起；法令滋彰，盗贼多有。"正是利器、技巧、法令等等，滋生了大量问题。在老子看来，外界诱惑、贪欲之心和知识与巧智，是导致人类本真被异化的根源。

为了不被异化，他提倡："不尚贤，使民不争；不贵难得之货，使民不为盗；不见可欲，使民心不乱。是以圣人之治，虚其心，实其腹，弱其志，强其骨。常使民无知无欲。使夫智者不敢为也。为无为，则无不治。""绝圣弃智，民利百倍；绝仁弃义，民复孝慈；绝巧弃利，盗贼无有。"要求人们"见素抱朴，少思寡欲，绝学无忧"。怎么才能做到呢？就是要"常德乃足，复归于朴"，个人要回归到婴儿的状态，社会要回到"小国寡民"，回到"复结绳而用之"的原始状态。

不过，理解老子的这一思想，尤其是理解他的绝圣弃智、小国寡民思想，是有难度的，而且也很容易产生误解。那么怎样理解老子这种极端的思想呢？可以从五个方面考虑：

第一，要从老子的核心思想入手。老子的思想核心是道，尽管"道"的含义很难解说，但至少这几个意思是不会错的：道是规律，是本质；道是本源；道是自然，是自然而然。而这三重意思，其内在都贯穿一个字，那就是"真"：规律、本质和本源，就是事物的本来面目，就是本真；而自然，无论是自然界之自然，还是自然而然，都是一个不加文饰的天然之真。所以"真"，是老子一直追求的，是道家一直追求的。

第二，老子的返璞归真的思想，是从发现问题开始的，他发现随着社会的发展，各个方面的问题随之而来，而最主要的问题就是人性的异化，老子应该是"异化论"的始祖。

第三，老子的思维方式是辩证的，他总善于从事物的对立的双方思考问题。他用辩证的思维告诉我们，知识、智慧、科技，乃至一切的发展，都是一把双刃剑，文明也是把双刃剑。这也正是当代文明要思考的。

第四，许多人认为老子有明显的"反智"倾向，这至少有部分误解。之所以说部分误解，就是《老子》一书确是有反对知识的倾向。对于"知"，老子主要有两种意见：一种是反对知识，要使民处于一种"无知"状态。这是有"反智"意味的。老子对于"知"的另一种意见是，即使"知"，也要尽量放低自己，表现为"无知"，所谓"知不知，上；不知知，病"（《第七十一章》），所谓"圣人自知不自见"（《第七十二章》）。

这里要说的是老子对于"智"的态度。《老子》全文，"智"字出现八次，有六次都用于贬义，一次褒贬难分，一次用于褒义。用于褒义的是："知人者智，自知者明。"（《第三十三章》）这说明，老子并不反对一切智慧。老子心中，"智"分两种：一是他极力批判的诈伪之"智"，巧诈，欺骗，耍心眼，等等，因为这些"智"的核心是"伪"，越"智"就离他所极力推崇的"真"越远，正是这些诈伪之"智"，导致了人性的异化。而另一种"智"，如他所说的知人之"智"，则是真智慧，是通达之"智"，是掌握规律之"智"，是回归本真之"智"。整个《老子》一书，就是智慧之书，他的辩证思维，是一种最高的智慧，书中的每一句话都充满哲理，所以，老子怎么会反智呢？他要反的是"机巧"，是小聪明，是欺诈，是权术，是阴谋。他要倡导的是通达事物本质、掌握事物规律、领悟道的真谛的大智慧。而《老子》一书，就是这样的大智慧的集中体现。

第五，还要注意，老庄的语言特点是"语不惊人死不休"，他们不像温和的儒家，总在那儿谆谆教导，在那儿苦口婆心，在那儿循循善诱。他们不是，他们要给你当头棒喝，所以，他们总是在用极端的语言，警醒你，甚至恐吓你，让你及早回头。这也是老庄的良苦用心。

## 返璞归真对中国文化的重要影响

老子返璞归真的思想，不仅对中国的隐士文化产生了重要影响，尤其对中国的文学艺术与中医养生影响巨大。

沧海一声笑，滔滔两岸潮，

浮沉随浪只记今朝。

…………

这首歌大家应该很熟悉，它是电影《笑傲江湖》的主题曲《沧海一声笑》。

电影中的这首曲子由香港词曲家黄霑先生作曲填词，曾先后获得1990年金马奖最佳电影主题曲奖、1991年第十届香港电影金像奖最佳主题曲奖，成为中国电影史上的经典名曲。

这首曲子的创作，有一个有趣的故事。当年创作这首歌曲，遇到了一个难题：怎样用音乐的语言表现一对醉心音乐的老朋友脱离江湖、纵情山水的情绪与情感？怎样恰到好处地烘托电影的氛围，表现电影的主题？据说当年黄霑先生连续写了六稿，但电影监制徐克先生仍不满意。到底应该使用什么样的音乐语言才合适呢？无奈之下，黄霑放松心情，散散步，翻翻书，偶然之间，随意翻看到古书《乐志》中的一句话，"大乐必易"。易者，简易、平易。也就是说，最好的音乐，往往是返璞归真的。黄霑当时心想，最"易"乐音，莫过于中国五声音阶（宫、商、角、徵、羽），就是1、2、3、5、6，先生想反过来呢，是"羽、徵、角、商、宫"，即6、5、3、2、1。他到钢琴前一试，觉得这几个音，既简易，又婉转动听，声色悠扬，还具中国古曲风韵，易为中国听众接受，于是就顺着写出了整条旋律。不想谱出之后，拿到徐克那里，让徐克大声叫好，当即采用。这就是今天我们听到的《沧海一声笑》了。

这首曲子为什么会取得如此大的成功呢？一个重要的原因就在于黄霑先生在创作中的返璞归真。这归真，第一体现在"大乐必易"，他用极简的几个音符，表达了此情此景人物的心情，回归电影情节和人物的本真。第二，他用中国民族五声音阶中的"宫、商、角、徵、羽"，抓住了五声音阶的神髓，回归中国音乐的本真，对东方人有着原始的吸引力。第三，他用简朴的音乐，回归了该影片浪漫古朴的基本风格。第四，返璞归真是中国文化的一种审美追求，符合我们民族的审美趣味。

可以说，黄霑先生创作《沧海一声笑》，是音乐创作中"返璞归真"的成功典范。

中国传统美学，追求象外之象、韵外之致、味外之旨，追求不着一字，尽得风流，追求童心，追求性灵，实际上，追来追去，就在追一个东西，就是要追求一种超越表象、摆脱造作与虚伪、回归生命本身的真善美相合的人生境界。就像李贽的童心说，就是针对封建社会"无所不假""满场是假"的虚伪现实而提出来的。所以他说，"夫童心者，真心也。若以童心为不可，是以真心为不可也。夫童心者，绝假纯真，最初一念之本心也。若失却童心，便失却真心；失却真心，便失却真人。人而非真，全不复有初矣。童子者，人之初也；童心者，心之初也。夫心之初，曷可失也？"

返璞归真思想在中医养生方面体现得最为充分，最为彻底。《黄帝内经》的开篇就是《上古天真论》。上古时代，人们日出而作，日落而息，生活完全取法于自然之道，处于一种天人合一的状态，能够尽享百年寿命。《黄帝内经》号召人们遵循道家自然无为的人生态度，返璞归真，遵循自然的养生之道，做到"形与神俱"，少思寡虑，既保持上天赋予自身的真精真气，又吸收天地的精华（自然之气），以期得道长生。可以说返璞归真的思想，是中医养生的最核心理念。

而"天人合一"就是返璞归真的最高境界。

# 《老子》论返璞归真

　　不尚贤，使民不争；不贵难得之货，使民不为盗；不见可欲，使民心不乱。是以圣人之治，虚其心，实其腹，弱其志，强其骨。常使民无知无欲；使夫智者不敢为也。为无为，则无不治。（《第三章》）

　　五色令人目盲；五音令人耳聋；五味令人口爽；驰骋畋猎，令人心发狂；难得之货，令人行妨。是以圣人为腹不为目，故去彼取此。（《第十二章》）

　　**【注释】**见《大道至简》章。

　　大道废，有仁义①；智慧出，有大伪；六亲不和，有孝慈；国家昏乱，有忠臣。（《第十八章》）

　　**【注释】**①大道废，有仁义：大道废除了，于是才有仁义出现。

　　绝圣弃智，民利百倍；绝仁弃义，民复孝慈；绝巧弃利，盗贼无有。此三者以为文，不足①。故令有所属：见素抱朴，少思寡欲，绝学无忧。（《第十九章》）

　　**【注释】**①此三者以为文，不足：智慧、仁义、巧利三者都是用来文饰的，所以不足以治天下。文：文饰。

　　知其雄，守其雌，为天下溪。为天下溪，常德不离，复归于婴儿。知其白，守其黑，为天下式。为天下式，常德不忒。复归于无极。知其荣，守其辱，为天下谷。为天下谷，常德乃足，复归于朴。朴散为器，圣人用之，则为官长，故大制不割。（《第二十八章》）

　　**【注释】**见《天人合一》章。

以正①治国，以奇②用兵，以无事取天下。吾何以知天下之然哉？天下多忌讳③，而民弥贫；人多利器，国家滋昏④；人多伎巧，奇物滋起⑤；法令滋彰，盗贼多有。故圣人云："我无为，而民自化；我好静，而民自正；我无事，而民自富；我无欲，而民自朴。"（《第五十七章》）

【注释】①正：正常的方法，也就是老子倡导的清静无为的方法。②奇：奇巧诡秘。③忌讳：禁忌。④利器：先进工具、武器等。滋昏：更加混乱不堪。⑤伎（jì）巧：技巧才能。奇物：稀奇古怪的事。

小国寡民①。使有什伯之器②而不用；使民重死而不远徙③；虽有舟舆，无所乘之；虽有甲兵，无所陈之。使人复结绳而用之。甘其食，美其服，安其居，乐其俗，邻国相望，鸡犬之声相闻，民至老死不相往来。（《第八十章》）

【注释】①小国寡民：使国家变小、境内人民减少。小、寡，都是使动用法。②什伯之器：各种各样的器具。③重死而不远徙：看重死亡而不因亡命而远走他乡。

（选自《老子·列子·庄子》，岳麓书社，1991年版）

**【原典导读】**

老子认为世界一切动乱的根源有三：一是因为外界事物给了人们太多的诱惑。二是人们的贪欲之心，是欲望，使人们产生了贪婪之心、争斗之心。三是知识，是知识使人们有了争斗的能力与技巧，是"智慧"带来了欺诈、虚伪；正是利器、技巧、法令等等，滋生了大量问题。所以，结论是："绝圣弃智，民利百倍；绝仁弃义，民复孝慈；绝巧弃利，盗贼无有。"方法是："见素抱朴，少思寡欲，绝学无忧""常德乃足，复归于朴"，个人要回归到婴儿的状态，社会要回到"小国寡民""结绳而用之"的原始状态。

回到小国寡民、结绳而用之的原始状态，这是现代社会无法理解的极端思想。那么怎样理解老子这种极端的思想？可以从五个方面考虑：

第一，老子的思想核心是道。老子之道，一是道是规律，是本质；二是道是本源；三是道是自然，是自然而然。而这三重意思，其内在都贯穿一个字，那就是"真"。真，是老子一直追求的，是道家一直追求的。

第二，老子的返璞归真的思想，是从发现问题开始的。他发现随着社会的发展，各个方面的问题随之而来，各种财富、声色的诱惑，不仅让人掉了本心，迷失了本性，甚至使人铤而走险，欺诈偷盗无所不为。在他看来，问题的表层原因在外界的诱惑滋生，而问题的根子在人的本真的丧失。丧失本真，离自然之道越来越远，人性越来越异化，这是老子最担心的。

第三，老子的思维方式是辩证的，他总善于从事物的对立的双方思考问题。他用这种方式告诉我们，知识、智慧、科技，乃至一切的发展，都是一把双刃剑。文明也是把双刃剑。就像儒家的思想、道家的思想，无疑对中国文化的发展史是有巨大价值的；但是，他们本身也是把双刃剑，也带来了许多不利的东西。

第四，老子看似反"智"，但老子并不是真的反智，他要反的是"机巧"，是小聪明，是欺诈，是权术，是阴谋。他要倡导的是通达事物本质、掌握事物规律、领悟道的真谛的大智慧。而《老子》一书，就是这样的大智慧的集中体现。

第五，老庄的语言特点是"语不惊人死不休"，他们不像温和的儒家，总在那儿谆谆教导，在那儿苦口婆心，在那儿循循善诱。他们要给你当头棒喝。所以，他们总是在用极端的语言，警醒你，甚至恐吓你，让你及早回头。

# 庄子·胠箧（节选）

　　将为胠箧探囊发匮之盗而为守备①，则必摄缄縢②，固扃鐍③，此世俗之所谓知④也。然而巨盗至，则负匮揭箧担囊而趋，唯恐缄縢扃鐍之不固也。然则乡⑤之所谓知者，不乃为大盗积者也？

…………

　　圣人不死，大盗不止。虽重⑥圣人而治天下，则是重利盗跖⑦也。为之斗斛⑧以量之，则并与斗斛而窃之；为之权衡⑨以称之，则并与权衡而窃之；为之符玺⑩以信之，则并与符玺而窃之；为之仁义以矫之，则并与仁义而窃之。何以知其然邪？彼窃钩⑪者诛，窃国者为诸侯，诸侯之门而仁义存焉，则是非窃仁义圣知邪？故逐于大盗，揭诸侯，窃仁义并斗斛权衡符玺之利者，虽有轩冕之赏弗能劝，斧钺之威弗能禁。此重利盗跖而使不可禁者，是乃圣人之过也。

　　故曰："鱼不可脱于渊，国之利器不可以示人。"彼圣人者，天下之利器也，非所以明天下也。故绝圣弃知，大盗乃止；擿（掷）玉毁珠，小盗不起；焚符破玺，而民朴鄙；掊斗折衡⑫，而民不争；殚残天下之圣法，而民始可与论议；擢乱六律⑬，铄绝竽瑟⑭，塞师旷之耳⑮，而天下始人含其聪矣；灭文章，散五采，胶离朱之目⑯，而天下始人含其明矣。毁绝钩绳而弃规矩，攦工倕之指⑰，而天下始人有其巧矣。故曰：大巧若拙。削曾、史之行⑱，钳杨、墨之口⑲，攘弃仁义⑳，而天下之德始玄同矣。彼人含其明，则天下不铄㉑矣；人含其聪，则天下不累矣；人含其知，则天下不惑矣；人含其德，则天下不僻㉒矣。彼曾、史、杨、墨、师旷、工倕、离朱者，皆外立其德而爚乱㉓天下者也，法之所无用也。

【注释】①胠箧（qū qiè）、探囊、发匮：均指偷盗。胠箧：开箱偷盗。探囊：从袋子里取物。发匮：打开柜子偷盗。②摄：缠绕。缄、縢：均为绳索。③扃（jiōng）：门闩。鐍（jué）：锁钥。④知：通"智"。⑤乡：通"向"，以前。⑥重：借重。⑦重利盗跖：增加盗贼的利益。重：加重，增加。盗跖：传说中春秋时期率领盗匪数千人的大盗。⑧斗（dǒu）、斛（hú）：均为古代量器，十升为一斗，十斗为一斛。⑨权衡：称量物体轻重的器具。权：秤锤。衡：秤杆。⑩符玺（xǐ）：印信。⑪钩：带钩，指不值钱的小玩意。⑫掊斗折衡：毁坏量器和衡器。⑬擢：疑为"搅"之误。六律：古代音律，泛指音乐。中国音乐分五音十二律，十二律又分六阳律与六阴律。⑭铄绝竽瑟：销毁乐器。竽、瑟：都是古代乐器。⑮师旷：春秋时晋国乐官，因双目失明，又称瞽旷。⑯离朱：上古传说中视力最好的人，据说能"于百步之外，见秋毫之末"。⑰攦（lì）：折断。工倕：古代的能工巧匠的名字。⑱曾：曾参，孔子弟子，事母至孝。尝采薪山中，家有客至。母无措，望参不还，乃啮其指。参忽心痛，负薪以归，跪问其故。母曰："有急客至，吾啮指以悟汝尔。"史：史鱼，春秋时卫国大夫，是著名的正直的忠臣。⑲杨、墨：杨朱和墨翟。杨朱，魏国人，战国初期思想家、哲学家，是道家杨朱学派的创始人，善于辩论。墨翟，宋国人，春秋末期战国初期思想家、教育家、科学家、军事家，墨家学派的创始人。⑳攘弃：摒弃。㉑不铄：不炫耀。㉒僻：邪僻，乖谬不正。㉓爚（yuè）乱：搅乱。

（选自《史记》，中华书局，2013年版）

【原典导读】

　　庄子继承老子返璞归真、绝圣弃智的思想并进行了具体的阐发，明确提出"圣人不死，大盗不止"，似乎要毁弃一切文明：掷玉毁珠，焚符破玺，掊斗折衡，殚残天下之圣法，擢乱六律，铄绝竽瑟，灭文章，散五采，毁钩绳弃规矩，攦工倕之指，削曾、史之行，钳杨、墨之口，攘弃仁义。如果从这样的角度看，这是在反对文明、反对进步。但要注意的是，老庄发现了其实文明也是把双刃剑，它在带来人类的进步的同时，它也可能给人类带来严重的问题。那么会带来什么问题呢？在老庄看来，文明会毁灭人类的天真的本性，只有绝圣弃智，人类才能返璞归真，这样，人们才能"人含其明""人含其聪""人含其知""人含其德"，也许，文明的本质就是对人类的天真淳朴的本性的一种"文饰"。因此，在老庄这里，返璞不是目的，归真才是目的。在《渔父》篇，庄子就着重阐述了"真"的问题，而老庄的真，强调的是"天真自然"。

# 黄帝内经·素问·上古天真论（节选）

昔在黄帝①，生而神灵②，弱而能言，幼而徇齐，长而敦敏，成而登天③。

乃问于天师④曰：余闻上古之人，春秋⑤皆度百岁，而动作不衰；今时之人，年半百而动作皆衰者，时世异耶？人将失之耶？

岐伯对曰：上古之人，其知道者⑥，法于阴阳，和于术数⑦，食饮有节，起居有常，不妄作劳，故能形与神俱⑧，而尽终其天年，度百岁乃去。今时之人不然也，以酒为浆，以妄为常，醉以入房，以欲竭其精，以耗散其真⑨。不知持满，不时御神⑩，务快其心，逆于生乐⑪，起居无节，故半百而衰也。

…………

黄帝曰：余闻上古有真人⑫者，提挈天地⑬，把握阴阳，呼吸精气⑭，独立守神，肌肉若一⑮，故能寿敝天地⑯，无有终时，此其道生。

中古之时，有至人者，淳德全道，和于阴阳，调于四时⑰，去世离俗⑱，积精全神，游行天地之间，视听八达之外。此盖益其寿命而强者也。亦归于真人。

其次有圣人者，处天地之和，从八风之理⑲，适嗜欲于世俗之间⑳，无恚嗔㉑之心，行不欲离于世，举不欲观于俗㉒。外不劳形于事，内无思想之患，以恬愉㉓为务，以自得为功，形体不敝㉔，精神不散，亦可以百数。

其次有贤人者，法则㉕天地，象似日月，辨列星辰㉖，逆从阴阳㉗，分别四时，将从上古，合同于道㉘，亦可使益寿而有极时㉙。

【注释】①黄帝：古代传说中的帝王。②神灵：聪明而智慧。③徇齐：思维敏捷，理解力强。敦敏：敦厚而勤勉。登天：登天子位。④天师：黄帝对岐伯的尊称。⑤春秋：年龄。⑥知道：懂养生之道。⑦法于阴阳：效法天地阴阳变化的规律。术数：调精养气的养生方法。⑧形与神俱：形体与精神活动一致。⑨醉以入房，以欲竭其精，以耗散其真：醉酒行房，纵情声色，导致精气衰竭，真气耗散。⑩御神：控制精神过度思虑，以免耗散精气。⑪逆于生乐：违背生命的真正快乐。⑫真人：至真之人，指修养境界最高之人，下文的至人、圣人、贤人，修养境界依次降低。⑬提挈天地：把握自然变化的规律。⑭呼吸精气：吐故纳新，吸取天地的能量，导引行气。⑮肌肉若一：指身体精神合一。⑯寿敝天地：寿与天齐。⑰和于阴阳，调于四时：符合天地阴阳的变化，适应四时气候的变迁。⑱去世离俗：避开世俗。⑲从八风之理：顺从八风的变化规律。八风：指东、南、西、北、东南、西南、东北、西北八方之风。⑳适嗜欲于世俗之间：调整自己的嗜欲以适应世俗。㉑恚嗔（huì chēn）：生气，嗔怒。㉒举不欲观于俗：行为举止不仿效世俗。㉓恬愉：清净愉悦。㉔形体不敝：形体不衰老。敝：破旧，老。㉕法则：效法。"法"与"则"都是动词。㉖辨列星辰：分辨星辰的运行。㉗逆从阴阳：顺从阴阳的消长。逆从：偏义复词，偏"从"。㉘将从上古，合同于道：追随上古真人，合于养生之道。㉙极时：自然天寿。

（选自《黄帝内经》，中华书局，2016年版）

## 【原典导读】

返璞归真思想在中医养生方面体现得最充分，甚至可以说是体现得最彻底。《黄帝内经》的开篇就是《上古天真论》。因为在上古时代，人们日出而作，日落而息，生活完全取法于自然之道，处于一种天人合一的状态，能够尽享百年寿命。而后来的人们因为违背了自然的养生之道，难以尽享天年。所以，《黄帝内经》号召人们遵循道家自然无为的人生态度，返璞归真，遵循自然的养生之道，做到"形与神俱"，少思寡虑，既保持上天赋予自身的真精真气，又吸收天地的精华（自然之气），以期得道长生。

# 笔法记①（节选）

荆 浩

荆浩（约850—?），五代后梁画家，擅画山水，为北方山水画派之祖，著《笔法记》。

曰，画者，华也，但贵似得真，岂此挠矣。

叟曰，不然，画者，画也。度物象而取其真。物之华，取其华。物之实，取其实，不可执华为实。若不知术，苟似可也，图真不可及也。

曰，何以为似？何以为真？

叟曰，似者，得其形遗其气，真者，气质俱盛。凡气传于华②，遗于象，象之死也③。

（选自《笔法记》，人民美术出版社，1963年版）

【注释】①《笔法记》，五代后梁画家荆浩所著，为古代山水画理论的经典之作，提出气、韵、景、思、笔、墨的绘景"六要"。本书假托作者与石鼓岩间一老叟的对话。②气传于华：指作品浮于表面，空洞而不真。③遗于象，象之死：仅求其象，就是没有神气的死物。

传统的精髓

# 陶渊明之隐逸诗文

陶渊明，字元亮，又名潜，东晋末至南朝宋初期诗人，被称为"古今隐逸诗人之宗"，有《陶渊明集》。

## 归园田居

少无适俗韵，性本爱丘山。误落尘网中，一去三十年。

羁鸟恋旧林，池鱼思故渊。开荒南野际，守拙归园田。

方宅十余亩，草屋八九间。榆柳荫后檐，桃李罗堂前①。

暧暧②远人村，依依墟里烟。狗吠深巷中，鸡鸣桑树颠。

户庭无尘杂，虚室有余闲。久在樊笼里，复得返自然。

**【注释】**①榆柳荫后檐，桃李罗堂前：互文，意思是屋前屋后种满桃李榆柳。②暧暧：隐约模糊的样子。

## 饮酒

结庐在人境，而无车马喧。

问君何能尔？心远地自偏。

采菊东篱下，悠然见南山。

山气日夕佳，飞鸟相与还。

此中有真意，欲辨已忘言。

## 桃花源记

晋太元①中，武陵②人捕鱼为业。缘溪行，忘路之远近。忽逢桃花林，夹岸数百步，中无杂树，芳草鲜美，落英缤纷，渔人甚异之。复前行，欲穷其林。

　　林尽水源，便得一山，山有小口，仿佛若有光。便舍船，从口入。初极狭，才通人。复行数十步，豁然开朗。土地平旷，屋舍俨然③，有良田美池桑竹之属。阡陌交通，鸡犬相闻。其中往来种作，男女衣着，悉如外人。黄发垂髫④，并怡然自乐。

　　见渔人，乃大惊，问所从来。具答之。便要⑤还家，设酒杀鸡作食。村中闻有此人，咸来问讯。自云先世避秦时乱，率妻子邑人来此绝境⑥，不复出焉，遂与外人间隔。问今是何世，乃不知有汉，无论⑦魏晋。此人一一为具言所闻，皆叹惋。余人各复延⑧至其家，皆出酒食。停数日，辞去。此中人语云："不足为外人道也。"

　　既出，得其船，便扶向路⑨，处处志⑩之。及郡下，诣⑪太守，说如此。太守即遣人随其往，寻向所志⑫，遂迷，不复得路。

　　南阳刘子骥，高尚士也，闻之，欣然规往⑬。未果，寻病终，后遂无问津者。

　　**【注释】**①太元：东晋孝武帝（376—396）的年号。②武陵：郡名，今武陵山区或湖南常德一带。③俨然：整齐的样子。④黄发垂髫（tiáo）：老人和小孩。黄发：指老人。垂髫：垂下来的头发，用来指小孩子。⑤要：通"邀"。⑥绝境：与外界隔绝之地。⑦无论：更不用说。⑧延：邀请。⑨向路：刚才来的路。向：刚才，以前。⑩志：做标记。⑪诣：到。⑫寻向所志：寻找原来的标记。⑬规往：规划前往。

（选自《陶渊明集》，中华书局，1979年版）

# 第十八章
# 儒道互补

儒道互补：指中国文化是一个多元互补的系统，其中以儒道两家影响最大，从而形成了中国文化外儒内道、道中有儒、儒中有道的格局。

晚夜山中宿雨晴白雲绿樹最分明景虛
早起無他事坐看雨谿乳水生

時丙申初夏患强佰畫於雪谿山房

⊙ 陈连强绘

儒道何以能相容, 何以能互补? 我们不妨梳理一下儒道的逻辑理路。仁与道, 分别是儒道两家的逻辑起点。

### 孔起于仁

孔子的学问, 主要是做人的学问, 学术界称其为伦理哲学, 所以, 阅读孔子, 主要从做人的角度去思考, 大致是不会错的。既然是做人, 那么关键是什么呢? 这就涉及孔子思想的核心, 也就是为人的基本标准, 那就是仁。孔子思想的核心是仁, 所谓仁以为己任, 做到了仁, 什么都好办了。在他看来, 仁是为人的根本, 做人的一切都是由有没有 "仁" 而派生的, 即所谓 "本立而道生"。后来, 孔子的仁的思想在孟子那里得到了发扬光大, 孟子由此发展出了 "仁政" 学说。孟子的 "仁政" 则以民本思想为核心, 他强调 "以民为本", "民为贵, 社稷次之, 君为轻", 他要求统治者与民同乐, 由此形成了他的 "王道" 主张, 就是要求统治者以仁义治天下, 以德政安抚臣民。

仍然回到孔子。为了实现仁, 孔子提出了 "礼"。礼, 就是仁的外在表现, 他提出要 "克己复礼"。孔子的 "礼" 包括忠、孝、节、义、信等, 所谓 "君君, 臣臣, 父父, 子子", 所谓 "文, 行, 忠, 信", 这些都是用来约束人的行为的 "礼", 即所谓 "约之以礼", 而约之以礼的目的就在于实践其仁的主张。后来的儒家侧重发扬孔子的 "礼", 形成了 "三纲五常" 的礼教传统, 核心内容可能有变化, 可能更多的是维护封建统治。但在孔子这里, 克己复礼的核心还是仁。但是, 由于礼重在约束, 重在区分人的等级, 可能带来人与人之间的关系的疏离, 于是孔子便特别倡导 "乐", 音乐有重要的教化作用, 在儒家的基本思想里, 有句话叫做 "礼别异, 乐和同", 就是说, 礼是规范人的, 是区别人的等级的, 音乐则是拉近人的情感距离的, 是来感化人的, 所以孔子说 "立于礼, 成于乐", "文之以礼乐, 亦可以为成人矣"。所以, 在儒家经典中, 就有专门的《礼记》和《乐记》。礼与乐是儒家达到仁的不可或缺的两个途径。所以孔子的政治思想就叫做 "礼乐治国"。

礼乐治国, 当然有其重要的政治价值, 但是它也可能带来一些问题,它可能束缚了人的思想，限制了人的自然天性，所以道家就提出来"绝圣弃智"，提出要回归人的自然本性。

孔子为实现仁的主张提出"礼""乐"这两条途径，礼与乐的结合实际上就是一种中和，所以，"中庸"也就逻辑地成为孔子儒家思想的重要方面。《论语》中涉及"中庸"的地方相当多，甚至儒家后来在《礼记》一书中还专门有"中庸"一章，到朱熹，还将《中庸》与《大学》《论语》《孟子》，编在一起，合称"四书"，成为儒家最基本的经典；甚至在世俗的心目中，儒家之道就是中庸之道。不过，关于儒家的中庸之道，很容易产生误解，以为中庸就是调和，就是和稀泥，就是无原则的折中，其实儒家中庸的内核是"和而不同"，尤其在孔子那里，中庸是有原则的和谐，而这原则，就是"仁"，就是"礼"。

在仁、在礼、在中庸的基础之上，孔子是重视学习的，所以他说"十有五而志于学"，他将学习提到了很高的程度，但是，孔子的学习内容，侧重的是做人的知识，是伦理知识，他说："好仁不好学，其蔽也愚；好知（智）不好学，其蔽也荡；好信不好学，其蔽也贼；好直不好学，其蔽也绞；好勇不好学，其蔽也乱；好刚不好学，其蔽也狂。"在知识论上，孔子相对不大关心与做人关系不大的知识的探究，不大关心自然知识，所谓"子不语怪力乱神"，这一方面，产生了一种敬天的思想，一种尊重自然的思想；另一方面，它可能缺少了一种对真知的探究，尤其是对科学知识的探究，他建立的知识系统是伦理知识系统，是以人为中心的，教导人怎么做人的知识系统。所以，其哲学思想与道家比就有了一定距离，道家就要追问，这世界到底是怎么样的？人的知识到底是怎么一回事。这里还有一件奇怪的事，本来在儒家的早期著作《大学》中，就提出了"格物致知"的主张，格物致知，虽然后来的解释五花八门，但大多主张是"探究事物原理，从中获得智慧"的意思，但这个思想很长时间没有受到儒家的重视，这恐怕是受孔子本身对待自然知识的态度影响。直到后来的宋明理学，尤其是朱熹才重新审视"格物致知"，并从"探究物理"的角度进行阐释、探索，这应该是朝着"实事求是"的追求真知的方向走的。可是好景不长，明代的王阳明一个太极手法，又将格物致知的"格物"解释为"格去心中之物"，而并非探究心外之物理，格物的目的也不是探求真知，而是为了达到"致良知"，就是回到自己的道德本性。绕了一千多年，不想又回到修身去了，最终没有能够跳出孔子伦理哲学的藩篱。

在社会理想上，孔子是想建立一个大同社会，所谓"大道之行也天下为公"，他希望统治者能选贤任能，重视礼乐，老百姓能安居乐业，全社会能和谐相处，道不拾遗、夜不闭户。后来这一理想在孟子那里有更具体的描述，就是："五亩之宅，树之以桑，五十者可以衣帛矣；鸡豚狗彘之畜，无失其时，七十者可以食肉矣；百亩之田，勿夺其时，数口之家可以无饥矣；谨庠序之教，申之以孝悌之义，颁白者不负戴于道路矣。七十者衣帛食肉，黎民不饥不寒。"

### 老始于道

老子一开始，就是对世界本源的追问，追问的结果是，这本源就是"道"。"道"就成了老子学说的逻辑起点，所以他创立的学说就叫"道家"。那么"道"是什么？如果你一定要明明白白去解释道是什么，那你就很难读懂老子了，因为，老子研究来研究去，结果他发现道是不可知的，是很神秘的，是无处不在的，唯一可说的是，道是自然的，是朴素的，人对之是无能为力的。从这里出发，老子觉得人唯一能做的是顺从道，是回归道，而道在自然，所以，最终就是顺其自然，回归自然，即所谓道法自然。道的特点是自然的，是虚静的，所以，老子思想自然而然就提倡虚静，提倡无为，提倡不争。当然，这个无为，应该不是绝对的无为，而是老子看到了人类的过分之为给自然、给社会、给自身带来的许多伤害，从而看到了"为"的负面作用，于是用几乎极端的语言提出"不为"，其实顺其自然，那也是一种"为"。所以，老子反对的应该是"逆道"之"为"，而顺天应人之"为"恐怕不在他的反对之列。既然道是不可知的，是神秘的，人应该无为、不争，于是反对知识、反对文明似乎就成了老子逻辑的必然。所谓五色令人目盲，绝圣弃智，大盗乃止。所以，在人生理想和社会理想上，老子就强调要返璞归真，要回到原始的时代，要回到小国寡民的时代。

那么老子真的是反对知识吗？是反对文明和进步吗？五千言的《道德经》本身不就是知识吗？道家学说不就是文化？实际上，老子的说法是有深意的。整个《老子》一书，不过是在用极端之言"警醒"人们，所以庄子在他的《庄子·天下篇》就明白说："庄周闻其风而悦之，以谬悠之说，荒唐之言，无端崖之辞，时恣纵而不傥。"就是说，庄子缥缈无稽，浩荡无际，没头没尾，偶尔兴趣来了就随意乱扯一通。看来是乱扯，其中包含至理。不可被老子、庄子的"荒唐之言"的表象骗了。老子反对五色、五音，等等，只是在提醒人们不可贪图享乐，他的"绝圣弃智"，是要人们不可盲从，要看到知识的两面性，要看到圣人之道的两面性，要看到儒家的仁义等学说的弊端，要警惕社会的过分发展，要克制人的贪欲，最终强调回归人的自然本性。所以在《老子》全书中，你会发现甚至比上述思想更重要的思想，比其"道"似乎还要重要的东西，那就是老子的辩证思维，他总是在警醒我们要看到事物的两面性，尤其要警惕所谓的好现象中的不良因素，看到自身行为的不同后果尤其是可怕后果，即所谓"信言不美"，即所谓"祸兮福之所倚，福兮祸之所伏"。也许老子正担心我们读不懂他的意思，担心我们误解他的"警醒"之言，所以他告诉我们"正言若反"。这就是老子的伟大之处。

## 儒道相生互补

应该说孔子和老子所处的时代是相对黑暗的时代，他们是处在所谓春秋末期，什么叫末期？就是一个时代快要崩溃了，快要灭亡，又似乎还没有看到新的曙光，全社会都有一种末世心理。面对这末世，孔子和老子都讲"道"，但是，孔子的道，是人伦之道，是以仁为内核的人道。老子的道，是天道，是自然之道，是不可捉摸的天地规律。正因为老子的道是不可捉摸的，那么人唯一能做的就是顺从，就是回归。孔子、老子面对的都是"知其不可为"的时代。在老子那里是"天下事知其不可而不为"，既然没有办法强求，那就"从了它"吧，顺其自然吧；既然没有办法，那我回家去吧，回到我们那个叫作自然的老家去吧。所以，理解老子思想，可以从三方面把握：第一个方面，从方法上说，是辩证法，他从儒家意想不到的地方开始思考问题，总是反过来想。第二个方面，从哲学本体论上说是"道"，是他对世界的根本认识。第三个方面，最终落实在行动上，就是"清静无为"和"顺从""回归"，而"清静无为"还只是表象，本质上是"顺从"和"回归"。顺从，是顺从天道，顺从本性；回归自然，回归自我，人要为自己而活，为本性而活，要活出真我。

但是孔子不同，虽然在这个黑暗的时代，他一辈子到处碰壁，累累若丧家之犬，但是孔子的精神是"天下事知其不可而为之"，他认为人生是可以把握的，人生有一种社会责任，志士仁人应为社会而活，应以仁为己任，甚至可以杀身成仁。所以由儒家这里发展出了"天行健，君子以自强不息"的奋斗精神，也正是这种精神鼓舞着古往今来的仁人志士。

至此，我们是否能发现儒与道各自的理路和各自的价值呢？儒家的基本特征是刚健进取、积极入世；而道家的基本特征则是遁世退隐、消极出世，两家的人生态度各有得失，在中国传统社会，两家并非完全隔绝，毫不相干，而是彼此交融，表里相辅。在实际的人生道路上，儒家居于中国文化的显层，道家则处于中国文化的深层，多数时候隐而不显，但却渗透到思想文化的方方面面。以儒家中庸之道处事，以道家道法自然取得内心超脱，是苏轼、李白等文人的通处。即所谓外儒内道。儒家说，读书人要达则兼济天下，穷则独善其身。其实，知识分子们在达的时候，可能更多的表现会是儒家精神，而穷的时候呢，也许会以道家精神来调剂自己的内心。其中最典型的应该是苏轼。苏子一生，起起落落，但是他"以儒为政，以道养生，以释宽怀"，活出了人生的精彩。

几千年来，儒家总是反复叮咛，教导我们应该怎么做；而道家则用极端的方法警醒我们，不能怎么做。二者相生互补，一则偏刚，一则偏柔；一则重社会，一则重个体自身；一则看到了好的一面，一则看到了坏的一面；一则告诉我们如何进攻，一则告诉我们如何退守：这本身就是中国文化的辩证精神。

# 孔子及其弟子言论选读

## 一

　　颜渊问仁，子曰："克己复礼为仁。一日克己复礼，天下归仁焉。为仁由己，而由人乎哉？"颜渊曰："请问其目？"子曰："非礼勿视，非礼勿听，非礼勿言，非礼勿动。"颜渊曰："回虽不敏，请事斯语矣。"（《颜渊》）

　　子曰："富与贵，是人之所欲也；不以其道得之，不处也。贫与贱，是人之所恶也；不以其道得之，不去也。君子去仁，恶乎成名？君子无终食之间违仁，造次必于是，颠沛必于是。"（《里仁》）

　　**【注释】**见《仁者爱人》章。

　　樊迟问知，子曰："务民之义，敬鬼神而远之，可谓知矣。"问仁，曰："仁者先难而后获，可谓仁矣。"（《雍也》）

## 二

　　子贡曰："贫而无谄，富而无骄，何如？"子曰："可也，未若贫而乐，富而好礼者也。"（《学而》）

　　子曰："道之以政，齐之以刑，民免而无耻，道之以德，齐之以礼，有耻且格。"（《为政》）

　　子曰："博学于文，约之以礼，亦可以弗畔矣夫。"（《颜渊》）

　　子以四教：文，行，忠，信。（《述而》）

子贡问政,子曰:"足食,足兵,民信之矣。"子贡曰:"必不得已而去,于斯三者何先?"曰:"去兵。"子贡曰:"必不得已而去,于斯二者何先?"曰:"去食。自古皆有死,民无信不立。"(《颜渊》)

子曰:"兴于《诗》,立于礼,成于乐。"(《泰伯》)

子路问成人,子曰:"若臧武仲之知、公绰之不欲、卞庄子之勇①、冉求之艺,文之以礼乐,亦可以为成人矣。"曰:"今之成人者何必然?见利思义,见危授命,久要不忘平生之言,亦可以为成人矣。"(《宪问》)

【注释】①臧武仲:鲁国大夫,很聪明。公绰:孟公绰,鲁国大夫,富有德性。卞庄子:鲁国勇士。

## 三

有子曰:"礼之用,和为贵。先王之道,斯为美。小大由之,有所不行。知和而和,不以礼节之,亦不可行也。"(《学而》)

## 四

子曰:"吾十有五而志于学,三十而立,四十而不惑,五十而知天命,六十而耳顺①,七十而从心所欲,不逾矩。"(《为政》)

【注释】①耳顺:指对各种言论听来都顺耳。

"好仁不好学,其蔽也愚;好知(智)不好学,其蔽也荡①;好信不好学,其蔽也贼②;好直不好学,其蔽也绞③;好勇不好学,其蔽也乱;好刚不好学,其蔽也狂④。"(《阳货》)

【注释】①荡:放荡而无基础。②贼:害,此指容易被人利用而害了自己。③绞:急切而说话尖刻。④狂:胆大妄为。

# 五

子路宿于石门。晨门曰:"奚自?"子路曰:"自孔氏。"曰:"是知其不可而为之者与?"(《宪问》)

子曰:"人能弘道,非道弘人。"

子曰:"志士仁人无求生以害仁,有杀身以成仁。"(《卫灵公》)

# 六

孔子曰:"君子有三畏:畏天命,畏大人,畏圣人之言。小人不知天命而不畏也,狎①大人,侮圣人之言。"(《季氏》)

【注释】①狎:不庄重,轻视。

子不语怪、力、乱、神。(《述而》)

季路问事鬼神,子曰:"未能事人,焉能事鬼?"曰:"敢问死。"曰:"未知生,焉知死?"(《先进》)

子曰:"莫我知也夫!"子贡曰:"何为其莫知子也?"子曰:"不怨天,不尤①人,下学而上达,知我者其天乎!"(《宪问》)

【注释】①尤:埋怨、责怪。

子曰:"予欲无言。"子贡曰:"子如不言,则小子何述焉?"子曰:"天何言哉?四时行焉,百物生焉,天何言哉?"(《阳货》)

# 七

颜渊、季路侍,子曰:"盍各言尔志?"子路曰:"愿车马、衣轻裘,与朋友共,敝之而无憾。"颜渊曰:"愿无伐善,无施劳。"子路曰:"愿闻子

之志。"子曰："老者安之，朋友信之，少者怀之。"（《公冶长》）

（一至七选自《论语译注》，中华书局，1980年版）

孔子曰：大道之行也，与三代之英①，丘未之逮②也，而有志③焉。大道之行也，天下为公。选贤与能，讲信修睦④。故人不独亲其亲，不独子其子。使老有所终，壮有所用，幼有所长。鳏寡孤独废疾者⑤，皆有所养。男有分，女有归⑥。货恶其弃于地也，不必藏于己。力恶其不出于身也，不必为己。是故谋闭而不兴⑦，盗窃乱贼而不作。故外户而不闭⑧。是谓大同。今大道既隐，天下为家。各亲其亲，各子其子，货力为己。大人世及以为礼⑨，城郭沟池以为固。礼义以为纪，以正君臣，以笃父子，以睦兄弟，以和夫妇，以设制度，以立田里，以贤勇知⑩，以功为己。故谋用是作，而兵由此起。禹、汤、文、武、成王、周公，由此其选也。此六君子者，未有不谨于礼者也；以著⑪其义，以考其信，著有过，刑仁讲让⑫，示民有常。如有不由此者，在执者去⑬，众以为殃。是谓小康。

【注释】①三代之英：夏商周三代的政治精英。②丘未之逮：我孔丘没赶上。③志：记载。④讲信修睦：讲求诚信，培养和睦（气氛）。⑤鳏：年老无妻或丧妻的男子。寡：年老无夫或丧夫的女子。孤：年幼丧父的孩子。独：年老无子女的人。废疾：残疾。⑥分（fèn）：职分，指职业。归：指女子出嫁。⑦谋闭而不兴：奸邪之谋不会发生。⑧外户而不闭：夜不闭户。⑨大人世及以为礼：大人们将权力财产视为私有，世代相传，并认定这合乎礼。⑩贤：动词，以为贤，尊重。知：通"智"。⑪著：彰显，表明。⑫刑仁讲让：效法仁义，讲求谦让。刑：以之为榜样。⑬在执者去：即使在位有权有势，也要撤职去位。执：通"势"。

（选自《礼记译解·礼运第九》，中华书局，2016年版）

【原典导读】

读《论语》，读孔子，又好读又难读。好读，在于《论语》是语录体，往往每一则一两句话，看着简单；而且所说实际上几乎是当时的白话，比起一般的文言文，要易懂得多，所以就单则《论语》或者由《礼记》《孔子家语》抽取出来的孔子语录，应该是比较容易读的。但是，正因为是语录，当将孔子的语录放在一起，要由此对孔子有一个整体的了解，并由此来把握孔子的思想体系，就会觉得杂乱无章。《论语》二十篇，每篇虽然有个大致的主题，但其内容实际上是混杂的，每篇的标题是后人取每篇的开头的词语而添加的，并不能提示本篇的主旨，于是我们在阅读《论语》全书或者旁及《礼记》或《孔子家语》的时候，必须对孔子的思想有一个整体的了解。本部分所选的文字，大致涉及孔子思想的主要内容：一是孔子关于仁的思想；二是孔子关于礼与乐的思想；三是孔子的中庸思想；四是孔子对于学习的认知；五是孔子的人生态度；六是孔子的知识观，他对自然知识以及哲学本体论的态度；七是孔子的社会理想。

# 《老子》选读

## 一

道，可道也，非常道也。名，可名也，非常名也。无，名天地之始；有，名万物之母。故常无欲以观其妙；常有欲以观其徼。此两者，同出而异名，同谓之玄。玄之又玄，众妙之门。（《第一章》）

**【注释】**见《天人合一》章。

有物混成，先天地生。寂兮寥兮，独立而不改，周行而不殆，可以为天地母。吾不知其名，强字之曰道，强为之名曰大。大曰逝，逝曰远，远曰反。故道大，天大，地大，王亦大。域中有四大，而人居其一焉。人法地，地法天，天法道，道法自然。（《第二十五章》）

**【注释】**见《天人合一》章。

## 二

为无为，事无事，味无味。……图难于其易，为大于其细；天下难事，必作于易，天下大事，必作于细。是以圣人终不为大，故能成其大。夫轻诺必寡信，多易必多难[1]。是以圣人犹难之[2]，故终无难矣。（《第六十三章》）

**【注释】**①多易必多难：把事物看得太容易则困难多。②犹难之：更加当作难事对待，谓谨慎小心。

以正治国，以奇用兵，以无事取天下。吾何以知天下之然哉？天下多忌讳，而民弥贫；人多利器，国家滋昏；人多伎巧，奇物滋起；法令滋彰，盗贼多有。故圣人云："我无为，而民自化；我好静，而民自正；我无事，而民自富；我无欲，而民自朴。"（《第五十七章》）

**【注释】**见《返璞归真》章。

# 三

　　不尚贤，使民不争；不贵难得之货，使民不为盗；不见可欲，使民心不乱。是以圣人之治，虚其心，实其腹，弱其志，强其骨。常使民无知无欲。使夫知者不敢为也。为无为，则无不治。（《第三章》）

　　五色令人目盲；五音令人耳聋；五味令人口爽；驰骋畋猎，令人心发狂；难得之货，令人行妨。是以圣人为腹不为目，故去彼取此。（《第十二章》）

　　**【注释】**见《大道至简》章。

　　绝圣弃智，民利百倍；绝仁弃义，民复孝慈；绝巧弃利，盗贼无有。此三者以为文，不足。故令有所属：见素抱朴，少思寡欲，绝学无忧。（《第十九章》）

　　**【注释】**见《返璞归真》章。

# 四

　　小国寡民。使有什伯之器而不用；使民重死而不远徙；虽有舟舆，无所乘之；虽有甲兵，无所陈之。使人复结绳而用之。至治之极。甘其食，美其服，安其居，乐其俗，邻国相望，鸡犬之声相闻，民至老死不相往来。（《第八十章》）

　　**【注释】**见《返璞归真》章。

# 五

　　信言不美，美言不信。善者不辩，辩者不善。知者不博，博者不知。圣人不积，既以为人己愈有，既以与人己愈多。天之道，利而不害；圣人之道，为而不争。（《第八十一章》）

　　**【注释】**见《辩证思维》章。

其政闷闷，其民淳淳；其政察察，其民缺缺。祸兮福所倚，福兮祸所伏。孰知其极？其无正邪。正复为奇，善复为妖。人之迷也，其日固久矣。是以圣人方而不割，廉而不刿，直而不肆，光而不耀。(《第五十八章》)

【注释】见《大道至简》章。

天下莫柔弱于水，而攻坚强者莫之能胜，以其无以易之也。故弱之胜强，柔之胜刚，天下莫不知，莫能行。是以圣人云："受国之垢，是谓社稷主；受国不祥，是谓天下王。"正言若反。(《第七十八章》)

【注释】见《辩证思维》章。

（选自《老子·列子·庄子》，岳麓书社，1991年版）

【原典导读】

相比孔子的言论，老子的言论就难懂得多。虽然也是语录式的，也非常简短，但是老子的话往往很玄妙，显得高深莫测。

读《老子》，重点要抓住的是他的"道"。"道"是什么？如果你一定要明明白白去解释道是什么，那你就很难读懂老子了，因为，在老子这里，道是自然的，是朴素的，是无处不在的，而道更是不可知的，是很神秘的，人对之是无能为力的，这恐怕是老子思想的基本点。由此出发，形成了他的虚静观、无为观，形成了他的知识观，形成了他的人生理想和社会理想，而这一些观念的形成，全都是基于其辩证的思维方式。

所以，本篇我们主要从《老子》中选了其五个方面的内容。第一部分是老子关于道的认识；第二部分是老子关于虚静与无为的论述；第三部分是老子对于知识与文明的看法；第四部分是老子的人生理想和社会理想；第五部分是老子的辩证法。

在阅读本篇的时候，要特别注意不要被老子极端语言的表象所迷惑，他实际是在用极端的语言警醒我们，他说无为，恐怕不是绝对的无为，而是反对违背道、违背自然之为。他的反对知识，反对文明，也不是真的反对一切知识，只是提醒人们注意一切知识、一切技术、一切智慧可能都是一把双刃剑。所以，读《老子》，一要抓住"道"，二要抓住其辩证思维，还要注意其极端化语言的警醒特征。

# 《孟子》选读

传统的精髓

## 养生丧死无憾

曰:"王如知此,则无望民之多于邻国也。不违农时,谷不可胜食也;数罟不入洿池,鱼鳖不可胜食也;斧斤以时入山林,材木不可胜用也。谷与鱼鳖不可胜食,材木不可胜用,是使民养生丧死无憾也。养生丧死无憾,王道之始也。"(《梁惠王上》)

**【注释】**见《仁者爱仁》章。

## 设庠序学校以教之

设为庠序学校以教之:庠者,养也;校者,教也;序者,射也。夏曰校,殷曰序,周曰庠,学则三代共之,皆所以明人伦也。人伦明于上,小人亲于下。有王者起,必来取法,是为王者师也。诗云"周虽旧邦,其命维新",文王之谓也。子力行之,亦以新子之国。(《滕文公上》)

(选自《孟子》,山西人民出版社,1998年版)

# 《庄子》选读

## 庄子钓于濮水

庄子钓于濮水。楚王使大夫二人往先焉①，曰："愿以境内累矣！②"庄子持竿不顾，曰："吾闻楚有神龟，死已三千岁矣。王巾笥③而藏之庙堂之上。此龟者，宁其死为留骨而贵乎？宁其生而曳尾于涂中乎④？"二大夫曰："宁生而曳尾涂中。"庄子曰："往矣！吾将曳尾于涂中。"

【注释】①往先焉：指提前去表达心意。②愿以境内累（lèi）矣：希望把国内政事托付于你，劳累你了。③巾笥：用锦帕包好放在竹匣里。巾：覆盖用的丝麻织品。笥：一种盛放物品的竹器。④曳：拖。涂：泥。

## 惠子相梁

惠子相梁①，庄子往见之。或②谓惠子曰："庄子来，欲代子相。"于是惠子恐，搜于国中三日三夜。庄子往见之，曰："南方有鸟，其名为鹓鶵③，子知之乎？夫鹓鶵发于南海而飞于北海，非梧桐不止，非练实④不食，非醴泉⑤不饮。于是鸱⑥得腐鼠，鹓鶵过之，仰而视之曰：'吓！'今子欲以子之梁国而吓⑦我邪？"（《秋水》）

【注释】①惠子：即惠施，哲学家，庄子好友。相梁：在梁国当宰相。②或：有人。③鹓鶵（yuān chú）：古代传说中像凤凰一类的鸟，习性高洁。鶵：古同"雏"。④练实：竹实，即竹子所结的子，色如洁白的绢。⑤醴（lǐ）泉：甘泉，甜美的泉水。醴：甘甜。⑥鸱（chī）：猫头鹰。⑦吓（hè）：象声词，这里用作动词，表示用"吓"声威胁。

（选自《庄子今译今注》，商务印书馆，2008年版）

## 第十九章
# 有容乃大

有容乃大：意思是有包容心，有气量，才能有大成就、大格局。语出《尚书·君陈》："尔无忿疾于顽。无求备于一夫。必有忍，其乃有济。有容，德乃大。"

⊙ 邢永峰绘

清末民族英雄林则徐有一副很有名的八字联："海纳百川，有容乃大；壁立千仞，无欲则刚。"海纳百川，有容乃大，的确是中华文化的重要特征。

### 四个故事，四种包容

#### 故事一　鲍叔牙与管仲

春秋时鲁国的管仲与鲍叔牙是一对好朋友。年轻时，管仲与鲍叔牙一起做生意，赚了钱管仲却总是要多拿一份，对此，鲍叔牙不仅不生气，反而说："管仲并非贪小便宜，而是因为家里穷，多拿一些有何不可？"后来管仲替鲍叔牙办事，事情没办好，使鲍叔牙处于不利境地，鲍叔牙没有因此而责怪管仲，反而替他解围，说是因为办事时机不成熟。管仲与召忽两人辅佐公子纠失败，召忽为公子纠而自杀尽忠，而管仲却被囚禁，人们指责管仲没有尽为臣之忠，而鲍叔牙却说他是因为不拘小节，反而向公子小白（齐桓公）推荐了他。当鲍叔牙推荐管仲为相后，自己却甘居其下。管仲十分感动，说："生我的是父母，而了解我的却是鲍叔牙！"从此以后，他们结成了生死之交。而公子小白也没有因为管仲曾经辅佐他的政敌公子纠而弃管仲不用，反而启用管仲为宰相，因此而成就霸业。

鲍叔牙和齐桓公对管仲的包容，成就了管仲，成就了齐桓公的霸业，也成就了鲍叔牙知人、包容的美好名声。

#### 故事二　诸葛亮与孟获

刘备去世以后，诸葛亮拟北伐中原。但是，蜀国南部并不安稳，地处云南的少数民族大酋长孟获发动叛乱，诸葛亮必须先平叛以解后顾之忧。怎么平叛？有人建议，派一员大将南下足以消灭孟获。但是诸葛亮考虑得更长远，他要对孟获恩威并施，以收服人心。诸葛亮命令部下，遇到孟获，千万不要伤害他，要抓活的。第一次战斗，蜀军很快就逮住了孟获。当士兵押孟获进营时，诸葛亮亲自给他松绑，并摆酒款待，然后将他放走了。几天后，孟获又带兵来挑战，结果又战败被俘。孟获仍然不服，诸葛亮又将其释放。随后一战再战，一连打了七次，被擒七次。最后一次，孟获又被押解到蜀军营帐。这次，《三国演义》是这样描写的：

却说孟获与祝融夫人并孟优、带来洞主、一切宗党在别帐饮酒。忽一人入帐谓孟获曰："丞相面羞，不欲与公相见。特令我来放公回去，再招人马来决胜负。公今可速去。"孟获垂泪言曰："七擒七纵，自古未尝有也。吾虽化外之人，颇知礼义，直如此无羞耻乎？"遂同兄弟妻子宗党人等，皆匍匐跪于帐下，肉袒谢罪曰："丞相天威，南人不复反矣！"孔明曰："公今服乎？"获泣谢曰："某子子孙孙皆感覆载生成之恩，安得不服！"孔明乃请孟获上帐，设宴庆贺，就令永为洞主。所夺之地，尽皆退还。孟获宗党及诸蛮兵，无不感戴，皆欣然跳跃而去。此是七纵。后人有诗赞孔明曰："羽扇纶巾拥碧幢，七擒妙策制蛮王。至今溪洞传威德，为选高原立庙堂。"

### 故事三　禅师与小偷

鲍叔牙的宽容是对朋友的宽容，是对知己的宽容，是对才子的宽容。诸葛亮的宽容是对对手的宽容，是用宽容收服人心。而下面这则故事，则更是直击人心。

一位一贫如洗的禅师在山中参禅，一天趁月光皎洁，漫步林中，忽然似一缕月光透进心中，顿然开悟，这时他走回住处，隐约看到自己茅屋里有黑影闪动，禅师心想，莫非是来了小偷？但自己禅房内没有任何值钱的东西，这样想着，禅师走到了茅屋门口，站在那儿，等了一会，这时，找不到任何财物的小偷正要离开，禅师知道小偷一定找不到任何值钱的东西，便将自己的僧衣脱下，拿在手上，小偷出门遇见禅师，正感惊愕、惶恐，不料禅师说，"你远道而来，不可让你空手而回，夜凉了，在山中小心着凉，你带着这件衣服回家吧！"说着，将僧衣披在小偷身上，小偷在尴尬中低头溜走了。禅师看着小偷的背影消逝在迷蒙月色之中，心头一阵感慨："可怜的人呀！但愿我能送一轮明月给你。"第二天，禅师醒来，却见昨晚披在小偷身上的僧衣被整齐地叠放在门口。禅师高兴地喃喃自语："我终于送了他一轮明月。"

禅师的宽容，是对弱者的同情，是对生命的点拨，是对灵魂的拯救。

### 故事四　李斯与秦国逐客令

在战国时候，秦国已经非常强大，大有一统天下之势，各国于是各出奇谋企图阻止这一趋势。而当时的韩国就用了一条毒计，叫做"疲秦之计"。韩国派水工郑国游说秦王嬴政修建一条三百余里的渠道，来浇灌良田。后来秦国发现这是韩国人的奸计，意在拖垮秦国，并以三百里长渠阻挡秦国的进攻，便迅速终止了这项计划。但正是韩国人的这一阴谋，让秦国人觉得一切外国人都靠不住，尤其是宗室大臣向亲王进言，说来秦的客卿都可能是奸细，于是秦王下令驱逐所有客卿。当时本来很受秦王器重的李斯因为是楚国人，也在被驱逐之列，这时李斯主动上书，写下千古流传的《谏逐客书》。在上书中，李斯提出："太山不让土壤，故能成其大；河海不择细流，故能就其深；王者不却众庶，故能明其德。是以地无四方，民无异国，四时充美，鬼神降福，此五帝三王之所以无敌也。"这观点被秦王采纳，秦王收回逐客令，并恢复李斯官位。事实上后来秦国的客卿在秦统一六国的过程中，起到了非常重要的作用。

这种包容，是海纳百川的包容，是延揽人才，是重要的政治策略。

### 从儒道互补看有容乃大

中国文化是一种包容的文化，是一种具有海纳百川的气度的文化。在文化的源头上，儒道两家，便是以包容为重要特色的。

道家的核心是道，儒家的核心是仁。而这"道"与"仁"，都指向了包容。

在老子的思想体系中，道的本质是虚无，所谓"道可道，非常道；名可名，非常名。无，名天地之始；有，名万物之母"。在老子这里，天下一切始于"无"，"道"亦起于"无"，"无"是"道"的重要属性。正因"道"是虚无的，才善纳万物。就像苏轼说的那样："静故了群动，空故纳万境。"（苏轼《送参寥师》）老子更从水得到启示："上善若水，水善利万物而不争。处众人之所恶，故几于道。"老子特别提出："江海之所以能为百谷王者，以其善下之，故能为百谷王。是以圣人欲上民，必以言下之；欲先民，必以身后之。"海纳百川，才能成为万水之王。"知常容，容乃公，公乃王，王乃天，天乃道，道乃久，殁身不殆。"容，成为道的非常重要的内涵。而要海纳百川，就必须不争，相互间你争我斗，互不相让，何来海纳？所以，不争，也就成了道家学说的固有之义了。而不争，实际就是顺其自然，而自然又恰是道的本质。

道家哲学是一种退守的哲学，所以"有容乃大"是其逻辑必然。儒家是进取之学，但主张"天行健，君子以自强不息"的儒家，却同样提倡包容。进取的儒家强调修身齐家治国平天下。"修齐治平"的起点是修身，而修身的关键是仁，所以儒家思想，尤其是孔子的思想，核心就是仁。而仁的关键就在"忠""恕"二字。孔子曾经教导子贡，子贡问孔子："有一言而可以终身行之者乎？"回答道："其恕乎！己所不欲，勿施于人。"这里甚至只提出"恕"字，那么至少可以说明，"恕"是孔子仁的非常重要的内容。恕是什么？恕就是"躬自厚而薄责于人"，就是"君子尊贤而容众，嘉善而矜不能"，就是"己所不欲，勿施于人"，就是"人不知而不愠"，就是"以能问于不能；以多问于寡"，就是"犯而不校"，就是"毋意、毋必、毋固、毋我"，就是"以直报怨，以德报德"，就是"不怨天，不尤人"。总之，就是严以律己，宽以待人；尊贤纳众，同情弱者；虚心求教，不耻下问；宽恕对手，以直报怨；和而不同，周而不比；不师心自用，不固执己见，不一意孤行。在孔子看来，做到这些，就是君子了。而以儒家思想为主体的《周易》更是从大地的品性就在包容万物、承载万物得到启发，提出了"地势坤，君子以厚德载物"的至理名言。

## 中国文化的海纳百川

如前所举事例，我们可以看到，在中国文化里，不仅对朋友包容，对弱者包容，更可以对政敌包容，真可以包举四海。这种思想影响了我们的政治生活，像政治家曹操就非常仰慕大海的"日月之行，若出其中；星汉灿烂，若出其里"（《观沧海》）。他仰慕高山，仰慕大海，仰慕善于海纳百川的周公："山不厌高，海不厌深，周公吐哺，天下归心。"（《短歌行》）像唐太宗，就是善于纳谏的明君。

这种有容乃大的思想，不仅影响了政治生活，日常行为，尤其形成了整个文化多元共存的特色。

我们在《儒道互补》一章中，谈到了儒家与道家的相容互补，不仅是儒道两家，即使在宗教领域，在中国宗教史上，不仅没有发生过宗教战争，而且还形成了一种相容互补的格局。中国本土的宗教是道教，可是中国人对于外来宗教却采取了主动吸纳的态度。在东汉的汉明帝时代（公元一世纪），曾主动派中郎将蔡愔等十八人到西域访求佛道，请得佛像经卷，以白马驮还洛阳，迎请西域天竺僧人迦叶摩腾、竺法兰等来华传布佛教，并下令在洛阳建白马寺安置来华僧人。到南北朝形成中国佛教的第一个高峰，南朝宋、齐、梁、陈各代帝王大都崇信佛教。杜牧有诗句"南朝四百八十寺，多少楼台烟雨中"，就反映了南朝佛教的盛况。而中国文化对外来宗教的包容与吸纳，不仅表现为本土宗教没有与其产生强烈冲突，反而表现为本土宗教与其相容互补。例如，在中国唐代，就是一个儒释道三家并存的时代，唐代统治者，自然是以儒家为基本的治国思想，但是对于老子，对于道家有一种特别的感情，同时又特别派遣僧人赴天竺求取真经，在唐代形成了一个佛学翻译的高峰，不仅如此，唐代还产生了真正的中国化的佛教——禅宗。而唐代文人，或以道兼儒，如李白；或以儒兼道兼法，如白居易；或亦儒亦佛，如王维。而普通民众，往往是进道观，行佛礼，似乎没有任何违和之感。

从古典名著《西游记》就可以看出这种佛道相容的文化韵味。在《西游记》里有两大世界：一是东方的天帝——玉帝的天庭；一是西方的佛祖——如来的佛界。这两个世界，互有来往，常见"观音见玉帝，王母谢如来"的情形。对于《西游记》的佛道关系，学者们主要有四种理解：崇道抑佛、崇佛抑道、不抑佛道、抨击佛道。这四种理解，恰好说明《西游记》的佛道之争并不明显。其实，《西游记》讲的是西天取经的故事，而参与西天取经的两个核心人物唐僧和孙悟空的身份最有意思，他们两个一个代表佛教，一个代表道教，唐僧是佛教代表者，今生是玄奘法师，前世是佛教弟子金蝉子。而孙悟空则可以说是道教代表人物，从其学道再到天庭为官都能证明他与道教的关系。最后孙悟空拜唐僧为师，自此道教出身的孙悟空皈依佛门。孙悟空身份的转换恰是佛教与道教交融的体现。

这种文化的包容，文化的多元互补，体现的是一种文化的自信，只有自信者，才敢于包容，才不怕不同文化的冲击，也许正是这种包容的魔力，让汉民族文化虽经统治权几度中断而不仅绵延不绝，反而使异族统治者自动融入。

1990年12月，日本著名社会学家中根千枝教授和乔健教授在东京召开"东亚社会研究国际研讨会"，为费孝通先生八十华诞贺寿。在就"人的研究在中国——个人的经历"主题进行演讲时，费老总结出了极具美感的十六字箴言：各美其美，美人之美，美美与共，天下大同。这十六字描绘的情景，正是中国文化"有容乃大，海纳百川"的伟大精神的体现。

# 《老子》论"容"

道冲①，而用之或不盈。渊②兮似万物之宗。挫其锐，解其纷，和其光，同其尘③，湛兮似或存④。吾不知谁之子，象帝之先⑤。(《第四章》)

**【注释】**①冲：虚，中。与下文的"盈"相对。②渊：深，深邃，深藏。③挫其锐，解其纷，和其光，同其尘：此四句与《老子》第五十六章文句相同。意思是，不断地消磨自己认识的锋锐部分，消除跟人认识的分歧，融合各种观点的光辉，最终形成共同的见解。④湛兮似或存：深奥啊，看似没有却真实存在。湛：深。⑤吾不知谁之子，象帝之先：不知"道"是谁的孩子，但他是天帝的祖先。亦即道在人类产生之前就出现了。

江海之所以能为百谷王者，以其善下①之，故能为百谷王。是以圣人欲上民，必以言下之②；欲先民，必以身后之③。是以圣人处上而民不重④，处前而民不害。是以天下乐推⑤而不厌。以其不争，故天下莫能与之争。(《第六十六章》)

**【注释】**①下：处于下位。②上民：居于民之上。以言下之：用言辞表示谦卑。③身后之：将自身放在后面。④重：此指负担重。⑤推：推举。

致虚极，守静笃①。万物并作，吾以观复②。夫物芸芸，各复归其根。归根曰静，是谓复命③。复命曰常④，知常曰明。不知常，妄作凶。知常容，容乃公，公乃王，王乃天，天乃道，道乃久，殁身不殆⑤。(《第十六章》)

**【注释】**①极、笃：意为极度、顶点。②作：生长、发展、活动。复：循环往复。③复命：复归本性，重新孕育新的生命。④常：指万物运动变化的永恒规律，即守常不变的规则。⑤殁身：一辈子。

三十辐共一毂，当其无，有车之用①。埏埴②以为器，当其无，有器之

用。凿户牖③以为室，当其无，有室之用。故有之以为利，无之以为用④。（《第十一章》）

【注释】①辐：辐条，车轮上连接内轴圈和外轮圈的直木条。毂（gǔ）：车轮中心插车轴的洞。无：此指车毂中心是空的。下文的两个"无"分别指陶器内部是空的、门窗是空的。②埏埴（shān zhí）：用水和泥制作陶器。③户牖（yǒu）：门窗。④有之以为利，无之以为用：靠"有"成为便利，靠"无"发生作用。

大国者下流，天下之交，天下之牝①。牝常以静胜牡，以静为下。故大国以下小国②，则取小国。小国以下大国，则取大国。故或下以取，或下而取③。大国不过欲兼畜人④，小国不过欲入事人。夫两者各得其所欲，大者宜为下。（《第六十一章》）

【注释】①下流：比喻如江海处于下游。牝（pìn）：本指雌性，此亦指溪谷。下文之"牡（mǔ）"，本指雄性，此亦指丘陵。②以下小国：以谦卑态度对待小国。③以取：指使人归服，取得。而取：指被人取，即被接纳。④兼畜人：聚合、收拢众人。

（选自《老子·列子·庄子》，岳麓书社，1991年版）

【原典导读】

老子贵虚，贵无，贵静，贵下。他特别推崇水德，《道德经》第八章指出："上善若水，水善利万物而不争。处众人之所恶，故几于道。居善地，心善渊，与善仁，言善信，政善治，事善能，动善时。夫唯不争，故无尤。"水善利万物而不争，处众人之所恶，故几于道。他认为不争，处于低位，就是接近于道。为什么呢？因为，在老子的思想体系中，道的本质是虚无，他在第一章指出："道可道，非常道；名可名，非常名。无，名天地之始；有，名万物之母。"也就是说，天下一切始于无，道亦起于无，无是道的重要属性。由道的无的特性，自然就生出"虚"和"静"，正因为虚无清静，才能善纳万物。就像苏轼在他的《送参寥师》一诗中所说："静故了群动，空故纳万境。"所以，老子特别提出"江海之所以能为百谷王者，以其善下之，故能为百谷王。是以圣人欲上民，必以言下之；欲先民，必以身后之。"所谓海纳百川，才能成为万水之王，所以在第六十章提出："知常容，容乃公，公乃王，王乃天，天乃道，道乃久，殁身不殆。"容，成了道的非常重要的内涵。而要海纳百川，就必须不争，相互间你争我斗，互不相让，何来海纳？所以，不争，也就成了道家学说的固有之义了。而不争，实际就是顺其自然，而自然又恰是道的本质。老子的思想，道、无、虚、静、不争、自然、包容，竟然有如此严密的内在逻辑！

# 《论语》论恕道与宽容

子曰:"参乎!吾道一以贯之。"曾子曰:"唯。"子出,门人问曰:"何谓也?"曾子曰:"夫子之道,忠恕而已矣。"(《里仁》)

子贡问曰:"有一言而可以终身行之者乎?"子曰:"其恕乎!己所不欲,勿施于人。"(《卫灵公》)

子曰:"学而时习之,不亦说乎?有朋自远方来,不亦乐乎?人不知而不愠,不亦君子乎?"(《学而》)

曾子曰:"以能问于不能;以多问于寡;有若无,实若虚,犯而不校——昔者吾友尝从事于斯矣。"(《泰伯》)

子曰:"君子周而不比,小人比而不周。"(《为政》)
【注释】见《和而不同》章。

子绝四:毋意、毋必、毋固、毋我①。(《子罕》)
【注释】①意、必、固、我:臆测(即瞎猜)、独断、固执、自以为是。

或曰:"以德报怨,何如?"子曰:"何以报德?以直报怨①,以德报德。"(《宪问》)
【注释】①以直报怨:以公平正直的态度对待伤害自己的人。

子曰:"莫我知也夫!"子贡曰:"何为其莫知子也?"子曰:"不怨天,不尤人①,下学而上达②。知我者其天乎!"(《宪问》)
【注释】①尤:埋怨。②下学:往下学人事。上达:往上知天命。

子曰："躬自厚而薄责①于人,则远怨矣。"(《卫灵公》)

【注释】①责:要求。

子夏之门人问交于子张,子张曰:"子夏云何?"对曰:"子夏曰:'可者与①之,其不可者拒之。'"子张曰:"异乎吾所闻。君子尊贤而容众,嘉善而矜②不能。我之大贤与,于人何所不容?我之不贤与③,人将拒我,如之何其拒人也?"(《子张》)

【注释】①与:结交。②矜:可怜,同情。③"我之大贤与"与"我之不贤与"这两句的"与"均为语气词,表选择。意思是:我如果是大贤的话……我如果不是大贤的话……

(选自《论语译注》,中华书局,1980年版)

【原典导读】

道家贵容,贵静,贵虚无,反对争斗,因为道家是一种退守的哲学。而儒家不同,儒家是进取之学,像孔子的知其不可也想有所作为,像孟子的当今之世舍我其谁,都有一种一往无前的气势。但是,主张进取,主张"天行健,君子以自强不息"的儒家,却同样提倡包容。如果说道家包容的逻辑起点是其道的虚无,那么儒家倡导包容的逻辑起点是什么呢?我们认为应该是起于儒家的"仁德",儒家强调修身齐家治国平天下,修身是起点,怎么修身?核心是仁,怎么做到仁,仁的关键在哪里?就在"忠恕"二字,孔子曾向他的弟子曾参说:"参乎,吾道一以贯之。"这一以贯之的道是什么呢?曾参曾说:"夫子之道,忠恕而已矣。"(《里仁》)曾参的概括应该是正确的,因为孔子曾经教导子贡,子贡问孔子:"有一言而可以终身行之者乎?"回答道:"其恕乎!己所不欲,勿施于人。"(《卫灵公》)这里甚至只提出"恕"字,那么至少可以说明,"恕"是孔子仁的非常重要的内容。恕是什么?恕就是"躬自厚而薄责于人"(《卫灵公》);恕就是"君子尊贤而容众,嘉善而矜不能"(《子张》);恕就是"己所不欲,勿施于人",就是"人不知而不愠"(《学而》);就是"以能问于不能;以多问于寡"(《泰伯》);就是"犯而不校"(《泰伯》);就是"毋意、毋必、毋固、毋我"

（《子罕》）；就是"以直报怨，以德报德"（《宪问》）；就是"不怨天，不尤人"（《宪问》）。总之，就是严于律己，宽于待人；尊贤纳众，同情弱者；虚心求教，不耻下问；宽恕对手，以直报怨；和而不同，周而不比；不师心自用，不固执己见，不一意孤行。在孔子看来，做到这些，就是君子了。由此看来，儒家的容的内容更为广泛，也更为具体。

# 谏逐客书①（节选）

李　斯

李斯（约前280—前208），战国末年楚国上蔡人，秦朝丞相，政治家、文学家、书法家。

　　臣闻地广者粟多，国大者人众，兵强则士勇。是以太山不让土壤②，故能成其大；河海不择③细流，故能就其深；王者不却④众庶，故能明其德。是以地无四方，民无异国，四时充美，鬼神降福，此五帝三王⑤之所以无敌也。今乃弃黔首⑥以资敌国，却宾客以业⑦诸侯，使天下之士退而不敢西向⑧，裹足不入秦，此所谓借寇兵而赍盗粮⑨者也。夫物不产于秦，可宝者多；士不产于秦，而愿忠者众。今逐客以资敌国，损民以益仇，内自虚而外树怨于诸侯，求国无危，不可得也。

　　【注释】①谏逐客书：韩国派人到秦国，建言修建三百余里的渠道，想以此来拖垮秦国，并以此阻挡秦国向韩国的进攻。后事情败露，引起秦国对所有客卿的猜忌。秦王政听信宗室大臣的进言，下令驱逐客卿。李斯也在被驱逐之列，尽管惶恐不安，但主动上书，写下千古流传的《谏逐客书》。②太山：泰山。让：拒绝。③择：舍弃，抛弃。④却：推却，拒绝。⑤五帝：指黄帝、颛顼、帝喾、尧、舜。三王：夏禹、商汤和周武王。⑥黔首：泛指百姓。平民不能服冠，只能以黑巾裹头，故称黔首。⑦业：从业，侍奉。⑧西向：秦国在六国的西边。⑨赍（jī）盗粮：把粮食供给寇盗。赍：送，送给。

　　（选自《中国历代散文选》，北京出版社，1987年版）

# 管仲列传（节选）

司马迁

　　管仲夷吾者，颍上人也。少时常与鲍叔牙游，鲍叔知其贤。管仲贫困，常欺鲍叔，鲍叔终善遇之，不以为言。已而鲍叔事齐公子小白①，管仲事公子纠②。及小白立为桓公，公子纠死，管仲囚焉。鲍叔遂进管仲。管仲既用，任政于齐，齐桓公以霸，九合诸侯，一匡天下③，管仲之谋也。

　　管仲曰："吾始困时，尝与鲍叔贾④，分财利多自与⑤，鲍叔不以我为贪，知我贫也。吾尝为鲍叔谋事而更穷困，鲍叔不以我为愚，知时有利不利也。吾尝三仕⑥三见逐于君，鲍叔不以我为不肖，知我不遭时也。吾尝三战三走⑦，鲍叔不以我为怯，知我有老母也。公子纠败，召忽死之⑧，吾幽囚⑨受辱，鲍叔不以我为无耻，知我不羞小节而耻功名不显于天下也。生我者父母，知⑩我者鲍子也。"鲍叔既进管仲，以身下之⑪。子孙世禄于齐，有封邑者十余世，常为名大夫。天下不多⑫管仲之贤，而多鲍叔能知人也。

【注释】①公子小白：即齐桓公，春秋时齐国第十五位国君，姜姓，吕氏，名小白。即君位之前为公子，故称公子小白。②公子纠：公子小白之兄，与小白争位，曾避祸于鲁国。小白获胜即位，迫使鲁国处死了公子纠。③一匡天下：一正天下，即一统天下。④贾：做买卖。⑤与：给。⑥仕：做官。⑦走：逃跑。⑧召忽：人名，曾与管仲一起辅助公子纠，后兵败自杀以殉公子纠。死之：为之而死。⑨幽囚：关在深牢中。⑩知：了解。⑪以身下之：甘居管仲之下。⑫多：夸赞。

（选自《史记》，中华书局，2013年版）

# 廉颇蔺相如列传（节选）

司马迁

既罢归国①，以相如功大，拜为上卿，位在廉颇之右②。廉颇曰："我为赵将，有攻城野战之大功，而蔺相如徒以口舌为劳③，而位居我上，且相如素贱人，吾羞，不忍为之下。"宣言④曰："我见相如，必辱之。"相如闻，不肯与会。相如每朝时，常称病，不欲与廉颇争列⑤。已而相如出，望见廉颇，相如引车避匿⑥。于是舍人相与谏曰："臣所以去亲戚而事君者，徒慕君之高义也。今君与廉颇同列，廉君宣恶言而君畏匿之，恐惧殊甚，且庸人尚羞之，况于将相乎！臣等不肖，请辞去。"蔺相如固止之，曰："公之视廉将军孰与秦王⑦？"曰："不若也。"相如曰："夫以秦王之威，而相如廷叱之，辱其群臣，相如虽驽⑧，独⑨畏廉将军哉？顾⑩吾念之，强秦之所以不敢加兵于赵者，徒以吾两人在也。今两虎共斗，其势不俱生。吾所以为此者，以先国家之急而后私仇也⑪。"廉颇闻之，肉袒负荆⑫，因⑬宾客至蔺相如门谢罪。曰："鄙贱之人，不知将军宽之至此⑭也。"卒相与欢，为刎颈之交⑮。

【注释】①既罢归国：指蔺相如陪同赵王前往秦国参加渑池之会，在秦廷战胜秦国后，回到赵国。②右：古代以右为尊。③徒以口舌为劳：只是凭借语言立下功劳。④宣言：扬言。⑤争列：争位置次序。⑥引车避匿：掉转车头回避。⑦公之视廉将军孰与秦王：你们看廉将军和秦王比谁更厉害？孰与：文言特殊句式，意思是"和谁比谁更怎么样"。⑧驽（nú）：不才，愚钝无能。⑨独：难道，表反问。⑩顾：表转折，但是、只是。⑪先国家之急而后私仇：将国家之急放在前面，将私仇放在后面。⑫肉袒负荆：袒露上身，背负荆条，表示请罪。⑬因：经由……引介。⑭宽之至此：宽容我到了这样的程度。⑮刎颈之交：生死之交。

（选自《史记》，中华书局，2014年版）

# 原毁<sup>①</sup>（节选）

韩 愈

　　古之君子，其责己也重以周，其待人也轻以约<sup>②</sup>。重以周，故不怠；轻以约，故人乐为善。

　　闻古之人有舜者，其为人也，仁义人也。求其所以为舜者，责于己曰："彼，人也；予，人也<sup>③</sup>。彼能是，而我乃不能是！"早夜以思，去其不如舜者，就其如舜者。闻古之人有周公者，其为人也，多才与艺人也。求其所以为周公者，责于己曰："彼，人也；予，人也。彼能是，而我乃不能是！"早夜以思，去其不如周公者，就其如周公者。舜，大圣人也，后世无及焉；周公，大圣人也，后世无及焉。是人<sup>④</sup>也，乃曰："不如舜，不如周公，吾之病也。"是不亦责于身者重以周乎！其于人也，曰："彼人也，能有是，是足为良人矣；能善是，是足为艺人矣<sup>⑤</sup>。"取其一，不责其二；即其新，不究其旧：恐恐然惟惧其人之不得为善之利。一善易修也，一艺易能也，其于人也，乃曰："能有是，是亦足矣。"曰："能善是，是亦足矣。"不亦待于人者轻以约乎？

　　今之君子则不然。其责人也详其待己也廉<sup>⑥</sup>。详，故人难于为善；廉，故自取也少<sup>⑦</sup>。己未有善，曰："我善是，是亦足矣。"己未有能，曰："我能是，是亦足矣。"外以欺于人，内以欺于心，未少有得而止矣，不亦待其身者已<sup>⑧</sup>廉乎……

【注释】①原毁：推究毁谤产生的原因。原：推究，探究。②责：要求。重以周：严格而周密。轻以约：宽容而简约。③彼：指舜。予：同"余"，我。全句的意思是：舜是人，我也是人。④是人：指上古之君子。⑤良人：善良的人。艺人：多才多艺的人。⑥详：周备，全面。廉：狭窄，范围小。⑦自取也少：指自己的收获只有一点点。少：稍微。⑧已：太。

（选自《唐宋八大家文钞校注集评·昌黎文钞》，三秦出版社，1998年版）

# 古代诗歌中的 "容"

## 观沧海①

曹 操

曹操（155—220），字孟德，东汉末年杰出的政治家、军事家、文学家，三国中曹魏政权的奠基人。

东临碣石②，以观沧海③。水何澹澹④，山岛竦峙⑤。

树木丛生，百草丰茂。秋风萧瑟，洪波涌起。

日月之行，若出其中；星汉⑥灿烂，若出其里。

幸甚至哉，歌以咏志。

**【注释】**①这首诗是曹操北征乌桓得胜回师途中，行军到海边，途经碣石山，登山观海，即兴所作。②临：登上。碣（jié）石：山名，在河北昌黎。③沧：通"苍"。海：这里指渤海。④澹（dàn）澹：水波动荡。⑤竦峙（sǒng zhì）：耸立。⑥星汉：银河，天河。

## 短歌行①

曹 操

对酒当歌，人生几何！譬如朝露，去日苦多。

慨当以慷②，忧思难忘。何以解忧？唯有杜康③。

青青子衿，悠悠我心④。但为君故，沉吟至今。

呦呦鹿鸣，食野之苹。我有嘉宾，鼓瑟吹笙。⑤

明明如月，何时可掇⑥？忧从中来，不可断绝。

越陌度阡，枉用相存⑦。契阔谈䜩，心念旧恩。

月明星稀，乌鹊南飞⑧。绕树三匝⑨，何枝可依？

山不厌高，海不厌深⑩。周公吐哺⑪，天下归心。

传统的精髓

【注释】①短歌行：汉乐府的旧题，这是曹操利用旧曲来写的新词。②慨当以慷：宴会上的歌声激昂慷慨。③杜康：相传是最早造酒的人，这里代指酒。④青青子衿（jīn），悠悠我心：出自《诗经·郑风·子衿》。青衿：是周代读书人的服装，这里指代有学识的人。子：对对方的尊称。原诗写姑娘思念情人，这里用来比喻渴望人才。⑤呦（yōu）呦鹿鸣，食野之苹。我有嘉宾，鼓瑟吹笙（shēng）：出自《诗经·小雅·鹿鸣》。呦呦：鹿叫的声音。苹：艾蒿。原诗是一首宴饮诗，以鹿鸣起兴，自始至终洋溢着欢快的气氛，体现了殿堂上嘉宾的琴瑟歌咏以及宾主之间的互敬互融之情状。曹操引用此诗意在向往与人才欢聚的情景。⑥何时可掇（duō）：什么时候可以摘取呢？掇：拾取，摘取。另解：掇（chuò），通"辍"，停止的意思。何时可掇，意思就是什么时候可以停止呢？⑦枉用相存：屈驾来访。枉："枉驾"，屈尊。用：以。存：问候，思念。⑧乌鹊：这里以乌鹊比喻贤才。⑨三匝（zā）：三周。匝：周，圈。⑩山不厌高，海不厌深：这里是借用《管子·形解》中的话，原文是："海不辞水，故能成其大；山不辞土，故能成其高；明主不厌人，故能成其众……"意思是表示希望尽可能多地接纳人才。⑪周公吐哺：周公礼贤下士，求才心切，进食时多次吐出食物停下来不吃，急于迎客。后遂以"周公吐哺"指在位者礼贤下士。

（选自《中国历代诗歌选》，人民文学出版社，1991年版）

## 观家书一封只缘墙事聊有所寄 ①

### 张　英

张英（1637—1708），安徽桐城人，清代著名大臣张廷玉之父，官至文华殿大学士兼礼部尚书。

千里修书只为墙，让他三尺又何妨。
万里长城今犹在，不见当年秦始皇。

【注释】①本诗缘起于清代安徽桐城县发生的一件当朝宰相与穷秀才打官司的奇闻。当朝宰相张英家与穷秀才叶家相邻。张家要盖房子，叶秀才提出要张家留出中间一条路以便出入。张家提出，自家的地契上写明"至叶姓墙"，即使要留条路，也应该两家都后退几尺才行。但张家的管家仗着自家是宰相之家，不管不顾，沿着叶家墙根砌起了新墙。叶秀才一气之下，一纸状文告到了县衙，打起了官司。张家管家一看事情闹大了，就连忙写了封信，把这事禀告了在北京的张英。不久，就接到了张英的这封回信。

（选自《笃素堂诗集》）

第二十章
# 君子之道

君子之道，古代知识分子的理想人格，做人的标准。

⊙ 秦秋寒印

**中国人的君子崇拜**

中国是一个君子崇拜的国度，在汉语里面，几乎将所有形容男性美好品格的词语都拿来形容君子，你看：

君子品德高尚：君子以自强不息，君子以厚德载物，君子怀德，君子喻于义，君子成人之美，君子独善其身，君子慎独，君子周而不比，君子和而不同，君子泰而不骄，君子坦荡荡，君子爱财有道，君子不忧不惧，君子仰不愧于天，俯不怍于人，君子终日乾乾。

君子富有学问：君子博学，君子见贤思齐，君子朝闻道夕死可矣。

君子仪表不俗：谦谦君子，君子文质彬彬。

君子责任重大：君子不器，君子之德风，君子修己安人，君子心忧天下，先天下之忧而忧、后天下之乐而乐是君子，安得广厦千万间、大庇天下寒士俱欢颜是君子。

人们将一切美好的事物比作君子：所谓君子比德，君子如玉，花中君子（兰花、莲花），兵中君子（剑），梅兰竹菊四君子。

高尚的交往，也是君子之交，连男子追求心目中的女子，也是君子好逑。

包括儒将、儒商，你不觉得也很有君子的意味吗？

**周时代的贵族精神**

中国的君子文化，在一般人的心目中，是始于儒家，其实其来有自。我们不妨去看看西周到春秋那几百年，到《诗经》中去看看吧：

《王风·君子阳阳》："君子阳阳，左执簧，右招我由房，其乐只且！"
《郑风·风雨》："风雨如晦，鸡鸣不已。既见君子，云胡不喜！"这是女子将情郎称为君子。《曹风·鸤鸠》："淑人君子，其仪一兮。其仪一兮，心如结兮。"这是将贤人称为君子。

这样的篇章实在太多。据笔者统计，《诗经》中，君子一词出现凡187次，305篇诗歌中，有62篇出现君子一词，其中15国风除《齐风》和《陈风》《豳风》没有出现"君子"之外，160篇风诗共有20篇出现君子，占12.5%，共56次；《小雅》"君子"出现频率最高，74篇诗歌，有32篇出现君子，占43%，共102次；《大雅》31篇诗歌有9篇出现君子，占将近30%。共出现28次。只有《颂》，40篇，只出现1次。尤其要注意的是，《诗经》时代是单音节词占主导的时代，而"君子"是双音节词。

《雅》是贵族宴享朝会之诗歌，而《雅》中君子出现频率如此之高，可见"君子"在周代贵族心中的地位，君子实际上应该是周代贵族的人格追求，或者是周朝贵族用"君子"一词来标示一种"贵族精神"，而这种贵族精神自然也影响到民间，所以虽然《国风》中君子一词的出现频率明显低于《小雅》和《大雅》，但是频率也达到了12.5%。可见，君子之风，在我们文化的源头，实际上表达的是一种贵族精神，《诗经》时代，是一个君子崇拜时代。

所以，你看《易经》，据传为周公（约公元前一千零几十年）所作的卦辞，六十四卦，就有四卦直接出现"君子"一词，第二卦坤卦的卦辞有"君子有攸往"。第十二否卦：不利君子贞。第十三卦同人卦：利君子贞。第十五卦谦卦：君子有终。三百八十四条爻辞，可能是宣王时期的史籀（公元前800年左右）所作，出现君子16次，其中首卦"乾卦"的爻辞九三爻就出现了"君子终日乾乾"，谦卦除卦辞直接出现君子之外，爻辞出现君子两次，"谦谦君子"一语便出在谦卦的初六爻辞，原文为"谦谦君子，用涉大川，吉利"，从占卜来说，是最吉利的卦象。如果再将《易经》的《彖传》《象传》（一般认为是孔子所作）的"君子"计算在内，全书不到两万字，君子一词出现104次。中国文明源头的《诗经》和八卦卦爻辞，君子一词出现频率如此之高，尤其在如周公、史籀这样的贵族层面都如此钟情君子，不仅说明君子精神是那个时代的人格标准，也似乎能够说明，君子精神实际上就是周时代的贵族精神。

"君子"一词，本就源于贵族。易中天说，君，原指古代国家最高统治者，俗称君主。君子，原本是国君之子的意思。根据古代宗法制度要求，国君之子从小就要进行理想和人格的规范教育，所以君子自然成为国人个人修养上的楷模。后来，君子一词便被引申为所有道德学问修养极高之人的统称。如果更细致点考察，也许还能发现，宗法制度下，正妻所生第一个孩子叫嫡长子，第二个孩子叫次子，妾生的孩子叫庶子。由长子形成的家庭体系叫大宗，大宗的长子方可叫君。诸侯之君叫国君，大夫之君叫家君。如果是天之子就叫天子，公之子就是公子，君之子就是君子。大宗里的男性就简称君子。其余由诸如次子和庶子组成的家庭体系为小宗，小宗里的这些男性简称小人。君子一词，究其源头而言实际指称的就是贵族的后代的男子，就像我们今天的"官二代"。只不过，古代贵族对子女的要求相当高，要求他们成为社会的表率。

### 孔子以发扬贵族精神为己任

孔子出身于没落贵族，他一生以维护和恢复周礼为己任，那么以君子之风为代名词的周时代的贵族精神，无疑是他特别钟情的，《论语》一书仅"君子"一词就出现108次。其实，《论语》关于君子的论述，远不止"君子"一词，"士""贤者""仁者""大人""成人""圣人"等，都与"君子"相关。《论语》全书，"士"出现18次，至少有14次与君子含义相同；"仁者"出现23次，"贤者"出现5次，基本上都接近君子含义；"圣人"出现4次，含义基于君子，但高于君子。如果将接近君子含义的"士"和"仁者""贤者""圣人"，全都算作君子概念，那么，《论语》全书出现君子概念至少有154次，全书仅20章，512小节，15900字，这个154次的概率，应该是很高的。退一步说，这154次的君子概念，至少是关于人格之美，所以《论语》一书，所论最多，无疑是君子。如果说《诗经》、八卦卦爻辞的君子精神可能还更多地停留在贵族层面，那么，作为没落贵族代表的孔子，作为文化传播者的孔子，无疑将君子这一贵族精神加以广泛地推广，推广到了整个士的阶层，推广到了知识分子阶层。

可以这样说，正是《易经》《诗经》，再到儒家，终于全面建立起了以"君子"为代名词的推行于整个士阶层的社会道德规范，再被之后儒家学派不断完善，推而广之成为中国人的道德典范。

### 君子之德，温其如玉

君子之所以能成为中国人的道德典范，就在于其特殊的本质。君子比勇士更儒雅，比绅士更正义，较之书生少了几分酸腐之气，比之英雄少了几分草莽之气，他达可兼济天下，穷可独善其身。

君子与西方的绅士比起来，具有更高的人格要素。也许西方的绅士，更注重仪态、外表，所谓风度翩翩，彬彬有礼，谈吐高雅，虽然也重视其内在的修养，但也许更注重的是外在气质。而中国的君子，虽然也注重外在的修养，如文质彬彬，如博学于文，但更注重的是其内在的精神品质，坦坦荡荡，和而不同，舍生取义，厚德载物，仰不愧于天，俯不怍于人；是其责任和使命，仁以为己任，修己安人，心忧天下；是其社会的影响和价值，君子不器，君子德风。所以君子要严格要求自己：终日乾乾，泰而不骄。尤其在对待金钱上，西方绅士对待金钱的态度可能更积极，而中国君子，更讲究的是"爱财有道"，甚至是"谋道不谋食，忧道不忧贫"，"不义而富且贵，于我如浮云"。中国的君子更具有人格的典范性。

在先秦时代，人们认为只有玉堪与君子相称，所以，有"君子比德于玉"的说法。这个说法源于《诗经》，《诗经·小戎》上说："言念君子，温其如玉。"后来经孔子将这一传统确立了下来。一次，孔子的学生子贡问孔子，为什么君子特别看重玉，开始子贡以为是因为物以稀为贵，但孔子告诉他，实际上是玉的品格与君子相似：玉温润而有光泽，像君子的仁；玉致密坚实，像君子的智；棱角方正而不伤人，像君子的义；沉重欲坠，像君子的礼；声音清越悠长，终了戛然而止，像君子的乐；瑕不掩瑜，瑜不掩瑕，像君子的忠；色彩四溢，像君子的信，等等。玉有"仁、知、义、礼、乐、忠、信、天、地、德、道"共十一种德性。管子也有相似的论述。如果你翻开《说文解字》，查到"玉"字条，你会发现一个奇怪现象，这本字书，在解释文字的时候，基本上只解释字的字形、读音和其基本含义，用语力求简洁，可是在解释"玉"字时，却不厌其烦地申说其象征意义："石之美。有五德：润泽以温，仁之方也；䚡理自外，可以知中，义之方也；其声舒扬，専以远闻，智之方也；不桡而折，勇之方也；锐廉而不技，絜之方也。"

中国古人像崇拜君子一样，也有一种崇玉心理。玉是古人的重要配饰，《周礼》一书有一篇很长的专文《玉藻》对此做专门阐述："天子玉藻，十有二旒，前后邃延，龙卷以祭"，就是说天子所戴的冕，其前端悬垂着十二条玉串，天子在祭天地和宗庙时，就要头戴这种冕，身穿衮龙之袍。"笏：天子以球玉"，笏是古代君臣上朝的必备工具，天子的笏板必须是玉做的。"（君子）凡带必有佩玉，唯丧否。佩玉有冲牙；君子无故，玉不去身，君子于玉比德焉。天子佩白玉而玄组绶，公侯佩山玄玉而朱组绶，大夫佩水苍玉而纯组绶，世子佩瑜玉而綦组绶，士佩瓀玟而缊组绶。孔子佩象环五寸，而綦组绶。"从天子到士，他们的革带上一定有佩玉，只有在办丧事时例外。佩玉上有个部件叫冲牙。君子如果没有特殊原因，玉不离身，因为君子是以玉来象征德行的。天子佩白玉，用玄色的丝带；诸侯佩山玄色的玉，用朱红色的丝带；大夫佩水苍色的玉，用原色的丝带；太子佩美玉，用苍青色的丝带；士佩瑞玟，用赤黄色的丝带。孔子闲居，佩的玉是直径五寸的象环，用青黑色的丝带。这更是把玉佩上升到礼法。自西周以来，玉器成为君权神授的形象代表，于世间万物之中荣登至尊地位。自秦以后，玉做成天子神器，叫做传国玉玺，玉玺成为赋有上天之命的国家政权法定信物。

从玉佩到玉玺，从中国古代的贵族生活到国家政治几乎都有一种恋玉情结。

玉是美的象征，难怪君子比德于玉。

# 《论语》论君子

一

子曰："志于道,据于德,依于仁,游于艺。"(《述而》)

子曰："士志于道,而耻恶衣恶食者,未足与议也。"(《里仁》)

子曰："君子怀德,小人怀土;君子怀刑①,小人怀惠。"(《里仁》)
【注释】①刑:法制。

子曰："君子喻①于义,小人喻于利。"(《里仁》)
【注释】①喻:懂得,明白。

子曰："君子坦荡荡,小人长戚戚①。"(《述而》)
【注释】①戚戚:忧愁。

子温而厉,威而不猛,恭而安。(《述而》)

子曰："君子和而不同,小人同而不和。"(《子路》)

子曰："君子泰而不骄,小人骄而不泰。"(《子路》)

子曰："君子义以为质,礼以行之,孙①以出之,信以成之。君子哉!"
(《卫灵公》)
【注释】①孙:同"逊"。

孔子曰："不知命，无以为君子也；不知礼，无以立也；不知言，无以知人也。"（《尧曰》）

子曰："质胜文则野，文胜质则史。文质彬彬，然后君子。"（《雍也》）

子夏曰："君子有三变：望之俨然，即之也温，听其言也厉。"（《子张》）

子曰："君子谋道不谋食。耕也馁①在其中矣，学也禄在其中矣。君子忧道不忧贫。"（《卫灵公》）
【注释】①馁：饥饿。

子曰："君子道者三，我无能焉：仁者不忧，知者不惑，勇者不惧。"子贡曰："夫子自道也。"（《宪问》）

子曰："君子博学于文，约之以礼，亦可以弗畔①矣夫。"（《颜渊》）
【注释】①畔：同"叛"。

# 二

曾子曰："可以托六尺之孤，可以寄百里之命，临大节而不可夺①也。君子人与？君子人也。"（《泰伯》）
【注释】①夺：改变。

曾子曰："士不可以不弘毅，任重而道远。仁以为己任，不亦重乎？死而后已，不亦远乎？"（《泰伯》）

子路问君子，子曰："修己以敬。"曰："如斯而已乎？"曰："修己以安人。"曰："如斯而已乎？"曰："修己以安百姓。修己以安百姓，尧、舜其犹病诸！"（《宪问》）

季康子问政于孔子曰:"如杀无道以就有道,何如?"孔子对曰:"子为政,焉用杀?子欲善而民善矣。君子之德风,小人之德草,草上之风必偃①。"(《颜渊》)

【注释】①偃:倒。

子曰:君子不器①。(《为政》)

【注释】①器:器皿,只有某种用途,意谓用途狭窄。

## 三

子曰:"君子欲讷于言而敏于行。"(《里仁》)

子谓子产:"有君子之道四焉:其行己也恭,其事上也敬,其养民也惠,其使民也义。"(《公冶长》)

子曰:"君子成人之美,不成人之恶;小人反是。"(《颜渊》)

子曰:"君子耻其言而过其行。"(《宪问》)

子曰:"君子病无能焉,不病人之不己知也。"(《卫灵公》)

孔子曰:"君子有九思:视思明,听思聪,色思温,貌思恭,言思忠,事思敬,疑思问,忿思难,见得思义。"(《季氏》)

子绝四:毋意,毋必,毋固,毋我。(《子罕》)

【注释】见《有容乃大》章。

## 四

子曰:"贤哉回也! 一箪食,一瓢饮,在陋巷,人不堪其忧,回也不改其乐。贤哉,回也!"(《雍也》)

子曰："饭疏食饮水，曲肱而枕之，乐亦在其中矣。不义而富且贵，于我如浮云。"（《述而》）

子曰："君子食无求饱，居无求安，敏于事而慎于言，就有道而正焉，可谓好学也已。"（《学而》）

在陈绝粮，从者病莫能兴。子路愠见曰："君子亦有穷乎？"子曰："君子固穷，小人穷斯滥矣。"（《卫灵公》）

【注释】见《自强不息》章。

（选自《论语译注》，中华书局，1980年版）

### 【原典导读】

《论语》一书几乎就可以称为"君子之书"。这里只选录了其中的关于君子的一部分语录。《论语》论君子，主要从君子的基本特质与要求、君子的人生理想与责任、君子的自我约束以及君子的典型人格几个方面对君子做了概括或论述。在孔子看来，君子的基本人格与要求，在于"仁"，在于义，"仁"是孔子思想的核心，当然也是孔子心中君子品格的核心。由"仁"这一核心，引申到"义"——君子喻于义；到"道"——士志于道；再到"礼"——不知礼，无以立；再由此而加强自身文化修养，终而至于"志于道，据于德，依于仁，游于艺"，这样，君子的胸怀才可坦荡荡，才会和而不同，才会不忧、不惑、不惧，最终到达"文质彬彬"。因此君子任重道远，要修己安人，如化雨春风般教化百姓。基于这样的品质和责任，君子就必须在各个方面严格要求自己，事事处处小心谨慎，处境艰难也要坚守品格，不可动摇。所以后来儒家由此发展出"慎独"，发展出"穷则独善其身，达则兼济天下"，发展出修身、齐家、治国、平天下，这就是君子的理想与责任。

# 礼记·聘义（君子比德于玉）

《礼记》，又名《小戴礼记》，相传为孔子弟子们所作，西汉礼学家戴圣所编，主要记载了先秦礼制。

子贡问于孔子曰："敢问君子贵玉而贱碈①者何也？为玉之寡而碈之多与？"孔子曰："非为碈之多故贱之也、玉之寡故贵之也。夫昔者君子比德于玉②焉：温润而泽，仁也；缜密以栗③，知也；廉而不刿④，义也；垂之如队⑤，礼也；叩之其声清越以长，其终诎⑥然，乐也；瑕不揜⑦瑜、瑜不揜瑕，忠也；孚尹⑧旁达，信也；气如白虹，天也；精神见于山川，地也；圭璋特达⑨，德也。天下莫不贵者，道也。《诗》云：'言念君子，温其如玉。'⑩故君子贵之也。"

**【注释】**①碈（mín）：同"珉"，像玉的石头。②比德于玉：拿玉来和人的美德相比。③栗：坚实。④廉：棱角，方正；刿：割伤。⑤队：通"坠"。⑥诎：戛然而止。⑦揜：同"掩"。⑧孚尹：玉的色彩晶莹发亮。⑨圭璋特达：玉珪、玉璋作为朝聘时的礼物，可以单独使用，单独通达情义。⑩言念君子，温其如玉：出自《诗经·秦风·小戎》，意谓"多么想念君子啊，他就像玉那样温文尔雅"。言：发语词，无意义。

（选自《礼记译解》，中华书局，2016年版）

**【原典导读】**

君子比德，是中国文化的一个重要特征。比德并非从孔子开始，如下文所选《诗经·卫风·淇奥》，将君子比作玉石、象骨等等，必须切磋琢磨，将君子比作绿竹，就是典型的君子比德。而《易经》的《象传》则有"天行健君子以自强不息""地势坤，君子以厚德载物"，这也是比德的典型。不过正面概括出"君子比德"的当是孔子。而之所以强调"君子比德于玉"，则在于玉是美好的象征，中国文化与玉有着不解之缘，据考古发现，在距今三千多年，中国可能存在一个玉器时代，中国文字里从玉的字特别多，而这些从玉的字，大多表示美好的事物，中国人把许多美好的人、事、物都以玉来形容，人之美、食之美、自然之美、神仙境界都以玉来形容。说明中国人有一种崇玉的心理。玉是美的象征，当然应该用来象征君子的品格，这也许就是君子比德于玉的文化渊源吧。

# 诗经·曹风·鸤鸠①

鸤鸠在桑，其子七兮。淑人君子，其仪②一兮。其仪一兮，心如结③兮。

鸤鸠在桑，其子在梅。淑人君子，其带伊丝④。其带伊丝，其弁伊骐⑤。

鸤鸠在桑，其子在棘⑥。淑人君子，其仪不忒⑦。其仪不忒，正是四国⑧。

鸤鸠在桑，其子在榛。淑人君子，正是国人。正是国人，胡不万年？

【注释】①鸤鸠（shī jiū）：布谷鸟。②仪：容颜仪态。③心如结：比喻用心专一。④其带伊丝：他的腰带白丝镶边。伊：文言助词。⑤其弁伊骐：玉饰皮帽花色新鲜。弁（biàn）：皮帽。骐（qí）：青黑色的马。一说古代皮帽上的玉制饰品。⑥棘：酸枣树。⑦忒（tè）：差错。⑧正是四国：为此四国法则。正：法则。

（选自《诗经今注》，上海古籍出版社，1984年版）

# "君子比德" 诗文选读

## 诗经·卫风·淇奥

瞻彼淇奥①，绿竹猗猗。有匪②君子，如切如磋，如琢如磨③。

瑟兮僴兮，赫兮咺兮。有匪君子，终不可谖兮④。

瞻彼淇奥，绿竹青青。有匪君子，充耳琇莹，会弁如星⑤。

瑟兮僴兮，赫兮咺兮。有匪君子，终不可谖兮。

瞻彼淇奥，绿竹如箦⑥。有匪君子，如金如锡，如圭如璧⑦。

宽兮绰兮，猗重较兮⑧。善戏谑兮，不为虐兮⑨。

【注释】①淇：淇水，源出河南林县。奥（yù）：水边弯曲的地方。②匪：通"斐"，有文采貌。③切、磋：本义是加工玉石骨器，引申为讨论研究学问；琢、磨：本义是玉石骨器的精细加工，引申为学问道德上钻研深究。④瑟：仪容庄重。僴（xiàn）：神态威严。赫：显赫。咺（xuān）：有威仪貌。谖（xuān）：忘记。⑤充耳：挂在冠冕两旁的饰物，下垂至耳，一般用玉石制成。琇（xiù）莹：似玉的美石，宝石。会弁（guì biàn）：鹿皮帽。会：鹿皮会合处，缀宝石如星。⑥箦（zé）："积"的假借，堆积。⑦圭：玉制礼器，上尖下方，在举行隆重仪式时使用。璧：玉制礼器，正圆形，中有小孔，也是贵族朝会或祭祀时使用。圭与璧制作精细，显示佩带者的身份、品德。⑧绰：旷达。猗（yǐ）：通"倚"。较：古时车厢两旁作扶手的曲木或铜钩。重（chóng）较：车厢上有两重横木的车子，为古代卿士所乘。⑨戏谑：开玩笑。虐：粗暴。

（选自《诗经今注》，上海古籍出版社，1984年版）

# 饮酒

陶渊明

结庐在人境，而无车马喧。
问君何能尔？心远地自偏。
采菊东篱下，悠然见南山。
山气日夕佳，飞鸟相与还。
此中有真意，欲辨已忘言。

# 感遇十二首·其一

张九龄

张九龄（673或678—740），唐朝开元年间名相，诗人。

兰叶春葳蕤，桂华秋皎洁。
欣欣此生意，自尔为佳节。
谁知林栖者，闻风坐相悦。
草木有本心，何求美人折？

# 山园小梅

林 逋

林逋（967—1029），字君复，又称和靖先生，北宋著名诗人、隐士。

众芳摇落独暄妍，占尽风情向小园。
疏影横斜水清浅，暗香浮动月黄昏。
霜禽欲下先偷眼，粉蝶如知合断魂。
幸有微吟可相狎，不须檀板共金樽。

# 墨梅

## 王冕

王冕(1287—1359)，元朝著名画家、诗人、篆刻家。

我家洗砚池边树，朵朵花开淡墨痕。
不要人夸好颜色，只留清气满乾坤。

# 竹石

## 郑板桥

郑板桥(1693—1765)，原名郑燮，号板桥，清代著名画家、诗人。

咬定青山不放松，立根原在破岩中。
千磨万击还坚劲，任尔东西南北风。

（《饮酒》至《竹石》选自《中国历代诗歌选》，人民文学出版社，1991年版）

# 爱莲说

## 周敦颐

周敦颐(1017—1073)，字茂叔，号濂溪先生，文学家、哲学家，宋朝理学的开山鼻祖。

　　水陆草木之花，可爱者甚蕃。晋陶渊明独爱菊。自李唐来，世人盛爱牡丹。予独爱莲之出淤泥而不染，濯清涟而不妖，中通外直，不蔓不枝，香远益清，亭亭净植，可远观而不可亵玩焉。

　　予谓菊，花之隐逸者也；牡丹，花之富贵者也；莲，花之君子者也。噫！菊之爱，陶后鲜有闻。莲之爱，同予者何人？牡丹之爱，宜乎众矣！

（选自《中国历代散文选》，北京出版社，1980年版）